W0265403

G. BRAUN

HUBERT BÄR

DUNKLES NETZ

RHEIN-NECKAR-KRIMI

Über den Autor

Hubert Bär, Jahrgang 1942, studierte Germanistik und Romanistik und promovierte mit einer Arbeit über den Dichter Paul Scheerbart. Neben literaturwissenschaftlichen und deutschdidaktischen Überlegungen veröffentlichte er Lyrik und Prosa im Hörfunk, in literarischen Zeitschriften, in Zeitungen und Magazinen - auch mehrere Bücher, darunter drei Kriminalromane. Hubert Bär ist Mitglied des Syndikat und des Verbandes deutscher Schriftsteller in Baden-Württemberg, dessen Beirat er von 2002 bis 2006 angehörte.

Impressum

G. BRAUN

Umschlaggestaltung: Röger & Röttenbacher GbR,
r² Büro für Gestaltung, www.roeger-roettenbacher.de

Satz und Herstellung: Manfred Lotsch & Marijana David

Druck: Orga-Concept e. K., Filderstadt

Umschlagbild: Millennium Images/LOOK-foto

ISBN: 978-3-7650-8813-1

Dieser Titel ist auch als E-Book erschienen: ISBN: 978-3-7650-2112-1

Alexander beobachtete eine Flamme,
die sich züngelnd durch die Wand
des Wohnmobils fraß. Die Hitze fing an,
unerträglich zu werden. „Es wird Zeit“,
dachte er.

eins

Der Mann ahnte nicht, was auf ihn zukommen würde. Er ging sogar zweimal und wäre auch ein drittes Mal gegangen, um alle Geräte, die er fürs Angeln benötigte, von seinem klapprigen Toyota Land Cruiser hinunter zum Ufer zu tragen: die Ruten und -halter, den Gerätekoffer mit den verschiedenen Ködern, den Käscher, den Karpfensack, das Landewerkzeug, den Hakenlöser, den Fischtöter, die Waage, aber auch den Rucksack mit seinem Leberwurstbrot, der mit kaltem Kaffee gefüllten Thermosflasche und den kleinen Klappstuhl, auf dem er sich niederlassen konnte, wenn die Beine anfingen, müde zu werden.

Der Pfad, der von dem Feldweg ab und durch das Gebüsch zum Altrheinarm hinabführte, war fast zugewachsen. Man musste die Stelle kennen, wo der dschungelartige Wald überraschenderweise ein paar Schritte vom Wasser zurückwich und einem Angler gerade so viel Platz bot, dass er sich auf dem versumpften Rasen mit all seiner Ausrüstung ausbreiten konnte.

Bevor er die Ruten mit verschiedenen Ködern bestückte und sie in Stellung brachte, bestrich der Mann das Gesicht, den Nacken und alle freien Hautstellen mit Autan, um die lästigen Stechmücken abzuwehren, die um diese

Tageszeit in Scharen Opfer suchten. Er setzte sich auf den behelfsmäßigen Hocker, schraubte den Verschluss der Thermosflasche ab und nahm einen Schluck von dem kalten, schwarzen und stark gesüßten Kaffee. Dann schaute er auf das Wasser, in dem sich der noch blasse Himmel spiegelte.

Vereinzelt schwammen dort bereits gelbe Blätter, manche getrocknet und gebogen, sodass eine gelegentlich leichte Brise sie wie kleine Segelboote vorantrieb. Sie lösten in ihm eine wehmütige Stimmung aus.

All die Stunden, die er hier verbracht hatte, wo er sich von dem Stress im Geschäft und den häuslichen Streitereien zu erholen pflegte. Obwohl er auch heute mit einem wunderschönen Tag rechnete, kündigten der verräterisch gelbe Hauch in den Bäumen das diesjährige Ende der warmen Jahreszeit an.

Vorbei die frühen Stunden, in denen er auf den Lärm der Vögel lauschte, die um die Wette zwitscherten, flöteten, pfiffen und trällerten, in denen Altvögel ihre flügge Brut über die Äste lockten und ihre mit vibrierendem Flügelschlag bettelnden Kleinen mit Leckerbissen verwöhnten, mit Schnaken, kleinen Käfern, Würmern und Larven. Bald würde sich vielleicht auf dem kaum strömenden Fluss eine Eisschicht bilden und die Wasservögel würden gezwungen sein, ihre Rivalität aufzugeben und in einer erstaunlichen Kooperation eine eisfreie Stelle zu schaffen, indem sie, sich gegenseitig ablösend, im Kreis schwammen, das Wasser mit ihren Füßen bearbeiteten und dabei die Fluten in Bewegung hielten.

Der Mann atmete tief die mit sanfter Melancholie parfü-

mierte Morgenluft. Er wunderte sich, dass etwas weiter draußen vom Grund her so viele Blasen aufstiegen.
›Es könnte sich um Brassen handeln, die den Grundschlamm auf der Suche nach Nahrung durchwühlen‹, ging es ihm durch den Kopf, als plötzlich ein ganzes, mit einer grauen Kunststofffolie umwickeltes und mit Klebstreifen kreuz und quer umschlungenes Paket emporschoss. Es schaukelte eine Weile auf der Wasseroberfläche und sendete einen Kreis von Wellen aus, die sanft vor seinen Füßen verebbten. Dann lag es wie eine kleine felsige Insel in dem seeartigen Rheinausläufer.
Was mochte das Bündel beinhalten?
Jetzt erst beschlich den Mann eine dumpfe Ahnung. Dennoch griff er nach einer der ausgelegten Ruten, trennte den Köder vom Haken und warf die Schnur weit hinaus. Er spürte, wie sein Herz klopfte, als sich das kleine, gebogene Stahlteil an dem Packen verfing und er diesen ins seichtere Wasser zog.
Sollte er nun wirklich die Schuhe ausziehen, die Hosenbeine hochkrempeln und hineinwaten? Er würde das Kunststoffbündel mit beiden Händen anfassen müssen, wollte er es endgültig an Land zerren. Ihn schauderte bei dem Gedanken. Ein Erlebnis war zu befürchten, das ihm nicht nur diesen Tag verderben, sondern das ihn in der Erinnerung ein ganzes Leben lang belasten würde.
Diese, seine einstmals paradiesische, einzigartige Zufluchtsstätte würde sich möglicherweise in eine Stätte des Horrors verwandeln. Er überlegte, ob er seine Aktion nicht einfach abbrechen, seine Utensilien zusammensuchen und den Ort verlassen sollte.

Irgendwann aber würde das ominöse Paket gefunden werden, und wenn es wirklich das beinhaltete, was er befürchtete, würde man nach Spuren suchen und auf ihn stoßen. Möglicherweise würde er als Verdächtiger in eine Geschichte hineingezogen werden, deren Ausmaß sich nicht abschätzen ließ. Ratsamer blieb es, sich jetzt korrekt zu verhalten.

Er schleifte seine zweifelhafte Beute aufs Ufer. Widerlich, wie sie sich anfühlte, weich und an der glatten Folie kaum zu fassen. Der Mann musste mit Übelkeit kämpfen, als er das Bündel betrachtete. Ein Teil der Klebefolie hatte sich gelöst und hing nun schlaff herab. Möglicherweise hatte sie einen Gegenstand gehalten, durch dessen Gewicht das Paket auf den Grund des Flusses gedrückt worden war. Durch die Einwirkung des Wassers hatte sich die Fixierung gelöst und die Beschwerung war herausgerutscht.

Der Mann holte sein Anglermesser, setzte es an, besann sich und verzichtete darauf, die Verpackung aufzuschlitzen. Mit der zitternden Hand fingerte er sein Handy aus der Hosentasche, überlegte kurz und wählte 110.

zwei

Lado hatte sich extra einen neuen Koffer gekauft, einen Hartschalenkoffer, wie ihm Wassili geraten hatte. Der komme beim Verladen und beim Transport auf den Förderbändern am wenigsten zu Schaden, hatte er zwischen den Zähnen hervorgequetscht. Das Gepäckstück lag nun wie ein gefräßiges, nur aus Maul bestehendes Tier aufgeklappt auf dem Boden. Es wartete darauf, endlich mit Reiseutensilien gefüttert zu werden.

Oft war Lado nicht verreist und schon gar nicht so weit. Deshalb wusste er nicht recht, was er mitnehmen sollte. Vielleicht half es, sich vorzustellen, wie er sich von Kopf bis Fuß ein- und umkleidete, welche wechselnden Situationen eine entsprechende Garderobe oder ein passendes Outfit verlangten.

Sowohl in Deutschland als auch auf der Reise durch Italien, Griechenland und die Türkei würde ein sommerliches Klima herrschen, sodass sich wirklich warme Kleidung erübrigte. Es blieb nur die Frage, welche Garderobe seinen verschiedenen Auftritten angemessen war. Für alle Fälle benötigte er einen dunklen Sommeranzug, eine Kombination, einen leichten Mantel und einen Schirm (Letzteren besonders für Deutschland, dort soll es viel regnen), aber auch bequeme Hosen für die Reise und

T-Shirts. Die Anstrengung, sich den Verlauf seines geplanten Unternehmens im Einzelnen vor Augen zu führen, ließ ihn in Abständen erschöpft in einen kleinen Sessel sinken. Dort ertappte er sich immer wieder dabei, wie seine Gedanken abschweiften.

Jetzt dachte er an seine Eltern und daran, dass sie recht hatten, als sie ihn auf eine Privatschule schickten und ihm rieten, als erste Fremdsprache Deutsch zu lernen. Er hätte lieber mit seinen Freunden Fußball gespielt, wie das so ist bei Kindern. Auch wenn es oft Schwierigkeiten gab, wenn es darum ging, die Kicker in zwei Mannschaften aufzuteilen. Keiner wollte ihn haben. Er sei zu langsam und würde das Leder nicht treffen, wurde behauptet. Manchmal wurde gelästert, mit seiner Figur tauge er eher zum Ball als zum Spieler. Er selbst aber war überzeugt, dass er ein Star würde wie Schweinsteiger, Ribéry, Robben, Messi, Ronaldo oder Ronaldinho. Dafür musste er nicht Deutsch können, auch wenn er in Deutschland spielen würde. Höchstens ein paar Brocken. So hatte er damals gedacht.

Aber sein Vater hatte darauf bestanden. Deutschland sei ein reiches Land. Es werde sich sicherlich lohnen, mit den Menschen dort ins Geschäft zu kommen. Vielleicht werde es ihm sogar gelingen, ein Stipendium zu ergattern, in Deutschland zu studieren, sich dort niederzulassen und zu arbeiten, wie Amiran, ein junger Mann aus der Nachbarschaft. Man erzählte sich, er solle in einer gut gehenden Maschinenfabrik viel Geld verdienen und seiner Familie monatlich einen großen Betrag überweisen.

Lado erhob sich und begab sich zum Kleiderschrank. Er

zog die unterste Schublade heraus und entnahm ihr mehrere Paar Socken, aus anderen Unterwäsche, Hemden, T-Shirts, zwei leichte Pullover, vom Bügel zwei Anzüge und mehrere Hosen. Wie viele Schlafanzüge sollte er mitnehmen? Er entschied sich für drei. Welche Schuhe? Und wie stand es mit einer Kopfbedeckung?

Erschöpft von den vielen Entscheidungen, die Lado zu treffen hatte, ließ er sich wieder in den Sessel sinken. Seine Gedanken schweiften ab. Er dachte daran, wie er zu diesem Reiseauftrag gekommen war.

Ja, zum Sprachunterricht gehörte auch Landeskunde. Als es um die Frage ging, wer Wassili begleiten solle, konnte er behaupten, er kenne sich ein bisschen aus in diesem Land. Zum Beweis hatte er gleich ein paar Fakten heruntergerattert: Die Bodenfläche umfasse circa 358.000 Quadratkilometer, die Hauptstadt heiße Berlin und die Regierung Angela Merkel.

Fjodor hatte abgewinkt. Darum gehe es nicht. Dann hatte er laut darüber nachgedacht, ob Lado wohl geeignet, ob er nicht noch zu jung sei, ob er genügend Menschenkenntnis besitze und das Geschick, zu verhandeln. Er hatte Wassili gefragt, wie e r darüber denke. Wassili hatte mit den Achseln gezuckt, weniger um Gleichgültigkeit auszudrücken, vielmehr wollte er wohl klarstellen, dass er sich eine solche Entscheidung nicht anmaße. Fjodor hatte das offensichtlich auch nicht erwartet. Kaum dass er gefragt hatte, bestimmte er unmissverständlich, dass Lado Wassili begleiten solle. Fjodor hatte ihn also ausgewählt, obwohl er der Jüngste war – und die anderen hatten nicht gewagt, zu widersprechen.

Nun würde er also nach Deutschland fliegen. Vielleicht würde er Irina damit doch noch imponieren und sie wäre bereit, zu ihm zurückzukommen. Damit wäre allerdings klar, dass ihre Entscheidung auf reiner Berechnung beruhte. Dürfte er das hinnehmen? Nein. Ihm blieb nur übrig, sie zu beschämen und zwar mit Erfolg. Er konnte nur hoffen, dass ihm dieser Triumph vergönnt sein würde. Danach sollte er sie so schnell wie möglich vergessen.

Immer wieder fielen Lado Gegenstände ein, die er noch mitnehmen könnte. Ein deutsch-georgisches Wörterbuch, ein Taschenmesser, ein Buch, mit dem er müßige Stunden überbrücken konnte. Jedes Mal stand er auf, holte das jeweilige Utensil und setzte sich wieder in den Sessel. Ob er mit Wassili klarkommen würde? Er konnte ihn schlecht einschätzen. Er war mindestens doppelt so alt wie er, hatte dunkles gekräuseltes Haar und ein zerfurchtes, verschlossenes Gesicht.

Die anderen erzählten, Wassili sei schon oft in Deutschland gewesen, meist mit Igor. Aber Igor war seit einigen Wochen verschwunden. Was war passiert? Fjodor verlor darüber kein einziges Wort. Und keiner der anderen wagte nachzufragen. Und Wassili selbst wieder einmal stumm wie ein Fisch, obwohl er vermutlich Bescheid wusste. Letztlich sei es die Sache von Fjodor, flüsterten die anderen. Er entscheide, wer nach Deutschland fahre oder wer hierbleibe – aber auch, wer verschwinde oder nicht.

Lado kippte den Kofferdeckel um. Zwischen den Schlössern klaffte eine gehörige Lücke. Er kniete auf der

Schale. Die Schlösser wollten nicht zusammenfinden. Er versuchte sein ganzes Körpergewicht zum Einsatz zu bringen. Die Schlösser verweigerten sich. Es blieb Lado nichts anderes übrig, als einen Teil des Inhalts wieder auszupacken.

Also erneut eine Reihe von Entscheidungen. Auf was sollte er verzichten? Sollte er eine ganze Lage von Kleidung zurücklassen? Ein Paar Socken, eine Garnitur von Unterwäsche, ein Hemd, einen Pullover, eine Jacke? Aber welche Socken, welche Unterwäsche, welches Hemd, welchen Pullover? Und brauchte er nicht wenigstens einen dunkleren und einen helleren Anzug und eine Straßenjacke?

Er musste darüber nachdenken. Wieder ließ er sich in den kleinen Sessel fallen und wieder schweiften seine Gedanken ab.

Er solle sich an Wassili orientieren, hatte ihm Fjodor eingebläut. Und aufpassen, hatte er angefügt. Von Wassili könne er, Lado, viel lernen. Er wisse, wie man nach Deutschland reist, wie man sich dort bewegt, wie man verhandelt und wie man den Preis drückt. Allerdings spreche er kaum deutsch. Er habe dort schon manchen dieser dicken Schlitten erworben und ihn dann hierher nach Tiflis überführt. Wassili kenne die Strecke wie seine Westentasche. Was Lado nicht davon entbinde, sie sich wenigstens theoretisch einzuprägen. Man wisse nie, was dazwischenkomme. Es könne ja auch ein Fahrer einmal ganz ausfallen.

Also hatte sich Lado ein paar Straßenkarten besorgt und sich von Wassili die Route erklären lassen. Ohne ein Wort zu sagen, war Wassili die Strecke mit seinem dicken, schrundigen Zeigefinger abgefahren. Von Deutschland über Österreich nach Italien, von Ancona mit der Fähre nach Igoumenitsa an der Küste Griechenlands, von dort nach Thessaloniki und dann nach Istanbul und quer durch die Türkei bis an die georgische Grenze.

Gerne hätte sich Lado die Landschaft beschreiben lassen, wollte fragen, ob die Gebirge in Deutschland ähnlich aussähen wie in Georgien, ob die Alpen mit dem Kaukasus zu vergleichen seien, wie lange die Überfahrt von Ancona nach Igoumenitsa dauere, wo es Wassili besser gefalle, in Deutschland, Italien, Griechenland oder der Türkei. Aber Lado wusste, dass Wassili nicht die Zähne auseinanderbrachte. Deshalb begnügte er sich damit, sich die verschiedenen Landschaften und die verschiedenen Situationen vorzustellen. Er träumte von grünen Almen, auf denen prächtige Rinder grasten, und schroffen Felsen im Hintergrund, von Hügeln, die Zypressen säumten, von Ziegen- und Schafherden, von einem blauen Meer, von kargen Böden, über die sich eine Autobahn wie ein welliges Band hinzog.

Dann hatte Wassili aber doch angefangen zu erzählen und zwar von den Gefahren, die auf der Strecke lauerten. In Italien empfehle es sich, das Auto nicht zu verlassen. Man müsse es praktisch Tag und Nacht bewachen, wenn man verhindern wolle, dass es gestohlen werde. An der türkischen Grenze lohne es sich, den Beamten etwas zuzustecken. Dadurch ließen sich die bürokratischen Prozesse erheblich abkürzen. Durch die Türkei dürfe man der Polizei keinen Grund geben, den Wagen anzuhalten.

Sie neige dazu, kräftig zu kassieren und zwar in die eigene Tasche.
Und Wassili hatte ihn noch ermahnt, nicht auf die Idee zu kommen, eigene Pläne zu verfolgen oder gar mit dem Gedanken zu spielen, sich abzusetzen, weder mit dem Geld noch ohne das. Fjodor verlange absolute Loyalität. Es sei gefährlich, diesen Erwartungen nicht zu entsprechen.
Lado solle sich auch keinen falschen Hoffnungen hingeben. Fjodor biete ihm jetzt zwar die Chance, sich in diesen Aufgabenbereich einzuarbeiten, aber er solle nicht denken, diesen in Zukunft selbstständig zu übernehmen. Er, Wassili, plane nicht, den deutschen Geschäftsbereich in absehbarer Zeit aus der Hand zu geben. Aber Lado könne sein Partner werden. Unter der Voraussetzung, dass er sich ganz und gar unterordne. Im Gegenzug werde er, Wassili, dafür Sorge tragen, dass ihm nichts zustoße. So lasse sich vielleicht gut zusammenarbeiten.
Lado hatte genickt. Ihm war klar, dass Wassili auch in anderer Hinsicht auf ihn aufpassen sollte. Seine eigenen Pläne konnte er nur unter strengster Geheimhaltung verfolgen.
Lado erhob sich aus dem Sessel und fing an, auszusortieren. Wieder kniete er sich auf den Deckel, versuchte die beiden Schalen mit dem ganzen Körpergewicht aufeinanderzupressen. Immer wenn er glaubte, er habe es geschafft, verklemmte sich ein Stofffetzen zwischen den metallenen Rändern. Dann klappte es doch und Lado konnte die Schlösser zudrücken und verschließen.

* * *

Wassili Kobiaschwili stand am Rand einer Baulücke, die einer Horde von Kindern als Fußballfeld diente. Er beobachtete seinen Sohn Zaza. Der schien sich unter den Augen seines Vaters vermutlich besonders hervortun zu wollen. Jedenfalls verzichtete er darauf, eine bestimmte Position, etwa die eines rechten oder linken Verteidigers, eines Mittelfeldspielers oder eines Stürmers, einzuhalten. Wie eine Staubfahne wehte er, wie übrigens auch die anderen Jungs, immer dem runden Leder hinterher. Gelegentlich rollte die Kugel über eine imaginäre Linie und die Spieler stritten, ob sie im Aus gelandet sei oder nicht. Sie wiesen lautstark darauf hin, dass der Ball beim Einwurf nicht mit beiden Händen über den Kopf gehalten wurde, stritten über die Frage, ob sich einer ihrer Kumpels bei der Ballannahme im Abseits befand oder ob diese Regel in ihrem Fall überhaupt anzuwenden sei.

Wassili Kobiaschwili war stolz auf seinen Sohn.

›Wenn er alle Aufgaben, die ihm noch gestellt werden, mit gleichem Schwung angeht wie in diesem Match, dann wird er seinen Lebensweg wohl erfolgreich meistern‹, dachte er. ›Wie man seine Kräfte einteilt, muss er natürlich noch lernen. Auch, dass eine gute Strategie oft weiter führt als blinder Eifer. Und natürlich muss er mit den Fähigkeiten und Kenntnissen ausgestattet werden, die ihn zu einer gefragten Fachkraft machen. Und darin bestand nun seine, Wassili Kobiaschwilis, Aufgabe. Er wollte dafür Sorge tragen, dass sein Sohn eine bessere

Schule besucht, vielleicht eine private, dass er vor allem Deutsch lernt und wenn möglich in Deutschland studiert. Auf keinen Fall durfte Zaza in seine Fußstapfen treten. Vom Gebrauchtwagengeschäft musste er ihn fernhalten und von solchen gewissenlosen Gangstern wie Fjodor allemal. Es genügte, wenn *er* sich einem solchen Menschen aussetzte. Für die Pläne mit seinem Sohn brauchte er natürlich ein gehöriges Startkapital. Und deshalb sollte er sich jetzt auf den Weg machen und seiner Arbeit nachgehen. ‹Er winkte seinem Sohn zu. Der tat so, als ob er vom Fußballspiel ganz und gar in Anspruch genommen würde und sich nicht die Zeit nehmen dürfe, sich von seinem Vater zu verabschieden. Er kannte seinen Sohn. Diese Form von Wichtigtuerei sah er ihm nach. Ihm selbst war es durchaus recht, dass er sich eine Abschiedsszene sparen konnte. Er hasste Sentimentalitäten und eine stand ihm auf jedem Fall noch bevor.

Er stapfte die mit Schlaglöchern übersäte Straße entlang. In den Gräben rechts und links faulte Abwasser, das in diesem heißen Klima einen üblen Geruch ausströmte. Er stieg über eine tote Katze, auf deren Fell sich schimmernde Fliegen sammelten, und erreichte den riesigen Häuserblock, in dem er wohnte.

Aayusha erwartete ihn, sie saß neben dem gepackten Koffer, als müsse *sie* verreisen und nicht *er*. Kaum hatte er den Raum betreten, sprang sie auf und fiel ihm um den Hals. Ob er denn wirklich weg müsse, jammerte sie.

Wassili ließ sie für ein paar Sekunden gewähren, befreite sich von ihren Armen, trat einen Schritt zurück und erklärte entschlossen: »Es muss sein.«

Er wollte seine Frau nicht verletzen, auch wenn es ihm manchmal schwerfiel, ihre Anhänglichkeit zu ertragen. Ja, früher hatte er sie begehrt und geglaubt, sie erobern zu müssen. Er fand sie noch immer attraktiv mit ihrer üppigen Figur, den vollen Wangen, der leicht gebräunten Haut und dem dicken blonden Haar, das sie sowohl offen als auch zu einem Zopf geflochten zu tragen pflegte. Aber er fühlte sich durch sie eingeschränkt. Es kam ihm vor, als wolle sie ihn mit allen Mitteln hindern, aus ihrer beengten Welt auszubrechen. Im Grunde seines Herzens war er froh, dass seine Tätigkeit verlangte, Aayusha wenigstens für eine Weile zurückzulassen.

»Ich denke immer an Zaza. Aber ich habe geträumt«, flüsterte Aayusha und trat einen Schritt zurück. Sie breitete die Arme aus, als wolle sie fliegen. Sie riss die Arme nach vorn, als bereite sie einen Kopfsprung vor, und verfiel in eine Art Singsang: »Ein schwarzer Vogel, ähnlich einer Krähe, aber es war keine Krähe, stürzte sich im Flug auf ein kleines gefiedertes Etwas, packte es mit seinen Krallen und schwebte mit seiner Beute davon. Ich konnte nicht erkennen, um was für eine Vogelart es sich dabei handelte.«

»Ein Traum. Was bedeutet das schon.«

Aayusha psalmodierte mit bedeutungsschwerer Stimme: »Der schwarze Vogel bedeutet den Tod. Dass er einer Krähe glich, aber doch keine Krähe war, heißt: Der Beutefang geschieht in einem fremden Land. Und natürlich verrät der Traum nicht, wer genau das Opfer ist. Aber ich sehe darin eine deutliche Warnung.«

»Hirngespinste«, fuhr Wassili seine Frau an.

»Wir leben im 21. Jahrhundert. Da ist kein Platz mehr für Aberglauben.« Er sah auf seine Armbanduhr. »Im Übrigen muss ich jetzt gehen. Ich treffe mich in einer halben Stunde mit Lado. Wir wollen dann auch sofort starten.«
»Pass auf dich auf.« Aayusha ging nochmals auf ihren Mann zu und kuschelte sich an ihn. Wassili drückte ihr einen Kuss auf die Lippen und begab sich zur Tür.
Mit dem Koffer in der Hand schritt er hinüber zu dem Flachbau, in dem sich die wenigen Garagen des Häuserblocks befanden. Er verstaute den Koffer und startete den Toyota. Während er aus dem Innenhof der Siedlung herausfuhr, winkte er hinauf zu dem Fenster, hinter dessen Scheibe er Aayusha wusste. Er steuerte den Wagen durch ein paar Straßen hinüber zu dem Platz, wo viele Gebrauchtwagen auf neue Besitzer warteten. Es handelte sich in der Hauptsache um westliche Modelle, schwere Mercedes-, BMW- und Audi-Limousinen. Einige kannte er genau. Er wusste, wie sie in der Kurve lagen, wie sie sich steuern ließen, wie sie beschleunigten oder reagierten, wenn man sanft oder heftig auf die Bremse trat. Er hatte sie selbst in Deutschland gekauft und sie nach Tiflis überführt. Diese Wagen waren ordentlich erworben. Sicherlich traf das nicht auf alle Autos zu, die hier herumstanden, wahrscheinlich sogar auf die wenigsten.
Die Geschäfte von Fjodor blieben undurchschaubar. Offenbar brauchte er ein paar Wagen, um seinen Unternehmen den Schein von Legalität zu verleihen.
Lado erwartete ihn schon in der Baracke, die Fjodor als Büro diente. Er schien aufgeregt. Das erste Mal, dass er diese Reise machte.

»Nichts vergessen? Und die Papiere, alles in Ordnung?«, fragte Wassili. Und Lado holte seine Brieftasche aus der Innenseite seines Jacketts, als müsse er sich selbst noch einmal vergewissern. Giorgi, ein kleiner, etwas krumm gewachsener Mann von Mitte dreißig, feixte. Er sollte die beiden zum Flughafen fahren und winkte schon mit dem Autoschlüssel.

»Pass auf den Kleinen auf«, ermahnte ihn Fjodor. »Und darauf auch.« Fjodor überreichte ihm einen kleinen Aluminiumkoffer, in dem, wie Wassili wusste, sich Bündel von 500-Euro-Scheinen befanden.

»Hier unterschreiben«, befahl Fjodor und deutete auf ein Blatt Papier. Auf dem stand der Betrag, um den es sich handelte. Wassili verzichtete darauf, die Richtigkeit zu überprüfen. Sorgfältig verriegelte er die beiden Zahlenschlösser.

Giorgi tanzte um sie alle herum und drängte zur Eile. »Wir müssen durch die Innenstadt«, führte er zur Begründung an, »und der Verkehr lässt sich um diese Zeit nicht berechnen.«

Bald würde er sie über die vierspurige Verbindung zum Airport steuern und in ein paar Stunden würden sie in Frankfurt landen. Dann weiter mit der Bahn nach Mannheim und Ludwigshafen. Mit Ein- und Auschecken und den Passkontrollen dauerte die Anreise doch einen ganzen Tag. Aber immerhin nur einen. Im Auto zurück würden sie fünf Tage brauchen.

* * *

Lado fühlte sich elend. Nicht nur, weil es das erste Mal war, dass er flog, er musste wieder an Irina denken. In der Abfertigungshalle hatte er noch geglaubt, nun die Kraft zu besitzen, sich auch innerlich von ihr lösen zu können. Jetzt, im Flugzeug, kehrte die Sehnsucht mit voller Wucht zurück. Beim Einchecken konnte er sich noch mit Wut an sie erinnern. In seinem Zorn fühlte er sich stark. Jetzt war aller Zorn verraucht und er fühlte sich erniedrigt und ausgeliefert.

Wenn Irina das jetzt sehen könnte. Er, im Flugzeug sitzend, auf dem Weg nach Deutschland. Sie könnte ihn für einen erfolgreichen Geschäftsmann halten. Aber sie wüsste ja, dass er im Auftrag Fjodors handelte. War das nicht der Grund, warum sie sich von ihm abgewendet hatte?

Sie hätte mehr von ihm erwartet, hatte sie ihn angezischt. Für einen Gebrauchtwagenhändler zu arbeiten, sei nun wirklich das Letzte, und noch dazu für einen, über den man nur hinter vorgehaltener Hand spricht.

In seinen Wutphasen sagte er sich, dass ihr ein solches Urteil nicht zustehe, dass sie ihn nicht wirklich lieben könne, wenn es ihr nur um Prestige und um materielle Vorteile gehe. In seinen Schwächephasen trösteten ihn solche Einsichten nicht. Er vermutete, dass Irina einen anderen Mann kennengelernt hatte und dass sie sich sowieso von ihm trennen wollte. Mit ihren Argumenten versuchte sie diesen Schritt zu rechtfertigen, vielleicht auch vor sich selbst.

Lado lehnte sich in seinem Sitz zurück. Wassili hatte ihm selbstverständlich den Fensterplatz überlassen.

»Leider über dem Flügel«, hatte er zwischen den Zähnen hervorgepresst. »Viel wirst du von der Landschaft nicht mitbekommen.«
Wassili hatte sich schon die Kopfhörer übergezogen, er hatte sie mitgebracht, und den kleinen Stecker am Ende der Schnur in eine Buchse am Vorderteil der Armlehne gesteckt. Wie wild drehte er an dem Rädchen, mit dem man die verschiedenen Unterhaltungsprogramme einstellen konnte. Enttäuscht stellte er fest, dass noch nichts eingespeist wurde. Gelangweilt griff er nach einer Hochglanzbroschüre, die in dem Netz an der Rückseite des Vordersitzes steckte und blätterte planlos darin.
Lado beobachtete das Geschehen außerhalb des Flugzeugs. Eine Art Kühlwagen löste sich vom Rumpf. Wahrscheinlich war das Beladen mit den Cateringportionen, die während des Flugs serviert werden sollten, abgeschlossen. Tatsächlich vernahm Lado jetzt ein brummendes und ratterndes Geräusch und vermutete, dass die Einstiegsluken geschlossen werden. Ein Rauschen erfüllte den Passagierraum und Lado spürte einen kalten Luftstrom am Kopf. Er sah seinen Vordermann nach oben greifen und an einem waagrecht aufgesetzten Rädchen drehen. Es musste sich um eine Luftdüse handeln, die auf diese Weise reguliert werden konnte.
Eine Lautsprecherstimme ordnete einen ›Cross Check‹ an, bat alle Fluggäste sich anzuschnallen, die Sitze in eine senkrechte Position zu bringen und alle elektronischen Geräte auszuschalten. Lado verfolgte, wie sich die Maschine jetzt langsam aus ihrer Parkposition herausmanövrierte. Während sich das Flugzeug in Bewegung

setzte (es wurde von einer Art Jeep, mit dem es durch eine dicke Metallstange verbunden war, rückwärts geschoben) gingen zwei Stewardessen langsam durch den Mittelgang und kontrollierten, ob sich alle Passagiere angeschnallt hatten.

Einen Augenblick dachte Lado an Igor. Der hatte Wassili so oft nach Deutschland begleitet, dass er solchen Beobachtungen sicherlich keine Bedeutung mehr beigemessen hätte. Und jetzt war er spurlos verschwunden. Wassili müsste wissen, wo sein einstiger Kompagnon verblieben war. Lado verspürte ein starkes Bedürfnis, jetzt direkt danach zu fragen, biss sich aber auf die Zunge.

Der Jeep wurde abgekoppelt. Die Maschine rollte nun aus eigener Kraft zur Startbahn. Noch ein letzter Schwenk und der Pilot gab Gas.

Lado wurde in seinen Sessel gepresst. Er hatte den Eindruck, dass das Flugzeug leicht ins Schlingern geriet, als die Erde anfing, sich langsam zu entfernen. Links noch einmal die Stadt mit ihren vielgestaltigen Kirchtürmen, den Brücken über die Kura, den terrassenförmig an die Berghänge geklebten Bauwerken, auf den Höhen umgeben von einem Kranz mächtiger Häuserblocks. In einem wohnte Irina. Ob sie sich im Augenblick zu Hause aufhielt und das Aufsteigen der Maschine verfolgte? Vielleicht telefonierte sie aber auch gerade mit einem neuen Freund. Vielleicht waren sie gar in ihrem Zimmer zusammen. Er durfte nicht daran denken.

Geradeaus der Tiflissee mit grünen Ufern und in der Ferne schon die schneebedeckten Gipfel des Kaukasus. Plötzlich hing die ganze Landschaft schief und Lado

musste sich erst klarmachen, dass die Maschine eine Kurve flog. Nebelfetzen schossen an den Tragflächen vorbei. Sie ballten sich zu wattigen Gebilden, die erstaunlich gemächlich unter der Maschine hindurchschwammen.
Lado warf einen Blick auf Wassili. Der hatte seine Lektüre aus der Hand gelegt und hing mit geschlossenen Augen in seinem Gurt. Er hatte offensichtlich Schwierigkeiten, seine langen Beine unterzubringen. Auch das vielleicht ein Grund, warum ihm Wassili den Fensterplatz überlassen hatte. So konnte er seine unteren Extremitäten gelegentlich in den Gang strecken.
Das über den Bauch und diagonal über die Brust verlaufende Band hatte das Jackett etwas in die Höhe geschoben. Lado fragte sich, warum Wassili es nicht auszog. Offensichtlich engte es ihn ein. Überhaupt kam Lado sein Nachbar und Partner seltsam erstarrt vor, als wage er nicht, sich zu bewegen. Mit irgendetwas schien er zu kämpfen. Er hielt es wohl für besser, sich nicht mitzuteilen, sich nach außen abzukapseln. Flugangst? Oder andere Probleme?
Vielleicht plagten ihn doch Gewissensbisse anlässlich des mysteriösen Verschwindens seines einstigen Kompagnons. Vielleicht hatte er auch heimlich alle Sinne auf den Metallkoffer gerichtet, der die Geldbündel enthielt und den er scheinbar achtlos in das Gepäckfach über ihren Köpfen geschoben hatte. Lado hatte sich schon gewundert, wie leicht Wassili ihn durch die Kontrolle gebracht hatte. Während er, Lado, sich aller Metallteile entledigen, auch seinen Gürtel und sein Portemonnaie in ein blaues Plastikkästchen legen musste, hatte der qua-

derförmige Aluminiumbehälter auf dem Förderband langsam die Röntgenschleuse passiert und war auf der anderen Seite von Wassili in Empfang genommen worden. Die Kontrolleure, die während des Vorgangs gebannt auf einen Bildschirm starrten, schienen auf andere Merkmale programmiert. Am Inhalt störten sie sich nicht, wenn sie ihn überhaupt erkannten.

Auch im Transitbereich hatte Wassili das Köfferchen nicht aus der Hand gegeben, höchstens zwischen die Beine geklemmt, während sie auf das Boarding warteten und er sich auf einem der kleinen Plastiksessel räkelte. Im Flugzeug bestand die Gefahr, dass jemand das Gepäckstück an sich riss und damit verschwand, nicht mehr. Aber die Möglichkeit, dass es sich jemand in einem Moment der Unachtsamkeit aneignete und in einem größeren Koffer versteckte. Eine solche Gelegenheit wollte Wassili wahrscheinlich gar nicht erst entstehen lassen.

Vielleicht dachte Wassili auch schon an die Geschäfte, die sie in Deutschland abwickeln wollten. Vielleicht träumte er von einem großen Gewinn, in dessen Genuss dann auch seine Familie käme. Hatte er überhaupt Familie? Verheiratet war er, das verriet der Goldring an seiner rechten Hand. Und Kinder? Besser nicht danach fragen. Es könnte ihm als unangemessener Anbiederungsversuch ausgelegt werden. Bei den Leuten um Fjodor, wie bei Fjodor selbst, musste man vorsichtig sein. Schnell hatte man sich den Mund verbrannt.

Wenn Wolkenlücken die Sicht auf die Erde freigaben, blitzte eine, wie es schien, jungfräuliche Schneelandschaft zu ihm herauf, aus der schroffe Felsen ragten.

Gelegentlich rüttelten leichte Turbulenzen an der Maschine. Die Tragfläche, auf die Lado blickte, verbog sich und vibrierte. Eine beunruhigende Erscheinung. Die anderen Passagiere schien das nicht zu stören. Möglicherweise war er der Einzige, der diesen Vorgang beobachtete. Er überlegte, ob er die Stewardess davon in Kenntnis setzen sollte. Möglicherweise würde die Maschine bald abstürzen. Er fragte sich, ob dem Piloten in dieser Schneewüste eine Notlandung gelänge und wie lange er, Lado, dort überleben könnte.

Eine weibliche Lautsprecherstimme kündigte an, dass jetzt eine warme Mahlzeit serviert werde. Waren das die Manöver, um die Passagiere von der drohenden Gefahr abzulenken? Schon sah Lado eine Stewardess einen kastenförmigen Wagen in den Gang schieben, aus dem sie mit Stanniol abgedeckte rechteckige Teller zog. Sie verteilte diese nach rechts und links. Die Passagiere nahmen die Portionen willig entgegen. Sahen sie nicht, dass die Tragflächen abzubrechen drohten? Was waren das für Menschen?

Lado beschloss, seine Beobachtungen für sich zu behalten. Er wollte hier nicht als Angsthase entlarvt werden. Lieber würde er mit allen zusammen in den Tod gehen. Das würde sich sowieso nicht vermeiden lassen.

Um sich abzulenken, studierte er die Hinterköpfe, die vor ihm über die Sitze ragten: männliche und weibliche, schwarze, braune, rote und blonde Haarschöpfe, gekräuselte und glatte Frisuren, wallend und extrem gekürzt, mitunter auch mehr oder weniger kahl. Manche Plätze schienen leer, dann kam doch eine Kinderhand oder ein

Kindergesicht zum Vorschein, kleine, zierliche Körper, die an der Lehne herumturnten.
Lado versuchte, sich die Gesichter der Passagiere vorzustellen, und fragte sich, was wohl in den Köpfen vorgehen mochte. Er drehte sich um und blickte nach hinten. Manche Passagiere sahen ihn gelassen an, andere unterhielten sich mit ihren Nachbarn, lasen oder waren mit irgendetwas beschäftigt, was sich hinter der Rückenlehne des Vordersitzes verbarg.
Ein Teil sicher Deutsche, die nach einem Urlaub in Georgien, in Russland oder in einem Land Asiens in ihre Heimat zurückflogen. Ein Teil Geschäftsleute wie er. Ein Teil Landsleute von ihm, die es geschafft hatten, in Deutschland eine Stelle zu bekommen. Vielleicht würde er auch bald zu denen gehören. Wenn Fjodor ihn überhaupt freigeben würde. Es war schwer, ihn einzuschätzen. Möglicherweise diente der Gebrauchtwagenhandel nur als Deckmäntelchen. Er traute ihm zu, dass er noch in ganz andere Machenschaften verwickelt war.
Lado klappte das Tischchen herunter und nahm seine Essensportion in Empfang. Er löste die Stanniolabdekkung von dem in verschiedene Kammern eingeteilten Kunststoffteller, darauf bedacht, Wassili nicht in die Quere zu kommen. Hühnchen mit Reis, ein paar Blättchen Salat und eine cremige Kuchenschnitte.
Draußen hatten sich die Tragflächen beruhigt. Darunter jetzt eine Küstenregion, hinter der sich grünes, ebenes Land erstreckte.
Deutlich zu erkennen die Strände am Schwarzen Meer, der helle Saum der Gischt, Wellen, die in immer neuen

Anläufen auf das Land zurollten. Bald türmte sich ein mächtiges, ganz und gar kahles Gebirge auf. Die grüne Ebene vereinzelt von schmalen Bändern durchzogen. Ab und zu entdeckte Lado auf diesen Linien auch einen Punkt, der sich fortbewegte und eine winzige Wolke hinter sich herzog, irgendein Fahrzeug, das eine Staubfahne aufwirbelte.

Um wen mochte es sich bei den Insassen handeln? Touristen vielleicht, die einen Ausflug von der Küste ins Inland unternahmen, Händler, die Ware von einem Ort zu einem anderen transportierten, ein Arzt auf dem Weg zu einem Patienten oder ein Ingenieur, der ein technisches Projekt überprüfen musste?

Die Vorgänge spielten sich in einer Entfernung ab, die dazu aufrief, die Fantasie walten zu lassen. Der Widerspruch zwischen einer allgemeinen Beliebigkeit und der Möglichkeit einer realen Konkretisierung reizte ihn, sich alle möglichen Situationen auszumalen.

Nach dem Essen erhoben sich viele und steuerten die Toiletten an. Davor bildeten sich Schlangen. Lado beobachtete, wie sich manche Mienen verfinsterten, wenn jemand den Innenraum allzu lange in Anspruch nahm. Einige Passagiere rangen sich zu einem empörten Gespräch durch, das aber sofort verstummte, wenn die Tür geöffnet wurde, eine Person die kleine Kabine verließ und mit gesenktem oder auch fragendem Blick oder mit demonstrativ erhobenem Haupt sich an den Wartenden vorbeidrängte.

Kleine Mädchen fingen an, wie Stewardessen langsam durch den Mittelgang zu laufen, als müssten sie prüfen,

ob die Gurte auch richtig angelegt und verschlossen waren.
Das Essen und die gleichmäßigen Motorgeräusche lösten in Lado eine Schläfrigkeit aus, der er gern nachgab. Er schloss die Augen, registrierte noch, wie sich seine Gliedmaßen entspannten und dass die Gedanken anfingen durcheinanderzupurzeln. Als er wieder aufwachte, war es draußen bereits Nacht.
Eine Lautsprecherstimme erklärte, dass sich die Maschine auf dem Landeanflug befinde. Sie forderte die Passagiere auf, die Gurte anzulegen, die Sitze in eine senkrechte Position zu bringen und alle elektronischen Geräte abzuschalten.
Lado sah kleinere und größere Lichternester, die mit Lichterbändern verbunden waren. Der Verkehr auf den Autobahnen und den Verbindungsstraßen bildete eine fast ununterbrochene weiße und rote Kette. Ab und zu wurden die hellen Flecken und Linien eingetrübt. Manchmal verschwanden sie und tauchten kurze Zeit später wieder auf. Ein Zeichen, dass sich dünnere oder dickere Wolken zwischen die beleuchteten Gebilde und die Maschinen geschoben hatten. Schon waren Häuser in den Lichtinseln zu erkennen, Straßenzüge und Fahrzeuge. Sie überflogen eine Autobahn. Rot leuchtende Markierungen kündigten das Rollfeld an. Die Maschine schlingerte, als sie aufsetzte. Das Aufheulen der Triebwerke im Umkehrschub. Eine starke Verringerung der Geschwindigkeit, die Lado in den Gurt drückte. Das Flugzeug schwenkte in eine Kurve ein.

* * *

Dass er still sitzen musste, stundenlang, machte Wassili am meisten zu schaffen. Und die Beengtheit. Fast hatte er Angst davor, mit der Schulter an die von Lado zu stoßen, auch vor anderen eher zufälligen Berührungen. Er konnte sich nicht auf die Seite drehen und kaum die Beine übereinanderschlagen. Auch scheute er sich, sein Jackett auszuziehen. Im Sitzen würde ihm das nicht gelingen. Er müsste den Sicherheitsgurt ablegen, sich aus den Polstern hochquälen, im Gang stehend sich des Kleidungsstücks entledigen, die Klappe für das Handgepäck öffnen, die Jacke auf das Aluminiumköfferchen legen, die Klappe zudrücken und sich wieder in den engen Sessel zwängen. Und das alles unter der Beobachtung der Passagiere, die hinter ihm saßen.
Normalerweise entsprang ein solcher Bewegungsablauf einem spontanen Entschluss und vollzog sich fast automatisch. In seiner Vorstellung aber verband sich jetzt jeder Einzelne dieser Handlungsabschnitte mit beinahe unüberwindbaren Widerständen. Fast bewunderte er die Mitreisenden, die sich ohne Schwierigkeiten erhoben, sich möglicherweise an ihrem Nachbarn vorbeidrängten oder ihn baten, Platz zu machen, die, um sich Bewegung zu schaffen, im Gang auf und ab schlenderten oder in Richtung Toilette gingen und sich dort in die Schlange der Wartenden einreihten.
Er hatte schon beobachtet, dass jemand kurz vor der Landung sein Handgepäck aus der Ablage holte, es im Gang öffnete, diesem Kleidungsstücke entnahm und damit auf

die Toilette verschwand, in neuem Outfit wieder erschien und die gewechselten Kleidungsstücke in dem kleinen Koffer verstaute. Woher nahmen solche Leute so viel Flexibilität?

Obwohl er das Servieren einer Mahlzeit als eine der wenigen willkommenen Abwechslungen begrüßte, konnte er die Eingeengtheit beim Essen kaum ertragen. Man durfte die Ellenbogen, während man mit Messer und Gabel hantierte, nicht ausfahren. Man musste sie eng an den Körper drücken, es sei denn, man setzte sich rücksichtslos über den Bewegungsspielraum seines Nachbarn hinweg. In dieser Stellung blieb einem nichts anderes übrig, als die in der Kunststoffplatte angebotenen Speisen umzugruppieren (schon das Abziehen der Alufolie erforderte einen artistischen Akt), um zum Beispiel an die in winzigen Tütchen verpackten Gewürze zu kommen, an die Butter, um ein Brötchen zu schmieren, an das Töpfchen mit der Andeutung einer Salatmischung oder der Andeutung einer Creme zum Nachtisch oder an eine Kuchenschnitte. Und immer war darauf zu achten, dass man den Becher mit Saft, mit Bier oder Wein, der daneben stand, nicht umstieß.

Am schlimmsten aber gestaltete sich die Situation, wenn das Essen halbwegs vertilgt, der rechteckige Kunststoffteller aber noch nicht abgeräumt war. Das kleine Tischchen an der Rückenlehne des Vordersitzes konnte noch nicht zurückgeklappt werden. Manche Leute, so beobachtete Wassili, setzten sich auch über diese missliche Lage hinweg. Den eigenen Teller nahmen sie in eine Hand, das Tischchen klappten sie kurz hoch und baten den Nachbarn, ebenso zu verfahren und auf den Gang hinauszutreten. Sie erhoben sich und ließen beim Hinauszwängen das Tischchen wieder herab. Darauf deponierten sie das Geschirr, was sie auch ihrem Nachbarn abverlangten. Und wenn sie zurückkamen, vollführten sie die gleiche Prozedur umgekehrt.

Er konnte nur hoffen, dass Fjodor seinen Plan, ihn zum Residenten in Deutschland zu machen, bald umsetzen würde. Am liebsten würde er sich zwar selbstständig machen. Das Know-how dazu hätte er. Aber ihm fehlte das nötige Kleingeld. Außerdem würde Fjodor einen solchen Schritt nicht zulassen. Einmal in seinem Unternehmen, immer in seinem Unternehmen. Hoffentlich war das auch Lado klar.

Als Resident könnte er sich um das Angebot von gebrauchten Luxuskarossen in ganz Deutschland kümmern. Er könnte mit den Anbietern verhandeln, und wenn der Deal perfekt wäre, könnte er zum Beispiel Lado kommen lassen. Der dürfte den Wagen dann überführen. Natürlich müsste er, Wassili, noch etwas mehr Deutsch lernen. Er müsste nicht unbedingt in Mannheim oder Ludwigshafen wohnen, sondern könnte seinen Wohnsitz auch nach Frankfurt, München oder Berlin verlegen. Er wäre zumindest von den lästigen Reisen entbunden, sowohl von den Flugreisen als auch von den Fahrzeugüberführungen. Und er könnte sich von Aayusha lösen, ohne mit ihr brechen zu müssen. Auf die Entfernung hin konnte er sie noch ertragen.

Vielleicht würde es ihm sogar gelingen, seinen Sohn nachkommen zu lassen.

Wassili schaute zur Seite auf Lado. Die engen Polster schienen seinen Körper kaum zu fassen. Lado hatte sein Sitzkissen gegen die Scheibe und den Kopf gegen das Sitzkissen gelehnt. Er schien eingeschlafen. Vielleicht träumte er von einer Freundin, die er in Tiflis zurückgelassen hatte. Vielleicht auch vom großen Erfolg und schnellen Reichtum. Machte er sich klar, dass er dies alles Schritt für Schritt erst würde aufbauen müssen und dass auf diesem Weg viele Gefahren lauerten? Igor hatte diese unterschätzt und war ihnen vermutlich zum Opfer gefallen. Er wolle sich noch ein bisschen die Stadt ansehen, hatte er in ihrem gemeinsamen Hotelzimmer verkündet. Von seinem kleinen Rundgang war er nie wieder zurückgekehrt.

Wassili hätte die deutsche Polizei nach ihm fahnden lassen. Fjodor aber hatte dieses Anliegen energisch unterbunden. Das diene nicht seinen Geschäftsinteressen, hatte er gezischt. Und: Um die Angehörigen werde er sich selbst kümmern, hatte er schnell hinzugefügt. Irgendwie hatte er es dann auch geschafft, dass niemand eine Vermisstenanzeige aufgab, weder in Deutschland noch in Georgien. Und Igor war nie wieder aufgetaucht. Schade um ihn.

Über Lado konnte sich Wassili allerdings auch nicht beklagen. Er hatte bereits gelernt, sich mit Fragen zurückzuhalten. Ein ebenfalls angenehmer Kompagnon.

Draußen dämmerte es. Ein eigenartiger Gedanke, dass sie der Sonne hinterherflogen, diese aber dennoch davoneilte. Bald würden sie in Frankfurt landen.

* * *

Vorbei an den Terminals, vor denen Maschinen parkten, die durch ziehharmonikaförmige Gangways mit den Gates verbunden waren. Aus dem Lautsprecher die Bitte des Chefstewards, die Gurte erst zu lösen, wenn die Maschine ihren Zielpunkt erreicht hat und zum Stillstand gekommen ist.

Das Flugzeug rollte aus. Durch das Fenster konnte Lado beobachten, wie es entlang einer weißen Linie wendete. Es fuhr in Richtung der Gebäude, kam weit entfernt von den Terminals zum Stehen.

Wassili war einer der Ersten, der sich erhob und das Aluköfferchen aus der Gepäckablage über ihren Köpfen griff. Einen Augenblick schien er es in der Hand zu wiegen und zu prüfen, ob es nicht während des Fluges geleert worden war. Lado stellte sich vor, was jetzt passieren würde, wenn tatsächlich jemand das Metallkistchen in der Zwischenzeit entwendet, sich den Inhalt angeeignet hätte oder das ganze Köfferchen in einen größeren hätte verschwinden lassen. Ob Wassili versucht hätte, alle Passagiere am Aussteigen zu hindern und eine Durchsuchung einzuleiten? Um den geregelten Ablauf des Ausstiegs nicht zu stören, hätten die Flugbegleiter wahrscheinlich eher Wassili aus dem Verkehr gezogen, als solchen Forderungen nachzukommen.

Eine Weile mussten sie noch warten. Dann hörte er, wie die Luken geöffnet wurden.

Ein Bus wartete auf die Passagiere. Erst nachdem er bis zum Bersten gefüllt war, schlossen sich die Türen

zischend, und eine Hydraulik hob das Fahrzeug ein Stück an, bevor es sich in Bewegung setzte. In einer schier endlosen Fahrt steuerte es auf die Gebäude zu.
»Wahrscheinlich will die Fluggesellschaft nicht die Gebühren aufbringen, die ein Parkplatz an den Gangways kostet«, brummte Wassili. Er presste das Köfferchen gegen seine Brust und forderte Lado auf, sich eng vor ihn zu stellen. Lado postierte sich so, dass er Wassili von der Seite beobachten konnte. Jetzt war er dessen Gesicht ganz nahe. Auf diesem zeichnete sich die Anspannung ab, welche die Anstrengung hervorrief, einerseits Überlegenheit demonstrieren zu wollen, andererseits in der Konzentration auf seinen Geldschatz nicht nachzulassen.
Als sie sich in die Schlange vor der Passkontrolle einreihten, befahl Wassili Lado, sich hinter ihn zu stellen. Lado verstand es so, dass er seinen Begleiter von hinten absichern sollte. Er konnte beobachten, wie Wassili heimlich nach einem möglichen Angriff Ausschau hielt.
Auf dem Weg zur Gepäckausgabe legte Wassili ein Tempo vor, dem Lado kaum folgen konnte. Sie waren die Ersten am Band. Über dem verwies eine digitale Anzeige auf die Maschine, mit der sie gekommen waren. Die blattartigen Glieder, welche die Koffer auch um enge Kurven herum befördern konnten, standen noch still.
Wassili klemmte den Geldkoffer zwischen die Füße, holte ein Portemonnaie aus seiner Hosentasche und drückte Lado eine Zwei-Euro-Münze in die Hand. Mit dem Kinn machte er eine Bewegung zu den Kofferkulis hin, die in der Nähe ineinandergeschoben auf ihren Einsatz warteten.

Lado wunderte sich, dass Wassili einen dieser Wagen benutzen wollte, obwohl sie nur wenig Gepäck mit sich führten. Aber Wassili musste wissen, was er tat. Wahrscheinlich war der Weg zu den Gleisen des Zuges, der sie nach Mannheim bringen sollte, lang und führte durch Gänge und Hallen, über Rolltreppen und Aufzüge. So beeilte sich Lado, der Aufforderung Wassilis nachzukommen, auch um ihm zu signalisieren, dass e r das Sagen hatte. Es konnte nicht schaden, die Rolle des Untergebenen zu spielen.

Allmählich trafen auch die anderen Passagiere ein, von denen Lado einige wiedererkannte. Es entstand ein Gedränge. Jeder versuchte einen möglichst günstigen Platz zu ergattern, um jederzeit auf den sich vorbeibewegenden Koffer Zugriff nehmen zu können.

Wassili wies Lado an, sich ebenfalls nahe am Förderband zu postieren. Er hielt sich mit dem Gepäckwagen im Hintergrund, das Köfferchen immer fest in der Hand.

Mit einem Ruck setzte sich das gliederreiche Transportmittel in Bewegung. Dennoch dauerte es eine Weile, bis die ersten Gepäckstücke aus einer Luke ausgespien wurden. Dann aber folgte eins nach dem anderen: Stoff-, Leder-, Hartschalenkoffer, umschnürte Pappkartons, Skier, Surfbretter, Taschen, Rucksäcke.

Manchmal riss die Kette der Gepäckstücke. Das Ungeheuer, das sich hinter der Luke verbarg, schien erschöpft, bis plötzlich ein neuer Auswurf erfolgte.

Manche Gepäckstücke wurden von ihren Besitzern in Empfang genommen, kaum dass sie den dunklen Schlund verlassen hatten. Andere kreisten in einem fort,

sodass sich der Verdacht einstellte, dass ihre Eigentümer nicht zur Stelle sein konnten. Manchmal hatte man den Eindruck, die Gepäckstücke bewegten sich auf einem falschen Band.
Während Lado nach seinem und nach Wassilis Koffer Ausschau hielt, erzählten sich seine Nachbarn Geschichten von Reisen, auf denen ihr Gepäck zumindest vorübergehend verloren gegangen war. Sie beschrieben lachend, wie sie sich in einem Kaufhaus des Urlaubslandes mit Unterwäsche, Strümpfen, T-Shirts und anderen Kleidungsstücken eindeckten und wie sie den ganzen Urlaub damit verbrachten, den vorübergehenden Verlust mit Improvisation zu überbrücken.
Lado vermutete schon, dass ein ähnliches Schicksal auch Wassili und ihn treffen würde. Immer wieder glaubte er, unter den kreisenden Gepäckstücken einen ihrer Koffer zu entdecken, und musste, wenn er näher kam, enttäuscht feststellen, dass er sich durch irgendein kleines Merkmal von ihren unterschied.
Die ehemaligen Passagiere ihrer Maschine wanderten einer nach dem anderen ab, meist mit gelösten Gesichtern, während bei den wenigen, die zurückblieben, die Anspannung wuchs. Bis endlich auch Wassilis und Lados Koffer aus dem mit Lederlappen verhangenen Schlund ausgespuckt wurden.
Nachdem sie ihre Gepäckstücke in Empfang genommen hatten, mussten sie den Zoll passieren. Zwei uniformierte Beamte blickten streng erst auf sie, dann auf die Koffer. Wassili griff in die Brusttasche seines Jacketts und zerrte ein Papier hervor, das er sorgfältig entfaltete und einem

der Beamten reichte. Zugleich machte er mit dem Kinn eine Bewegung zu der Metallkiste hin.
Der Zöllner studierte das ausgefüllte Formular und nickte. Dann befahl er überraschend streng:
»Öffnen bitte«, wobei er auf die großen Koffer deutete. Beide Beamte wühlten und tasteten sich durch die Kleidungsstücke, nachdem Wassili und Lado dieser Aufforderung nachgekommen waren. Sie schienen enttäuscht, nichts Verbotenes gefunden zu haben. Einer der beiden bemerkte mit sadistischer Gelassenheit:
»Sie können alles wieder zusammenpacken.« Die Zöllner sahen zu, wie Wassili und Lado sich bemühten, den Inhalt ihrer Gepäckstücke wieder in Ordnung zu bringen und die Koffer zu schließen. Während der ganzen Prozedur stand auch das Aluköfferchen auf dem Tisch, ohne dass die beiden Zöllner es weiter beachteten. Wie nebenbei nahm es Wassili an sich und verstaute es auf dem Gepäckwagen.Dann ging es über Rolltreppen lange Gänge entlang, bis sie endlich auf einem Bahnsteig standen.

* * *

Pünktlich auf die Minute schob sich der Zug auf ihrem Gleis in die Bahnhofshalle ein. Die Lautsprecherstimme drängte beim Einstieg zur Eile. Lado wunderte sich. Ihr Waggon sollte der zweite hinter dem Triebkopf sein. Er konnte aber keine Zugmaschine erkennen. Dennoch beeilten sich Wassili und er, in den Waggon einzusteigen, nachdem eine große Anzahl von Passagieren herausgequollen war.

Im Innern stellte sich bald heraus, dass der ICE anders eingefahren war, als auf dem Plan, der auf dem Bahnsteig aushing, angekündigt, nämlich genau umgekehrt. Es lag vielleicht daran, dass es sich bei dieser Station um einen Kopfbahnhof handelte.

›Also auch in Deutschland treten Pannen auf‹, dachte Lado.

Jedenfalls mussten sich die Fahrgäste, die einen Platz in den hinteren Waggons gebucht hatten, nun mit ihren Koffern nach vorn durcharbeiten und die Passagiere mit Reservierungen in den ersten Waggons kämpften sich nach hinten durch. Fast alle Passagiere drängten aneinander vorbei, wobei Wassili das Alukistchen mit einem Arm fest gegen seine Brust drückte. Mit der anderen Hand zog er seinen Koffer teils hinter sich her, teils schob er ihn.

Schließlich hatten die Fahrgäste ihre Plätze gefunden und ihr Gepäck verstaut. Wassili hatte das Metallköfferchen in die Gepäckablage über ihren Köpfen gelegt und den Koffer neben sich in den Gang gestellt. Langsam kroch der Zug aus dem Bahnhof. Ein paar plötzliche Richtungsänderungen liefen mit einem Ruck durch die Waggons.

Einige Fahrgäste packten ihr Laptop aus und fingen an, darauf herumzuhacken. Andere drückten sich ein Handy ans Ohr. Manche lasen Zeitung, manche auch Bücher. Kaum jemand, der sich unterhielt. Lado bedachte die Menschen in seiner Nachbarschaft mit prüfenden Blicken. Wohl niemand, der sich für Wassilis Aktenköfferchen interessierte. Auch nicht der Typ, den Lado am

Ende des Mittelgangs ausmachte. Er mochte etwa 60 Jahre alt sein, trug Jeans, ein hellblaues Hemd, darüber eine gelbe Lederweste. Die Oberseite des Schädels glänzte kahl. Darunter noch ein Kranz sehr kurz geschnittener graublonder Haare.

Der Mann telefonierte nicht, las nicht und war auch mit keinem Laptop beschäftigt, sondern blickte gedankenverloren in die Ferne. Was mochte ihn beschäftigen? Sorgen? Vielleicht wuchsen in seinem Kopf Zukunftspläne und unerhörte Ideen.

Auf gerader Strecke beschleunigte der ICE. Lado kam es vor, als ob er auf Wolken dahingleite. Draußen war kaum etwas zu erkennen. Nur wenn der Zug Ortschaften passierte, säumten beleuchtete Häuserfronten, Fabrikgebäude oder die Einrichtungen kleiner Bahnhöfe die Gleise. Der Zug hielt nur einmal.

›Darmstadt‹ las Lado auf einigen Schildern. Sonst sauste der ICE mit fast unverminderter Geschwindigkeit durch alle meist öden und verlassenen Stationen.

Ein paar Mal entdeckte Lado an Berghängen gelb angestrahltes Gemäuer von Burgen. Darum herum und darunter vermutete er Weinanbau. Er hätte sich gewünscht, dass Wassili, der ihm gegenüber saß und der die Gegend ja kennen musste, ihm etwas erklärte. Aber der hing in seinem Sitz, die Augen waren ihm zugefallen. Er schien zu schlafen.

Plötzlich zuckte Wassili zusammen. Er riss die Augen auf. Sein erster Blick galt dem Köfferchen in der Gepäckablage, der zweite ihm, Lado. Lado grinste wissend. Wassili aber ließ sich auf diesen komplizenhaften Annä-

herungsversuch nicht ein. Er wendete sich abrupt ab und schaute aus dem Fenster in die Dunkelheit.
Lado überlegte, was passiert wäre, wenn er tatsächlich das Metallkistchen an sich genommen und sich zum Ausgang begeben hätte. Wahrscheinlich wäre Wassili bereits in diesem Moment aufgewacht. Auch scheinbar schlafend, schien er wie ein Tier beim leisesten Anzeichen von Gefahr blitzschnell zu reagieren.
Wassili beugte sich nach vorn und vergrub den Kopf in seine Hände. Erst als der Zug seine Fahrt verlangsamte und sich die Ansammlung von Häusern verdichtete, streckte er sich, schirmte die Augen mit den Händen gegen das Licht des Wageninneren ab und brachte sein Gesicht nah an die Fensterscheibe.
»Wir sind gleich da«, zischte er und begann, sich für den Ausstieg vorzubereiten.
Er stand auf, nahm sein Jackett vom Haken und zog es an. Er griff das Köfferchen aus der Ablage und stellte sich in den Gang. Er forderte Lado auf, ihm zu folgen. Beide machten sich, obwohl der Zug noch fuhr, auf den Weg zur Ausgangstür.

* * *

In Mannheim mussten sie noch einmal umsteigen und ein paar Kilometer über den Rhein hinweg nach Ludwigshafen fahren. Zum Glück wartete der Anschlusszug auf dem Bahnsteig gegenüber.
Wassili war zwar zu Ohren gekommen, dass der Gebrauchtwagenmarkt, auf dem er einzukaufen pflegte,

nach Mannheim verlegt worden war. Dort hatte er aber kein Hotel gefunden, das ihm zugesagt hätte, und schon gar nicht in Bahnhofsnähe. Also hatte er beschlossen, wieder in Ludwigshafen zu übernachten, in dem Hotel gleich neben dem Bahnhof, in dem er immer abgestiegen war und das wie ein Turm aus den umstehenden Häuserblocks ragte.

Langsam tastete sich der Zug über die Rheinbrücke. Lado prüfte die Mitreisenden in seiner Umgebung. Am Ende des Mittelgangs entdeckte er wieder den Mann mit der gelben Lederweste. Er starrte Löcher in die Luft. Seltsam. Er musste ihnen beim Umsteigen gefolgt sein, ohne dass Lado darauf geachtet hatte.

Lado blickte aus dem Fenster. In einiger Entfernung eine hell erleuchtete Industrieanlage mit vielen Kesseln, Röhren, Gebäuden und Kränen am Ufer, vor denen lang gestreckte Kähne lagen. Mit quietschenden Bremsen hielten die Waggons auf einem Gleis, auf dem nur wenige Menschen warteten. Sie schienen, wie der Bahnhof selbst, von einer Aura der Verlassenheit umgeben.

Als Wassili und Lado ausstiegen, schlug ihnen ein Schwall überraschend warmer Luft entgegen. Sie roch nach Kiefernwäldern. Zumindest Wassili wusste, dass sie von den Bergen des Pfälzer Waldes herüberwehte, dass sie sich über den mit Wein überzogenen Hügeln und über den Feldern der Ebene anreicherte. Keine Spur von Chemie, zumindest keine, die mit der Nase aufgenommen werden könnte. Und Wassili dachte an die Geschichte, die ihm ein Ludwigshafener Kunde einst erzählt hatte, nämlich dass die BASF ursprünglich in Mannheim gebaut werden sollte. Mannheim habe sich der Errichtung dieses Chemiewerks widersetzt mit dem Argument, dass der Gestank, den die Schornsteine der Fabrik verbreiteten, den Bürgern nicht zuzumuten sei. So siedelte sich das Unternehmen in Ludwigshafen an. Da aber der Wind vom Westen her zu wehen pflegt, könne Ludwigshafen die Steuereinnahmen genießen und Mannheim müsse sich nun mit dem Gestank herumplagen.

Lado und Wassili eilten den Bahnsteig entlang. Als Lado sich zufällig umdrehte, bemerkt er, dass ihnen der Mann mit der gelben Lederweste folgte. Lado bückte sich, gab vor, seinen Schuh neu binden zu müssen. So zwang er Wassili, auf ihn zu warten. Der Mann überholte sie, scheinbar ohne auf sie zu achten. Als sie dann die Bahnhofshalle durchschritten, stand er an einem Kiosk und schien Zeitungen zu studieren. Es fiel auf, dass er weder einen Koffer mit sich führte noch eine Tasche trug. Anzunehmen, dass er in Ludwigshafen wohnte. Lado und Wassili überquerten einen Platz. Der Mann schien ihnen nicht zu folgen.

An der Hotelrezeption eine junge Dame, der ein dunkelblaues Kostüm und eine weiße Bluse ein adrettes Aussehen verlieh. Ihr dunkles, streng zurückgekämmtes und zu einem Pferdeschwanz gebundenes Haar deutete an, dass sie ihre weiblichen Reize hier im Zaum halten wollte, was aber die Fantasie vor allem der männlichen Kunden und so auch die von Wassili und Lado besonders beflügeln mochte.

Die Hotelangestellte prüfte die Reservierung im Computer, drehte sich um, nahm einen Schlüssel vom Haken und legte das mit einem massiven, glockenförmigen Messinggewicht ausgestattete Instrument auf die Empfangsbarriere. Lado wollte das schwere Metallstück schon an sich nehmen, aber die junge Frau hielt ihm ein Formular vor die Nase und bat ihn, es auszufüllen.

»Es genügt, wenn Sie einen Namen einsetzen«, bemerkte sie und warf einen kurzen Blick auf Wassili, als dürfe man die uneingestandene Peinlichkeit, dass zwei Männer in einem Zimmer übernachten, gar nicht erst aufkommen lassen.

Fjodor hatte darauf bestanden, dass sie in Hotels keine getrennten Zimmer nehmen sollten. Nicht aus Geiz, sondern aus Misstrauen besonders ihm, Lado, gegenüber. Wassili schien daran gewöhnt, denn er hatte die Anweisung fast ungerührt zur Kenntnis genommen, während Lado in einem Anflug von jugendlicher Leichtfertigkeit eingewendet hatte, man könne sie für homosexuell halten. Damit hatte er sich nur eine wegwerfende Geste von Fjodor eingehandelt: »Als ob das heute noch eine Rolle spielt.«

Das Zimmer befand sich im sechsten Stock, den sie mit dem Fahrstuhl erreichten. Der Einbauschrank, dessen Mahagonitüren sich wie über Luftpolster schieben ließen, bot für ihre Kleidung ausreichend Platz. Im Innern ein Safe. Wassili öffnete das kleine Metallbehältnis, nahm mit beiden Händen die gebündelten Scheine heraus und verstaute sie in dem kleinen Tresor, der damit gänzlich gefüllt war. Als er ihn verschloss, achtete er darauf, dass Lado nicht den eingetippten Code erkennen konnte.

Neben dem Doppelbett, dem gegenüber auf einer kleinen

Wandkonsole ein Fernsehapparat lockte, war der Raum noch mit einer kleinen Sitzgruppe ausgestattet, zwei Sesselchen, dazwischen ein kleiner, runder Tisch. Wassili warf sich in eines der gepolsterten Möbelstücke, nachdem er sich ein Bier aus der Minibar gegriffen hatte. Er setzte die Flasche an die Lippen und leerte sie in einem Zug. Lado begnügte sich mit einem der alkoholfreien Getränke. Wassili schnappte sich die Fernbedienung des Fernsehers, zappte einige Programme durch und schaltete das Gerät wieder aus. Er werde heute früh ins Bett gehen, brummte er und begann sich zu entkleiden. Lado überlegte kurz.

»Ich will mich noch ein bisschen in der Stadt umsehen«, verkündete er.

»Auf keinen Fall«, fuhr ihn Wassili an.

So blieb Lado nichts anderes übrig, als es Wassili gleichzutun. Er überlegte, ob er noch etwas lesen solle, aber ihm fiel ein, dass er letztlich doch vergessen hatte, sich mit Lektüre einzudecken. Also beschloss er, es ebenfalls mit Schlafen zu versuchen.

* * *

Am nächsten Morgen genossen Wassili und Lado das ausladende Frühstücksbuffet, das im obersten Stockwerk aufgetischt war. Lado konnte sich gar nicht sattsehen an der Fülle verschiedener Lebensmittel, die über mehrere Tischplatten verteilt waren. Verschiedene Säfte, Joghurtsorten, Cornflakes, Haferflocken, Nüsse und Kerne, Kuchen, Croissants, Brötchen, Brot, das man sich selbst abschneiden konnte, Butter, Marmelade, Wurst, Käse, Rührei, gekochte Eier, Birnen, Äpfel, Bananen, Orangen, Kiwis, Trauben und Obstsalat, getrocknete Früchte und vieles mehr. Während sich Lado seinen Teller volllud, sprach ihn ein Mann an und fragte ihn, ob sie zum Gebrauchtwagenmarkt wollten.

Wie er darauf komme, fragte Lado verblüfft zurück.

Er habe seinen Partner, der Mann machte eine Bewegung mit dem Kinn zu Wassili hin, schon getroffen, als die Gebrauchtwagenbörse noch in Ludwigshafen in der Nähe dieses großen Chemieunternehmens stattgefunden habe. Nun sei sie nach Mannheim umgezogen, ob sie das wüssten?

Ja, das wüssten sie, entgegnete Lado. Ob er auch dorthin wolle, fragte Lado den Mann.

»Nein, nein«, lachte der.

Er sei in ganz anderen Geschäften unterwegs. Aber er wünsche viel Erfolg.

Während Lado und Wassili ihren Kaffee schlürften, überblickten sie die Stadt mit ihren brutal durch Wohnviertel gezogenen und auf Betonstelzen befindlichen Schnellstraßen. Sie führten fast alle auf das größte Chemiewerk zu. Das machte mit seinen Schornsteinen, vielen Röhren und lang gestreckten Gebäuden einen ganzen Stadtteil aus. Hinter der Anlage der Rhein, an dessen Ufer sich noch weitere Fabriken angesiedelt hatten.

Lado hatte, wenn er die Augen schloss, die Vision, dass diese Industriezentren im Zeitraffertempo ungeheuere Menschenmengen aus dem gesamten Umland ansaugten und wie ein pulsierender Mechanismus in regelmäßigen

Abständen wieder ausspien. Die Adern, auf denen sich diese Ströme bewegten, führten auf der einen Seite auch durch Mannheim, über die Ebene hinweg bis tief in den Odenwald hinein, auf der anderen Seite in die Pfälzer Berge, ebenso nach Süden und nach Norden, wo sich kleinere Ortschaften in kurzen Abständen ausbreiteten. Von ihrem erhöhten Aussichtspunkt aus waren auch die rechtwinklig zueinander laufenden Straßenzüge Mannheims zu erkennen, welche die Stadt in Quadrate einteilten. Ein Fernsehturm grüßte zu den beiden Georgiern herüber.

Lado erzählte Wassili von der Begegnung am Frühstücksbuffet. Wassili schüttelte erstaunt den Kopf. Er habe nie mit jemandem über seine Tätigkeit gesprochen, wunderte er sich. Lado wollte ihm den Hotelgast zeigen, aber der war bereits verschwunden. Lado erinnerte sich, dass ihm irgendetwas an dem Mann bekannt vorgekommen war. Er fragte sich, ob es sich bei der Person möglicherweise um den Typ handelte, von dem er gestern den Eindruck hatte, dass er sie im Zug und auf dem Weg ins Hotel observierte, nur dass er jetzt keine gelbe Lederweste, sondern einen dunklen Anzug trug. Lado konnte sich aber auch ebenso gut täuschen.

Nachdem sie gefrühstückt hatten, machten sie sich auf den Weg. Wassili hatte den neuen Ort über das Internet herausgefunden und sich auch darüber informiert, wie man von Ludwigshafen aus dorthin gelangte. Zum Berliner Platz waren es nur ein paar Schritte. Dort stiegen sie in die Linie 6, ruckelten über den Rhein, durch die Innenstadt von Mannheim, zwischen den Fassaden alter

Häuser hindurch, dann durch ein Industriegebiet. Wassili wusste, wo er aussteigen musste. Sie liefen eine Straße entlang, unter einer Brücke hindurch, über eine andere Brücke hinweg, neben einer Autobahn her, bis sie den Platz erreichten.

Er schien eingerahmt von Autobahnen, zumindest auf zwei Seiten. In der Nähe ein kleiner Flugplatz und ein Ausstellungsgelände von Fertighäusern.

In der Ferne kletterten Weinberge die Hänge hinauf. Über ihnen Wälder, die scharf gegen den stahlblauen Himmel abstachen. Steinbrüche leuchteten herüber wie klaffende Wunden im gelben Fleisch der Hügelflanken. Am Fuß der Berge Ortschaften. Aus einer tieferen Kerbe flossen Häuser. Das musste Heidelberg sein.

Das Gelände des privaten Automarkts war eingezäunt. Als Interessent würden sie freien Eintritt genießen, teilte ihnen ein Mann mit, der in einem aus Brettern gezimmerten Pförtnerhäuschen Zeitung las.

Noch herrschte wenig Betrieb. Manche Anbieter standen neben ihren Fahrzeugen in der Sonne und warteten auf potenzielle Käufer. Andere saßen in ihrem Wagen, blätterten in Zeitschriften, bedienten die Tastatur eines Notebooks, telefonierten oder nutzten die flaue Zeit, um sich, den Kopf an die Nackenstütze gelehnt, zu entspannen.

Einer dieser Männer kam Lado bekannt vor. War das nicht der Typ in hellblauem Hemd und gelber Lederweste, der sie schon seit Frankfurt zu verfolgen schien? Nur dass er im Augenblick ein T-Shirt trug und seltsamerweise einen Hut. Aber kein anderer dürfte solche Löcher in die Luft starren. Vielleicht täuschte sich Lado auch.

Selbst wenn es sich um dieselbe Person handelte, gäbe es dafür ganz einfache Erklärungen. Zum Beispiel, dass der Mann in Ludwigshafen wohnte und jetzt versuchte, seinen alten Golf zu verkaufen.
Wassili und Lado schlenderten durch die Reihen der angebotenen Wagen, ohne dass eines der Fahrzeuge ihr besonderes Interesse weckte. Wassili schien schon enttäuscht. Da trat ein junger Mann auf sie zu und fragte, ob sie vielleicht etwas ganz Besonderes kaufen wollten. Wassili musterte ihn misstrauisch.
Der Mann war mittelgroß, etwa 35 Jahre alt, steckte in einem eleganten Anzug und trug einen dunkelbraunen Hut, unter dem dickes schwarzes Haar hervorquoll.
Worum es sich handele, wollte Wassili wissen. Lado übernahm die Rolle des Dolmetschers.
Der Mann sprach schnell und mit leiser Stimme. Ab und zu legte er eine Pause ein und Lado übersetzte.
Er habe einen Wagen anzubieten, sagte der Mann, einen Wagen der absoluten Oberklasse, eine Limousine, wenig gebraucht, praktisch neu. Das Problem sei, er wolle diesen nicht öffentlich offerieren, weder in der Zeitung noch im Internet noch hier auf diesem Gebrauchtwagenmarkt. Denn hier in dieser Gegend würde jedes Kind das Auto kennen. Und jeder würde wohl sofort hämisch feststellen, dass er offensichtlich dringend Geld benötige. Das entspreche leider den Tatsachen. Was nicht bedeute, dass er am Ende sei. Es handele sich lediglich um einen vorübergehenden Engpass, den er schnell überwinden müsse. Deshalb müsse er auf sofortige Barzahlung bestehen. Wenn man sich auf dieser Basis einigen könne, gereiche

das Geschäft beiden Seiten zum Vorteil. Ob sie interessiert seien?
Wassili überlegte, ob sie sich auf dieses Angebot einlassen sollten. Die Erklärung des Mannes schien ihm etwas an den Haaren herbeigezogen. Aber bei der Art von Geschäften, die er tätigte, war dies kein Einzelfall. Manche erzählten, sie hätten das Fahrzeug geerbt und planten, dessen Wert jetzt in anderer Form zu investieren. Andere wiesen darauf hin, dass schon allein die Haltung einer Nobelkarosse ein Vermögen koste. Wenn man allein an den Preis von Ersatzteilen denke. Keiner sprach offen aus, dass der Wagen einen versteckten Makel habe, dass er zum Beispiel übermäßig Öl verbrauche, dass an irgendeiner versteckten Stelle bei Regen Wasser in den Innenraum eindringe oder dass eine große Reparatur anstehe. Deshalb hatte er sich abgewöhnt, auf Erklärungsversuche Wert zu legen. Ihn interessierte die Qualität der Fahrzeuge und die Frage, ob die Papiere in Ordnung sind. Das musste er prüfen.
»Können wir uns den Wagen einmal ansehen?«, fragte Wassili und Lado übersetzte.
»Das Auto steht im Augenblick in einer Scheune jenseits des Rheins. Ich muss aber sichergehen, dass sie den Preis sofort entrichten können. Das heißt, ich muss das Geld sehen.«
Lado übersetzte.
»Um was für ein Modell handelt es sich denn?«, wollte Wassili wissen.
»Es handelt sich um einen Mercedes CL, eine Sonderanfertigung mit vielen Extras. Neu kostet der Wagen weit

über 300 000 Euro. Ich würde ihn für die Hälfte abgeben.«
Wassili überlegte. Lado sah, wie es in ihm arbeitete. Dann hörte er ihn sagen und übersetzte: »Im Augenblick habe ich das Geld nicht bei mir. Wir können uns aber in zwei Stunden treffen. Dann werde ich es Ihnen zeigen und Sie können es prüfen.«
»Einverstanden«, entschied der Mann, zückte einen kleinen Notizblock und kritzelte darauf eine Adresse.
Er riss das Blatt ab und überreichte es Wassili. Der warf einen Blick darauf und nickte.
»In zwei Stunden.«

* * *

Wassili und Lado fuhren mit der Straßenbahn zurück zum Hotel. Sie überlegten, ob sie einen Teil des Geldes zurücklassen sollten, entschieden aber, alles mitzunehmen. Wassili holte die Bündel aus dem Safe und packte sie in den Metallkoffer. Unterschwellig mochten sie auch denken, sie könnten den Anbieter mit den vielen gebündelten Scheinen beeindrucken. Sie baten die Dame an der Rezeption, ein Taxi zu rufen. Dem Fahrer zeigten sie den Zettel mit der Adresse.
»Das ist drüben in Mannheim, im Jungbusch«, sagte er und fuhr sofort los.
Teile der Strecke kannte Lado bereits und er fing an, sich hier heimisch zu fühlen. Als sie in den Jungbusch einbogen, wunderte er sich doch.
Dass es solche Viertel überhaupt in Deutschland gab,

Häuser, aus deren Fenstern die türkische Flagge hing, Schilder mit arabischen Schriftzeichen, Männer in dunklen Anzügen, manche gar im Kaftan und mit Turban, die vor Cafés saßen, Backgammon spielten und Wasserpfeife rauchten, vereinzelt schritten Frauen, verschleiert und in schwarze Gewänder gehüllt, durch die Straßen. Das hatte Lado nicht erwartet.

Auch ihren Geschäftspartner hatte er sich anders vorgestellt. Aus der Ferne sitzt man leicht einem Vorurteil auf. Er hätte wissen müssen, dass in Deutschland nicht nur blonde Menschen leben, dass sich das Land durch verschiedene Einwanderungswellen in einen Schmelztiegel verwandelt hat. Süd- oder Südosteuropäer, Orientalen und Asiaten wohnten vielleicht schon seit Generationen im Land, waren hier aufgewachsen, sprachen deutsch, dachten deutsch und besaßen einen deutschen Pass. Er musste sich also an den schwarzen Locken nicht stören, nicht an dem gelblichen Teint der grobporigen Haut.

Das Taxi hielt vor einem Café und Wassili bezahlte. Als Lado und er eintraten, mussten sie sich erst an das schummrige Licht gewöhnen. Hinter dem Tresen ein Kellner, der mit der Reinigung von Gläsern beschäftigt war. Er blickte kaum auf. Schemenhaft entdeckten sie in einer dunkeln Nische einen Mann, der aufstand und durch Handzeichen auf sich aufmerksam machte. Sie setzten sich zu ihm an den Tisch.

Zum Glück konnte die Nische von den übrigen Räumlichkeiten aus kaum eingesehen werden. Lado versuchte herauszufinden, ob der Mann, der ihnen das Auto verkaufen wollte, in diesem Café bekannt war. Er hatte sehr darauf geachtet, wie der Barkeeper reagierte, als sie eintraten, ob er informiert war und sie erwartete, hatte aber keine Zeichen einer möglichen Vorinformation entdeckt. Auch als er um den Tresen herumkurvte und auf sie zukam, um die Bestellung aufzunehmen, zeigte er keinen Anflug von Vertraulichkeit gegenüber ihrem Verkaufsinteressenten. Dennoch schien sich ihr Gegenüber nicht das erste Mal in diesem Lokal aufzuhalten. Er schien die Nische zu kennen und hatte diesen Ort offensichtlich bewusst für ihre Verhandlungen ausgewählt.

»Kann ich das Geld sehen?«, fragte der Mann, nachdem sie bestellt hatten.

Lado wuchtete sein Aluköfferchen auf den Tisch, drehte an den Rädchen des Zahlenschlosses und klappte den Deckel zurück. Er bemerkte, dass ihr Interessent angesichts der vielen ordentlich gebündelten Scheine fast erschrocken die Augen aufriss. Er war es, der das metallene Behältnis wieder zuschlug, umherblickte, als müsse er sich vergewissern, dass sie niemand beobachtete.

»Sie scheinen ja noch einiges vorzuhaben?«, japste er wie jemand, der vergeblich versucht, seine Aufregung zu unterdrücken.

Lado brachte, als der Kellner nahte und drei Kaffee servierte, den quaderförmigen Aluminiumkasten vor den neugierig forschenden Augen in Sicherheit. Er schob ihn unter den Tisch neben sein Bein und zwar so, dass er ihn spürte.

Während der Kellner die Tassen verteilte, ein Zuckerdöschen und ein Milchkännchen zurechtrückte, schwiegen die drei. Erst als er sich zurückgezogen hatte, antwortete

Lado: »Sie sind nicht unser einziger Geschäftspartner. Wir haben noch weitere Aufkäufe zu erledigen.«

Der Anbieter nickte. Er gab sich jetzt ganz geschäftsmäßig. »Wie wollen wir vorgehen?«

»Wir sehen uns den Wagen an. Mein Mitarbeiter wird ihn prüfen und dann sehen wir, dass wir uns über den Preis einigen. Sie händigen uns den Schlüssel und die Papiere aus. Wir werden das Auto dann abholen. Die Bezahlung erfolgt bei Übergabe.«

Wieder nickte der Anbieter. Er schien einen Moment zu überlegen. Dann entschied er: »Den Wagen können wir gleich besichtigen.«

Er schob einen Schein halb unter seine Untertasse und erhob sich.»Die Rechnung geht auf mich.« Im Hinausgehen fügte er hinzu: »Wir müssen ein Stück fahren. Mein Wagen steht gleich um die Ecke.«

* * *

Sie fuhren auf eine Ringstraße und auf einer Brücke über den Rhein. Kurz darauf bogen sie rechts ab, kamen an einem Platz vorbei, auf dem Marktleute gerade ihre Stände abbauten und ihre Waren in Lieferwagen verstauten. Wassili kannte diese Gegend, wusste, dass sie an einem Fußballstadion vorbeikommen würden, an verschiedenen Chemiefabriken und auch an dem Platz, auf dem sich früher der Gebrauchtwagenmarkt befand. Sie bogen nach links ab.

›Altrip‹ war auf einem Schild zu lesen. Schon ging die Stadt in Landschaft über, links der Rhein, an dessen Ufer eine Reihe von Wohnwagen und Gartenhütten eine idyllische Freizeit versprachen. Sie waren von kleinen Parzellen umgeben, auf denen wahrscheinlich Industriearbeiter ihr Wochenende genossen. Rechts ein Saum von Maisfeldern, dahinter die üppigen Bäume des Rheinwalds.

Wassili hätte sich gern selbst ans Steuer gesetzt. Das aber hatte ihr Geschäftspartner entschieden abgelehnt. Nun überlegte Wassili, ob er ihm trauen konnte? Warum eigentlich nicht? Er machte einen seriösen und aufgeräumten Eindruck, wenngleich die Tatsache, dass er ein teures Auto zu verkaufen hatte, selbst aber einen alten Ford fuhr, zu denken geben konnte. Andererseits war Wassili in diesem Geschäft schon auf so viele Widersprüche gestoßen, dass er kaum noch Versuche unternahm, sie ganz und gar aufzulösen.

Der Fahrer bog rechts in einen Feldweg ein. Zwischen hohen Maispflanzen rechts und links wurde der Blick eingeengt, wurde auf den Weg gezwungen, der vor ihnen in einer Linkskurve verschwand. Hinter ihnen vernebelte eine Staubwolke die Sicht.

Der Weg endete auf einer kleinen zwischen den Feldern und dem Waldrand gelegenen Wiese. Auf der behauptete sich ein aus Brettern gezimmerter Schuppen gegen die Witterung und gegen gelegentlichen Wind.

»Wir sind da«, verkündete der Fahrer und bat Wassili und Lado auszusteigen.

›Auch von hier aus ist nichts zu sehen als dieser Mais und der Wald‹, dachte Lado, während er mit Wassili auf den Schober zustapfte.

Der Platz ist gut gewählt, wenn man etwas verstecken möchte. Lado blickte, während sie sich näherten, auf das Scheunentor und stellte fest, dass es durch ein Schloss gesichert war.

›Unser Mann wird mit dem Schlüssel gleich nachkommen‹, dachte er. Da sah er, dass Wassili sich plötzlich umdrehen wollte. Im gleichen Moment spürte er einen stechenden Schmerz im Rücken und hörte Schüsse. Er wurde mit einer solchen Wucht erfasst, dass er vornüberkippte. Irina fiel ihm ein. Er hatte die Idee, dass sie sich von ihm nur vorübergehend getrennt hatte. Wahrscheinlich hätte sie nach einiger Zeit bemerkt, was sie mit ihm verloren hatte. Sie wäre zurückgekommen. Das Schicksal aber entschied, dass eine Rückkehr nun für alle Zeit ausgeschlossen blieb. Wie würde sie reagieren, wenn ihr das bewusst würde?

Und seine Eltern? All ihre Investitionen in ihn würden nun keine Früchte tragen. All ihre Pläne, die sie mit ihm verfolgten, würden sich in Luft auflösen. Würden sie es dennoch schaffen, weiterzuleben?

Und seine eigenen Hoffnungen? Er hatte nun nicht mehr die Zeit, ihnen nachzutrauern. Sie verblassten sehr schnell, verströmten mit seiner Energie. Er merkte, dass er nicht mehr die Kraft haben würde, aufzustehen, und auch nicht mehr lange, um sich bei Bewusstsein zu halten.

drei

Wieder einmal eine ausgesprochene Pechsträhne. Es war wie verhext. So lange Alexander auf ›Rouge‹ setzte, landete die Kugel auf ›Noir‹. Warf er den Chip auf ›Noir‹, schlug die Serie sofort um und der flinke geometrische Körper kullerte entgegen allen Erwartungen im letzten Moment auf ein rotes Feld. Spielte er ›Pair‹, wurde das kleine, weiße, runde Schicksal scheinbar magnetisch von ungeraden Zahlen angezogen und umgekehrt. Auch bei Reihen, Quartetten und einzelnen Feldern war ihm kein Glück beschieden. Letztlich hatte er im Kasino weit mehr verloren, als er riskieren wollte.

Und die Pechsträhne nahm kein Ende. Schon auf dem Weg von Bad Dürkheim zurück nach Mannheim hatte er sich mit dem Gedanken angefreundet, dass er sich zu Hause mit ein paar Flaschen Bier über den Verlust hinwegtrösten könnte. Aber auch sein Kühlschrank hielt ihn zum Narren. Alexander war sich sicher, ihn aufgefüllt zu haben. Die leeren Fächer, die er ungläubig anstarrte, schienen ihn geradezu zu verhöhnen. Er wollte sich schon auf den Weg machen, um an irgendeiner Bar seinen Ärger hinunterzuspülen, da klingelte das Telefon. Auch das kein gutes Omen.

Sein V-Mann-Führer wünschte ihn dringend zu sprechen.

Und seine Stimme klang nicht so, als ob er ihn für seine Arbeit belobigen wollte. Er schlug den Heiligenberg bei Heidelberg vor. Treffpunkt auf dem Parkplatz vor der Thingstätte.

Alexander verzichtete auf den ersehnten Schlaftrunk. Stattdessen recherchierte er im Internet. Er hatte im Hinterkopf, dort einmal eingekehrt zu sein, in einer Gaststätte, konnte sich aber nur noch dunkel erinnern. Möglicherweise hatte sie längst den Besitzer gewechselt. Google meldete ›Waldschenke‹ und führte ihn auf die Webseite des Lokals. Ein Blick auf die Speisekarte verriet ihm, dass man in ihn nicht mehr sehr viel investieren wollte. Kein Gericht über zwanzig Euro. Die meisten unter zehn. Auch die Getränke äußerst preiswert und daher wahrscheinlich nicht vom Besten.

Ärgerlich fing Alexander an, sich zu entkleiden, und verkroch sich unter der Bettdecke. Vielleicht, dass ein angenehmer Traum wenigstens im Schlaf seine Stimmung erhellte. Aber er träumte nur wirres Zeug. Jemand hatte ihn aus seiner Wohnung vertrieben. Er wollte zurückkehren, fand jedoch die Tür verschlossen. Zum Glück kam er in einem Wohnmobil unter, mit dem er durch die Landschaft gondeln konnte. Auch darin blieb er von Unruhe getrieben. Jemand schien ihn zu verfolgen.

Am nächsten Tag machte sich Alexander auf den Weg, fuhr mit seinem alten Ford Kombi hinüber nach Heidelberg, über die Theodor-Heuss-Brücke nach Neuenheim, Handschuhsheim und durch das Sieben-Mühlen-Tal eine mit Teerflicken übersäte, gewundene Straße hinauf zur Kuppe des Heiligenbergs. Als er an einem kleinen Turm vorbeikam, überlegte er kurz, ob er anhalten und einen Blick hinunter auf die Stadt und auf das gegenüberliegende Schloss werfen sollte. Aber im Rückspiegel erblickte er bereits den dicken BMW von Herrn Doktor Michael Krause. Also drückte er den Fuß auf das Gaspedal und bretterte das restliche kurze Stück auf der unebenen Straße zum Parkplatz vor der Gaststätte. Sein Vorgesetzter so dicht hinter ihm, als wolle er ihm zeigen, dass Alexander ihm nicht mehr entwischen konnte.

Über Nacht hatte der gestern noch blanke Himmel Wolken übergezogen, als müsse er sich gegen die merklich kühlere Luft schützen. Bei solchem Wetter trieb es Ausflügler wohl eher in Museen oder zu anderen Sehenswürdigkeiten in geschlossenen Räumen. Jedenfalls hatte sich außer ihren beiden Autos kein anderes eingefunden.

»Machen wir einen Spaziergang«, rief Herr Krause, noch während er ausstieg. »Einmal um die Kuppe. Genau die richtige Strecke für das, was wir zu besprechen haben.«

Alexander hätte sich am liebsten wieder auf den Sitz seines Ford Kombi zurückfallen lassen. Er hatte zumindest mit einem späten Mittagessen gerechnet. Auch wenn er die Hoffnung auf etwas Feineres aufgegeben hatte. Mit einer deftigen Mahlzeit hätte er sich abgefunden. In Erwartung dessen hatte er sein Frühstück ausfallen lassen. Dementsprechend knurrte ihm der Magen. Er wollte mit Kalorien versorgt werden. Wie sollte Alexander seinem Energiehaushalt gerecht werden? Allein schon bei dem Gedanken, jetzt eine längere Strecke gehen zu müssen, wurde ihm kurz schwarz vor Augen. Er musste sich zusammenreißen. Sich bloß nichts anmerken lassen. Wie-

der einmal benötigte er Geld und er wollte Herrn Krause fragen, ob er ihm nicht einen Vorschuss gewähren könne und, diese Hemmschwelle war zu überwinden, ob nicht auch eine Erhöhung seiner Bezüge in Betracht käme. Sein jetziges Einkommen reiche nicht zum Leben und nicht zum Sterben.
Ein kühler Wind fegte in Böen durch die noch jungen Blätter, die sich dabei aufrauschend in die abgewendete Seite kehrten.
Krause richtete einen besorgten Blick zum Himmel. Er öffnete die Heckklappe seines Wagens und holte einen Anorak aus dem Kofferraum.
»Für alle Fälle«, brummte er. Alexander wurde bewusst, dass er sich in keiner Weise auf die Witterung eingestellt hatte: keine Regenjacke, keinen Regenschirm. Warum auch. Er hatte mit einem Gespräch im Innern eines Restaurants gerechnet. Er wagte nicht, Krause zu fragen, ob er nicht zufällig mit etwas Regenschutzähnlichem auch für ihn aufwarten könne.
Krause stürmte sofort los. Anfangs deutete der Weg mit einer allerdings ziemlich ramponierten Asphaltschicht an, dass er auch wirtschaftlichen Zwecken dienen konnte, zum Beispiel als Zufahrt zur Thingstätte, um diese bei Großveranstaltungen mit Geräten auszustatten und um das Publikum mit Nahrungsmitteln und Getränken zu versorgen. Jetzt versperrte eine Schranke den Weg. Dahinter stieg er leicht an. Alexander konnte seinem Vorgesetzten nur mit Mühe folgen.
Krause hielt einen kleinen Vortrag über das Bauwerk, an dem sie vorbeistürmten. Es besitze die Form eines

Amphitheaters. Die Heidelberger hätten es gebaut, weil Hitler hier eine Rede halten sollte. Der kam aber nicht. Heute diene es verschiedenen Gruppen und Organisationen zu genehmigten und nicht genehmigten Veranstaltungen. In der Nacht zum 1. Mai würden Scharen von Jugendlichen hier die Walpurgisnacht feiern, was die Stadtverwaltung immer in arge Bedrängnis bringe, weil solche informellen Veranstaltungen aus Haftungsgründen eigentlich verboten seien, es aber einer riesigen Polizeiaktion bedürfe, um sie zu unterbinden. Das halte man dann auch nicht für angemessen.
Der Weg überschritt seinen Scheitelpunkt, verwandelte sich in einen unasphaltierten Pfad und neigte sich. Alexander verstand nicht ganz, warum Krause ihm solche Storys erzählte. Was interessierte ihn Geschichte? Was interessierten ihn kommunale Probleme? Er brauchte möglichst schnell mehr Geld. Und Krause könnte ihm helfen. Vorsichtig schnitt er dieses Thema an. Er merkte sofort, wie sein V-Mann-Führer frostig wurde.
»Es fällt mir schwer, mit meiner Vergütung auszukommen«, stöhnte Alexander.
Da grinste Krause. Andere müssten auch haushalten. Er empfehle ihm, sich nach der Decke zu strecken, das heiße, sich einen anderen Lebensstil anzueignen. Oder, Krause schob eine lange Pause ein und fügte dann schnell an: Er müsse mehr liefern.
Und damit nicht genug. Wie um ihn zu demütigen, zog der V-Mann-Führer vom Leder. Was er, Alexander, bis jetzt abgegeben habe, habe sich als weitgehend unbrauchbar, die vermuteten Verdachtsmomente als un-

haltbar erwiesen. Wenn er nur an die drei Chemielaboranten denke. Völlig harmlose Menschen.
Alexander erinnerte sich ungern. Er hatte drei türkische Muslime angezeigt, die als Chemielaboranten bei einem Ludwigshafener Unternehmen beschäftigt waren. Er hatte sie auf dem Fußballplatz des SV Waldhof kennengelernt. In der Halbzeitpause waren sie ins Gespräch gekommen. Sie hatten verabredet, sich in absehbarer Zeit einmal zu treffen. Zu diesem Zweck hatten sie ihre Adressen ausgetauscht. Natürlich hatte er völlig falsche Daten angegeben, sodass eine Kontaktaufnahme nicht möglich war, zumindest nicht mit ihm. Aber er hatte ihre Adressen an seinen V-Mann-Führer weitergegeben und den Verdacht geäußert, dass die drei ein Sprengstoffattentat planen könnten. Mehr nicht. Vermutlich wurden sie daraufhin von der Kripo observiert, möglicherweise sogar festgenommen. Ist es seine Schuld, dass man so hysterisch reagierte?
Ob er glaube, fuhr sein V-Mann-Führer fort, dass man ihn nicht durchschaut habe. Man habe doch stark den Eindruck, dass er die meisten Adressen, die er zur Anzeige gebracht hat, schlicht dem Internettelefonbuch entnommen habe. Offensichtlich habe er aufgrund der Namen angenommen, dass es sich bei den Personen um Muslime handele. Ein für alle Mal solle er sich merken: Erstens sei nicht jeder Muslim verdächtig. Zweitens sei nicht jede Person mit arabischem Namen Muslim. Und drittens habe er mit seinen Anzeigen unbescholtene Bürger einem unbegründeten Verdacht ausgesetzt. Das erfülle den Straftatbestand der Rufschädigung. Ganz

abgesehen von der behördlichen Blamage. Als ob es so leicht sei, in wirklich gefährliche Kreise einzudringen. Es wurde immer schwieriger, brauchbares Material zu liefern. Seine Vorgesetzten zwangen ihn geradezu, seine Informationen aufzublähen. Früher waren sie schon damit zufrieden, dass er ihnen den sinngemäßen Inhalt einer Imampredigt überbrachte. Später ließen sie dann erkennen, dass ihnen die Aussagen zu zahm schienen. Selbst schuld, dass er anfing, die Worte der Vorprediger mit dunklen Andeutungen zu würzen. Das schien sie eine Weile zu besänftigen, jedoch gleichsam augenzwinkernd, als ob sie sein Spiel durchschauten, ja mehr noch: es duldeten. Auch sie wurden von Erfolgsdruck getrieben. Der bewirkte, dass sie seinen Schwindeleien geradezu begierig Glauben schenkten. Bei der Wasserturmgeschichte war er vielleicht doch ein bisschen zu weit gegangen. Die Polizei hatte den ganzen Park um den Wasserturm abgesperrt. Nur weil er gemeldet hatte, er habe eine Formulierung in der Predigt so verstanden, als ob man einen Sprengstoffanschlag auf das Wahrzeichen Mannheims plane. Mit einer solchen Polizeiaktion hatte er nicht gerechnet. Natürlich war nichts passiert. Er hatte noch versucht, glaubhaft zu machen, dass sein Hinweis eine Katastrophe verhindert habe. Das wollte man nicht gelten lassen. Im Gegenteil. Er wurde ernsthaft ins Gebet genommen. Er habe mit seiner Meldung einen falschen Alarm ausgelöst. Und das Ganze stand dann auch noch groß in allen Zeitungen. Selbst das Fernsehen hat über diesen Vorfall berichtet. Nicht nur die Rhein-Neckar-Region, die ganze Nation hat über diesen Einsatz gelacht.

Der Weg verengte sich mehr und mehr. Ein rot-weißes Band und ein dreieckiges Schild mit der Aufschrift ›Lebensgefahr‹ forderte sie auf, umzukehren. Aber Krause ließ sich nicht davon irritieren. Sie gelangten bald in einen Abschnitt, wo kreuz und quer liegende Baumstämme ihnen geradezu sportliche Leistungen abverlangten. Sie forderten von ihnen, unten durchzukriechen oder darüber hinwegzuklettern. Manchmal mussten sie sich ein Stück den steilen Hang hinauf- oder hinabkämpfen, um einen Durchgang zu finden. Plötzlich lagen alle Hindernisse hinter ihnen und ein weicher Waldboden lud sie ein, jetzt raumgreifend auszuschreiten.
Sie erreichten einen Sattel, den ein aus Baumstämmen gefertigtes Rondell krönte. Krause steuerte mit großen Schritten darauf zu.
»Ist das nicht fantastisch«, schwärmte er plötzlich in einer ganz anderen Tonlage und deutete den Hang hinab. Der gerodete Wald gab den Blick auf das Heidelberger Schloss frei.
»Eine ausgesprochen interessante Perspektive«, fügte Krause an. »Die Frontseite dieses weltberühmten Denkmals. Aber nicht von unten gleichsam aus dem Blickwinkel der Altstadtbewohner, wie man es von vielen Bildern und Postkarten kennt, sondern von oben, als ruhe ein himmlisches Auge mit Wohlgefallen auf dieser Ruine.«
Alexander bemühte sich um ein zustimmendes Nicken. In Wirklichkeit dachte er, während er sich vor Hunger und Unterzuckerung kaum noch auf den Beinen halten konnte: ›Du hast Nerven. Mir diesen Steinhaufen vorzu-

führen und darüber noch dazu in Begeisterung zu geraten. Und ich bin fast am krepieren.‹

Zu allem Unglück fing es jetzt auch noch an zu regnen. Krause schlug die Anorakkapuze über den Kopf und drängte ohne Erbarmen zum Aufbruch.

Alexander spürte, wie die Tropfen auf seinen Kopf prasselten, erst das Haar, dann die ganze Kleidung durchnässten. Der auffrischende Wind begann ihn auszukühlen.

Sein Vorgesetzter fuhr fort, Alexander Vorhaltungen zu machen, wobei er den vorwurfsvollen Ton verschärfte.

Was er sich eigentlich unter Informantentätigkeit vorstelle, rief er gegen den Wind. Er, Krause, habe dafür kämpfen müssen, dass er, Alexander, nicht sofort aus dem Dienst entlassen wurde. Jetzt aber habe er sich zu bewähren. Sonst könne er, Krause, nichts mehr für ihn tun.

An einer Weggabelung wählten sie die rechte Variante und gelangten nach einer Kurve in den oberen Teil der Thingstätte. Alexander ließ seinen Blick über die mit Unkraut überwucherten Terrassen des Amphitheaters hinabschweifen. Das erste Mal, dass er dieses Bauwerk sah, und er fragte sich, wie man eine solch gewaltige Anlage nur für den Auftritt eines einzigen Mannes errichten konnte. Und der hielt es dann nicht einmal für nötig, zu erscheinen.

Während sie die vor Nässe glänzenden Treppen des Amphitheaters hinabstiegen, nutzte Krause die Wendung ihres Gesprächs und schlug doch noch versöhnlichere Töne an. Er wurde fast persönlich. Er erzählte, dass er

sein altes Auto verkauft habe auf einem Gebrauchtwagenmarkt in Mannheim. Man glaube nicht, wie viel Bargeld manche Interessenten mit sich herumschleppen würden. Er schien sich kurz zu besinnen, griff noch einmal in den Kofferraum, förderte einen Briefumschlag zu Tage und drückte ihn Alexander in die Hand.
»Das dürfte für die nächsten Wochen reichen. Bitte quittieren«, befahl er und ließ Alexander ein vorgefertigtes Formular auf dem Dach des BMWs unterzeichnen.
Er schwang sich auf den Fahrersitz, knallte die Tür zu und brauste davon.

* * *

Einige Tage später steuerte Alexander seinen Wagen über die Augustaanlage hinaus auf die Autobahn, vorbei am Planetarium links und dem Technomuseum rechts, ein Gebäude, das auch Studios des SWR beherbergte. Nicht allzu weit entfernt winkte der kolossale Bau der SAP-Arena.
In seinem Hals spürte er eine Erkältung hochkriechen. Ein leichter Reiz in der Kehle und leichte Schmerzen am Gaumen. Die Benommenheit, gegen die er ankämpfte, könnte von erhöhter Temperatur herrühren.
Er fuhr Richtung Heidelberg bis zum nächsten Autobahnkreuz, wo er auf verschlungenen Bahnen den Weg in die Gegenrichtung einschlug, also zurück Richtung

Mannheim. Er achtete auf das Schild ›P20‹, das einen Großparkplatz ankündigte, von wo aus man auf das Maimarktgelände, aber auch zum ›Privaten Automarkt‹ gelangen konnte. Schon kurz hinter dem Kreuz bog er rechts von der Autobahn ab.

Als er den Wagen abstellte und ausstieg, blickte er hinüber zur Bergstraße. Bei Schriesheim und Dossenheim leuchteten Steinbrüche. Aus denen wurde früher honiggelbes Baumaterial gewonnen. Rechts davon der Heiligenberg. Auf dessen Kuppe hatte er sich vor ein paar Tagen offensichtlich eine Erkältung zugezogen. Daneben die tiefe Kerbe, aus der, wie er wusste, der Neckar floss. Die Stadt, die sich in das Tal zwängte und die Hänge emporschwappte, kam ihm immer vor wie von einem Märchenerzähler in die Welt gesetzt. Schon der Name mit den hellen Vokalen. Als habe jemand eine Melodie ins Tal hineingeklimpert.

Das Gelände des privaten Automarkts war eingezäunt. Als Interessent genieße er freien Eintritt, wurde ihm beschieden. Noch herrschte wenig Betrieb. Manche Anbieter standen neben ihren Fahrzeugen in der Sonne und warteten auf potenzielle Käufer. Andere saßen in ihrem Wagen, blätterten in Zeitschriften, bedienten die Tastatur eines Notebooks, telefonierten oder nutzten die flaue Zeit, um sich, den Kopf an die Nackenstütze gelehnt, zu entspannen.

Zwei Männer fielen ihm auf, die sich sehr für die ausgestellten Wagen interessierten. Es handelte sich um einen jüngeren und einen älteren. Vielleicht Vater und Sohn? Wohl kaum. Normalerweise wachsen die Söhne ihren Vä-

tern über den Kopf. Hier aber überragte der Ältere den Jüngeren um Haupteslänge. Auch vom Typ her wiesen sie kaum Ähnlichkeiten auf. Der Ältere glich eher einer Bohnenstange, während der Jüngere wie ein Pfannkuchen in die Breite ging. Der Ältere trug trotz des frühsommerlichen Wetters einen schwarzen Anzug, der um seine hagere Gestalt schlotterte, dazu weißes Hemd, aber keine Krawatte. Der Jüngere eine helle Hose und ein hellbraunes Jackett. Darunter ein T-Shirt.
Die beiden machten auf Alexander von ihrem Typ her einen eher osteuropäischen Eindruck. Sie schienen die angebotenen Fahrzeuge sehr genau zu prüfen. Alexander fiel auf, dass sie Kleinwagen gänzlich links liegen ließen. Sie interessierten sich vermutlich mehr für hochwertigere Fahrzeuge. Doch immer wieder schüttelte der Ältere den Kopf. Offenbar entsprachen die Autos nicht seinen Erwartungen.
Asylanten? Die würden sich schwere Wagen kaum leisten können. Deutsche Bürger mit, wie man es nannte, Migrationshintergrund?
Besonders der Ältere hatte eine Art, sich geschäftig zu bewegen. Auf einen Privatkauf deutete das nicht hin. Alexander vermutete, dass die beiden nicht dauerhaft in Deutschland wohnten. Möglicherweise waren sie aus dem Ausland gekommen, um einen Wagen zu kaufen, den sie in ihr Heimatland überführen und dort mit Gewinn verhökern wollten. Dann konnte es sich nur um ein teures Modell handeln. Bei minderwertigen Fahrzeugen lohnte sich der ganze Aufwand nicht. Ob die beiden zu den Kaufinteressenten gehörten, von denen sein V-Mann-Führer

gesprochen hatte? Ob sie größere Mengen Bargeld mit sich führten? Ob es ihm gelingen könnte, sie in eine Falle zu locken? Er könnte versuchen, sie anzusprechen.

* * *

Alexander wendete sich an den Älteren. Er ging davon aus, dass er die Entscheidungen fällte. Der Mann sah ihn misstrauisch an, dann hinab auf seinen Begleiter. Der begann zu übersetzen und zwar in einer Sprache, die Alexander nicht verstand und auch nicht zuordnen konnte. Der Jüngere machte einen munteren, offenen Eindruck. Seine Fröhlichkeit schien auch das Misstrauen des Älteren zum Schmelzen zu bringen.

Aus welchem Land sie stammten, wollte Alexander wissen. Die beiden schienen sich kurz zu beraten. Der Jüngere erhielt die Erlaubnis, Alexander in Kenntnis zu setzen: aus Georgien.

Ob Sie an einem wirklich hochwertigen Wagen Interesse hätten, fragte Alexander.

Der Jüngere übersetzte. Der Ältere überlegte und nickte bedächtig. Er fügte noch etwas hinzu.

Warum er den Wagen nicht hier anbiete, wollte der Jüngere wissen.

Alexander überlegte nur kurz, welche Geschichte er jetzt auftischen könne. Dann legte er los.

Den Älteren schien er mit seiner Darstellung nicht zu überzeugen. Andererseits maß er seinem Zweifel offenbar kein besonderes Gewicht zu. Fast machte er den Ein-

druck, als habe er eine solche Tirade erwartet, als gehöre sie zum Ritual geschäftlicher Vorverhandlungen.
Was er denn für ein Fahrzeug anzubieten habe. Der Jüngere sah Alexander provozierend frech ins Gesicht.
Alexander überlegte, wie er die beiden Männer einschätzen sollte. Sie schienen ihm beide reichlich vertrauensselig, der Ältere durch seine mangelnden Sprachkenntnisse gehemmt, der Jüngere offensichtlich unerfahren. Er hatte den Eindruck, als würden beide schon um den Angelhaken schwimmen, und er hatte diesen noch gar nicht mit einem Köder bestückt. Er überlegte, welches Modell ihre Neugier ganz besonders wecken könnte.
Erst vor Kurzem hatte er Prospekte studiert und träumend überlegt, mit was für einem Wagen er am meisten Eindruck schinden würde. Porsche hatte ihm zugesagt, auch BMW und natürlich Mercedes. Mit welchem Modell sollte er es versuchen? Er dachte sich, dass im Ausland die Marke mit dem Stern deutsche Wertarbeit am deutlichsten vertreten könnte. Mit diesem Emblem könnten Menschen, die durch den Wirtschaftsaufschwung der letzten Jahre in Georgien Geld aufgehäuft hatten oder vorgeben wollten, ein Vermögen zu besitzen, ihr Image am ehesten aufmöbeln.
»Es handelt sich um einen Mercedes CL mit vielen Extras, praktisch ein Designermodell«, brach es aus Alexander hervor. »Neu kostet der Wagen weit über 300 000 Euro. Ich würde ihn für die Hälfte verkaufen.«
Die beiden berieten sich. »Im Augenblick haben wir das Geld nicht bei uns. Wenn wir uns in zwei Stunden treffen, sind wir in der Lage, es Ihnen zu zeigen.«

»Einverstanden«, entschied Alexander und überlegte kurz, wo er die beiden hinbestellen solle. Ein Café im Jungbusch fiel ihm ein. Er war ein, zwei Mal dort gewesen, also nicht bekannt. Das wäre eventuell von Bedeutung, wenn Zeugen gesucht würden. Zum anderen hatte er bei seinem Besuch dort eine Nische entdeckt, die von drei Seiten von Mauern umgeben und auch auf der offenen Front vom Gastraum aus kaum eingesehen werden konnte. ›Ideal, um Geschäfte abzuschließen‹, hatte er damals im Vorübergehen gedacht. Den Namen hatte er noch im Kopf, auch die Straße. Er zückte einen kleinen Notizblock und kritzelte darauf eine Adresse. Er riss das Blatt ab und überreichte es dem Älteren. Der warf einen Blick darauf und nickte.

»In zwei Stunden«, übersetzte der Jüngere.

Der vermeintliche Köder war also richtig gewählt und fett. Sie hatten angebissen. Jetzt musste er all sein Geschick aufwenden, damit sie ihm nicht wieder von der Angel gingen. Jedes Wort, jede Geste konnte darüber entscheiden, ob es ihm gelänge, die Beute an Land zu ziehen. Nicht anzunehmen, dass sie in einer Datei verzeichnet waren. Möglicherweise waren sie illegal eingereist, also nicht einmal als Touristen gemeldet. Ob sie im Hotel Papiere vorlegen mussten? Wenn ja, waren diese vermutlich falsch.

Hier in diesem Land würde die beiden, so hoffte er, wahrscheinlich niemand vermissen. Und in dem Land, aus dem sie kamen, würde möglicherweise niemand über ihre Reise und ihren Geschäftsauftrag informiert sein. Wenn es ihm gelänge, die Leichen verschwinden zu lassen, würden die beiden zu den Personen gehören, deren Spuren sich im Nichts verlieren. Und er konnte das Geld gut gebrauchen. Endlich einmal wieder ein menschenwürdiges Leben führen.

* * *

Wie kann man nur so naiv sein? So viel Geld mit sich herumzuschleppen. Und es dann auch noch zu zeigen. Ob die beiden sich beraten haben? Und wer hatte sich mit seiner Meinung durchgesetzt? Vielleicht der kleine, feiste Grünschnabel? Glaubte er, ihn damit besonders beeindrucken zu können. Vermutlich ließ er sich von einer uneingestandenen Großmannssucht verführen. Dem Älteren aber hätte er mehr Lebenserfahrung zugetraut, mehr Klugheit in seinem Vorgehen. Jetzt saßen sie beide hinter ihm, der junge und der ältere Georgier. Und sie ließen sich von ihm durch die Gegend kutschieren. Und er musste jetzt fieberhaft überlegen, wie er die Sache zu Ende bringen könne.
Erst meinten die Georgier, darauf bestehen zu müssen, dass sich einer von ihnen ans Steuer setzt. Das hatte er entschieden abgelehnt. Jedes Geschäftsverhältnis bedürfe einer Vertrauensbasis, hatte er vorgebracht. Er vertraue ihnen, obwohl sie zu zweit und damit im Falle einer Auseinandersetzung in der Überzahl seien. Es sei nicht zu viel verlangt, wenn er Vertrauen auch für sich einfordere. Das hatten sie akzeptiert. Und er hatte sie so überzeugt,

dass sie auch seiner Anordnung nachkamen und auf dem Rücksitz Platz nahmen.
Gab es noch ein Zurück? Konnte er jetzt einfach anhalten, die beiden aussteigen lassen und erklären, die Luxuslimousine existiere nicht. Es habe sie nie gegeben? Unmöglich.
Das hatte er sich allerdings selbst nicht überlegt. Wie sollte er nach der geglückten Kontaktaufnahme wieder aus der Geschichte herauskommen? Zwar hatte er daran gedacht, sich notfalls nach dem Treffen im Café noch einmal zurückzuziehen und ein weiteres Vorgehen genauer zu planen. Aber der Anblick des Geldes. Wie hätte er da widerstehen können? Diese hagere Latte mit dem Aluminiumköfferchen und diesen fetten Grünschnabel durfte er auf keinen Fall entwischen lassen.
Was sollte er tun? Vielleicht anhalten, die beiden bitten, auszusteigen, dem Älteren den Koffer entreißen und davonbrausen?
So leicht ließen sie sich wahrscheinlich nicht überrumpeln. Und wenn es zu einem Handgemenge käme, bestünde leicht die Gefahr, dass er den Kürzeren zöge. Zumindest würden sie sich die Nummer seines Fahrzeugs merken und die war echt. Darüber würde er sehr schnell ausfindig gemacht werden.
Nein, es machte wenig Sinn, jetzt die Augen vor der Wirklichkeit zu verschließen. Er musste sich darüber im Klaren sein, dass ihm nichts anderes übrig blieb, als die beiden zu töten. Jawohl, töten. Möglichst in einem Moment, in dem sie am wenigsten damit rechneten, in dem sie abgelenkt wären. Dann musste er die Leichen ver-

schwinden lassen. Ob ihm auch das gelänge? Warum nicht? Wer nichts wagt, kann auch nichts gewinnen. Sicherlich, irgendjemand wird die beiden vermissen. Unwahrscheinlich jedoch, dass sie hier vermutet würden. Und wer sollte darauf kommen, dass sie mit ihm in Verbindung getreten waren und dass er sie hat verschwinden lassen. Selbst wenn das alles eintreffen würde, bestünde immer noch ein großes Interesse, ihn als Informanten zu schützen. Gegen seinen Arbeitgeber käme wahrscheinlich nicht einmal die Kripo an. Und wer krähte schon zwei halbseidenen Georgiern nach, die eingereist waren, um hier Geschäfte zu machen.
Was ließe sich mit dem Geld nicht alles anfangen? Um unterzutauchen und sich vielleicht in Brasilien oder Argentinien ein schönes Leben zu machen, reichte es allerdings nicht. Es ist ja bekannt, dass es schon gewaltiger Summen bedarf, um sein Umfeld zur Verschwiegenheit zu verpflichten. Und er müsste einen Staat überzeugen, dass es nicht in seinem Interesse liegen würde, ihn auszuliefern. Da würden noch ganz andere Kosten anfallen.
Aber er könnte sich einen Porsche kaufen und eine komfortablere Wohnung mieten. Nein, damit würde er seinen Arbeitgeber stutzig machen. An seinen äußeren Umständen durfte er zunächst nichts ändern.
Wie wärs, wenn er das Geld zum Beispiel beim Roulette einsetzen und es sukzessive vervielfachen würde? Damit ließe sich auch seinen Vorgesetzten gegenüber ein wachsender Wohlstand, ein höherer Lebensstandard erklären.
Von Westen her waren dicke Wolken aufgezogen. Es drohte zu regnen. Das sollte sein Vorhaben begünstigen.

Die Leute würden sich aus der Landschaft zurückziehen und Schutz unter Überdachungen suchen. Autofahrer würden mit der Sicht zu kämpfen haben und daher weniger auf Vorgänge achten, die sich rechts und links der Straße ereigneten.
Hier in der Öffentlichkeit würde er sein Vorhaben sowieso nicht ausführen können. Er würde also vom Hauptverkehr ab in einen Feldweg fahren müssen, möglichst in den Wald. Seinen beiden Passagieren auf der Rückbank würde er sagen, der Wagen befände sich in einer Hütte oder einer Scheune in der Nähe. Dann würde er die beiden auffordern, auszusteigen.
Nein. Hier unterlief ihm ein Denkfehler. Sie würden Verdacht schöpfen. Wieso, würden sie sich fragen, ist weit und breit weder eine Hütte noch eine Scheune noch sonst ein Schuppen in Sicht? Wieso fährt er nicht bis zu der Stelle, wo der Wagen untergestellt ist?

Er musste nach einem wirklichen Bauwerk Ausschau halten, in dem sich der Wagen vermuten ließe. Oder konnte er sich an einen möglichen Unterstand erinnern, der sich noch dazu an einer geeigneten Stelle befand?
Ja, da fiel ihm ein Schober ein, in der Nähe von Altrip, unweit eines Altrheinarms, am Rand eines Wäldchens, schon hinter Bäumen versteckt. Da würde er die beiden hinchauffieren. Unter einem Vorwand würde er sie bitten, schon ein paar Schritte vorauszugehen. Dann würde er das Handschuhfach öffnen und nach der Beretta greifen.
»Wohin fahren wir?«, hörte er die Stimme des jungen Ge-

orgiers in einem Tonfall, der die künstlich eingeübte Fremdsprache verriet.
»Ich haben den Wagen natürlich versteckt, in einer Scheune. Sie steht etwas außerhalb.«
Alexander bog rechts ab, unter der Hochstraße durch, und fuhr die Mundenheimer Straße entlang. Jetzt trommelten dicke Tropfen auf die Karosserie seines Wagens. Die Scheibenwischer schmierten und schafften die Wassermenge auch in der höheren Geschwindigkeit nicht. Alexander musste abbremsen, wollte er keinen Unfall riskieren. Er bemerkte, dass die anderen Fahrer wie er reagierten. Der Verkehr kam nur im Schritttempo voran. Kurze Zeit später ließ der Regen nach.
Sie hatten das Wohngebiet, das aus fünfstöckigen, zusammengebackenen, altertümlichen Häuserfronten bestand, hinter sich gelassen und fuhren durch ein Industriegebiet mit typisch funktionalen Bauten aus Beton und Glas, vorbei an einer Chemiefabrik mit einem verschlungenen Röhrensystem.
Noch einmal bog Alexander links ab. Plötzlich endete die Stadt mit ihren Gebäuden und Industrieanlagen. Rechts säumten mit Schlingpflanzen überwucherte Bäume die Straße. Links war über einen Damm und die Dächer einer Wohnwagensiedlung hinweg der Rhein zu sehen. An dessen jenseitigem Ufer streckte das Kohlekraftwerk von Mannheim seine Schornsteine in den Himmel.

Er bog nach rechts ein, steuerte den Wagen auf einem schmalen Feldweg zwischen Maisfeldern hindurch, deren Pflanzen noch in einem frischen Grün prangten. Er be-

merkte, dass der Regen aufgehört hatte. Noch eine Biegung und er stoppte vor einer Scheune.
»Sie können schon mal aussteigen«, knurrte er nach hinten. »Ich komme gleich nach.«

* * *

Alexander sah die beiden auf das verschlossene Tor des Schuppens zuschreiten. Der ältere der beiden Georgier umklammerte den Griff des Aluköfferchens fest mit der Hand. Er hielt sich aufrecht wie ein Westernheld bei einem Duell. Der Jüngere, klein und dicklich, watschelte neben ihm her und hatte Mühe, mit seinem Partner auf gleicher Höhe zu bleiben.
Alexander öffnete das Handschuhfach, griff nach der Beretta, kurbelte das Seitenfenster runter und schoss. Der Lange wollte sich noch umdrehen. Der Kleine, Dicke blickte zu ihm hinauf. Dann wurden beide vornüber geworfen und fielen auf ihr Gesicht.
Er stieg aus, prüfte das große Brettertor. Es war lediglich mit einem einfachen Stahlriegel gesichert. Daran ein Schloss, dessen Bügel allerdings nicht eingerastet war. Alexander warf einen Blick ins Innere.
Es roch nach Heu, Staub und Schmieröl. In dem spärlichen Licht zeichneten sich die Umrisse einiger Geräte ab – viel zu ungeordnet untergebracht, als dass sie einen regelmäßigen Gebrauch vermuten ließen: ein klappriges Fahrrad mit Anhänger, eine emaillierte Badewanne, ein alter Küchenschrank, ein offenbar ausgemusterter Ra-

senmäher und verschiedene Werkzeuge, die sowohl zur Garten- als auch zur Feldarbeit dienen mochten.

Alexander befreite den kleinen Metallbehälter von dem immer noch festen Griff des Älteren. Er fasste erst die eine, dann die andere Leiche unter die Schultern und zerrte sie in den Schuppen. Gleich hinter dem Tor legte er sie ab. Mit der Schuhspitze versuchte er die Blutspur zu verwischen, indem er außerhalb der Scheune feuchte Erde, im Innern trockenen Staub darüberschob. Er vergewisserte sich, ob sich niemand in der Nähe aufhielt, der die Tat beobachtet haben konnte. Er nahm das Aluminiumköfferchen an sich, wischte den Schmutz ab und schwang sich in seinen klapprigen Ford Kombi. Das Alukästchen legte er auf den Beifahrersitz. Er musste noch eine Weile rangieren, bevor er den Feldweg zurückfahren konnte.

* * *

Das Metallköfferchen war mit einem Zahlenschloss gesichert. Alexander versuchte gar nicht erst, den Code zu knacken, sondern holte einen kräftigen Schraubenzieher und einen Hammer. Nach mehreren Versuchen gelang es ihm, den Deckel aufzusprengen. Er überflog die Bündel von 500-, 100- und 50-Euro-Scheinen. Nahezu 200.000 stellte er befriedigt fest. Er schob das Metallköfferchen unter das Bett und überlegte, was er mit dem Rest des Tages anfangen sollte. Das Spielkasino hatte zwar schon geöffnet, aber um diese Zeit herrschte noch keine Atmosphäre. Die stellte sich erst gegen oder nach Mitternacht ein. Sollte er fortfahren, das Telefonbuch oder das Internet nach Personen oder Adressen durchsuchen, die zur Anzeige zu bringen sich lohnen könnte? Er hatte nicht den Kopf, sich jetzt seiner V-Mann-Tätigkeit zu widmen. Er brauchte etwas, was ihn entspannte.

Alexander suchte seine Sauna-Utensilien zusammen. Diese Art zu relaxen war ihm zur Gewohnheit geworden. Er fuhr aus der Stadt heraus und auf der Autobahn hinüber nach Weinheim. In der Saunalandschaft des Miramar hoffte er das eben erst Erlebte herausschwitzen und wieder vernünftige Gedanken fassen zu können.

Unterwegs schaltete er das Radio an. Die in höchsten Tönen jaulende Stimme von Xavier Naidoo ›Sie sieht mich nicht‹, Mark Knopfler› Calling Elvis‹, Die fantastischen Vier ›Die da?‹. Dazwischen eine Meldung, die ihn elektrisierte.

»Einen grausigen Fund machten Spaziergänger, die ihre Hunde ausführten, in einem Wald bei Lorsch. Als die Hunde anschlugen und anfingen zu graben, stießen sie auf die Überreste einer männlichen Leiche ohne Kopf und ohne Hände. Wie die Polizei mitteilte, wies der Körper Spuren von Misshandlungen auf. An einigen Stellen der Haut sind eingeritzte SS-Runen festgestellt worden. Die Überreste des Torsos wurden zur weiteren Untersuchungen ins Rechtsmedizinische Institut nach Heidelberg gebracht.«Als wieder Musik einsetzte, drückte Alexander auf OFF und gab unwillkürlich Gas.

Um diese Jahres- und Tageszeit war das Erlebnisbad weniger frequentiert. Nicht wie beispielsweise nach Weihnachten, wo viele glaubten, die verheerende Gewichtszunahme durch den Besuch von Heißlufträumen und Dampfbädern schnell wieder abschmelzen zu können. Bereits in der Umkleide ließen ihm viele freie Spinde eine Wahl. Nachdem er sich geduscht hatte, schritt er im Bademantel und mit zwei Handtüchern unterm Arm durch das weitläufige Gelände hinüber zu einer Holzhütte, in der, wie er wusste, der Schwitzkasten die heißeste Temperatur versprach. Als könne nur eine hohe Temperatur ihn zu einer solchen Schweißproduktion anregen, dass alle Erinnerungen an seine Tat aus seinen Poren gepresst würden.

Eine Frau kam auf ihn zu, öffnete ihren Bademantel und schlug ihn wieder zu. Eine unbewusste Geste oder eine Einladung? Alexander entschied sich für das Erste, zumal die Frau, nachdem sie an ihm vorbeigegangen war, sich nicht umdrehte, sondern schnurstracks in Richtung See strebte. Dennoch war er sich nicht ganz sicher, ob er nicht eine Gelegenheit verpasst hatte. Einen kurzen wilden Ritt am Nachmittag. Das war es, was er jetzt hätte brauchen können.

Im Heißluftraum zum Glück nur drei Männer. Die meisten Besucher hielten sich am Strand des Badesees auf, der an das Gelände angrenzte und den sie auch nutzten, um eine lückenlose Bräune zu erlangen. Nur wenige fanden Genuss in dem Kontrast zwischen einer auf Dauer unerträglichen Hitze und einer anschließenden Abkühlung im glasklaren Wasser einer ehemaligen Kiesgrube. Genügend Platz, um sich auf den Leisten auszustrecken und die Hände hinter dem Kopf zu verschränken.

Er spürte, wie die Wärme von ihm Besitz ergriff, wie sie die wirre Aufmerksamkeit aus seinem Kopf absog und auf die Hautoberfläche verteilte. Am liebsten hätte er alle Gedanken gleichmäßig über seinen Körper verstrichen. Aber dann kehrten sie doch zurück, versammelten sich hinter seiner Stirn: das viele Blut, die Erinnerung an seine Tat, Erinnerungen an seinen Vater, seine Mutter, seine Zeit im Irak.

So ein beschissenes Leben, angefangen damit, dass seine Mutter als junge Frau ausgerechnet einen Iraker heiraten musste. Und dass sie ihm in sein Heimatland folgte, als der von Saddam Hussein zurückberufen wurde. Welche Aufgaben hatte sein Vater in Deutschland zu erledigen? Seine Eltern haben darüber nie gesprochen und er war es leid geworden, nachzufragen. Geld allerdings, daran erinnerte er sich, war damals nie ein Problem.

Wie alt war er, als er damals mit seinen Eltern Deutschland verließ? Er stand kurz vor dem Abitur, hatte seinen Freundeskreis und natürlich auch Ina, seine Freundin. Aus allen Bindungen wurde er damals herausgerissen und in Bagdad hatte er nie richtig Fuß gefasst. Und dann der Krieg.

Er könnte sich vorwerfen, dass er damals aufs falsche Pferd gesetzt hatte. Aber einmal waren die Verhältnisse viel zu unübersichtlich. Es war nicht abzusehen, wie die Geschichte ausgehen würde. Zum anderen hatte er gar keine andere Wahl. Sein Vater stand im Dienste des Diktators, das war nicht mehr zu übersehen. Er selbst hätte sich aus diesem Einflussbereich nie lösen können. Immerhin schaffte es sein Vater, die Familie – und das hieß, ihn, Alexander, und seine Mutter – nach Deutschland zurückzuschicken, bevor das Saddam-Regime zusammenbrach. Was wohl aus seinem Vater geworden ist? Er hatte nie mehr etwas von ihm gehört. Wahrscheinlich hat er in den Wirren des Krieges oder danach sein Leben gelassen. Aber hier war ihm auch kein Glück mehr beschieden. Naiv von ihm zu glauben, er würde hier seinen ehemaligen Freundeskreis, seine Clique wiederfinden und Ina würde ihn noch lieben. Natürlich war alles längst auseinandergebrochen, die Bekannten in alle Winde verstreut. Ina hatte geheiratet und wollte auch nichts mehr von ihm wissen. Dass seine Mutter dem Alkohol verfiel, wunderte ihn nicht. Für ihn jedenfalls war es ein Grund, sich auch von ihr zu lösen. Was wohl aus ihr geworden ist?

Ein ganzer Schwarm von Männern drängte in den Heißluftraum. Sie führten laute Gespräche, als müssten sie Selbstbewusstsein und Anerkanntsein in ihrer Gruppe demonstrieren, als wollten sie auf diese Weise ihr Revier markieren. Auch nachdem sie sich schon niedergelassen hatten, warfen sie sich gegenseitig Gelächter und Beifall heischende Bemerkungen zu. Wahrscheinlich glaubten sie, damit Witz und Schlagfertigkeit unter Beweis zu stellen. Vielleicht träumten sie gar davon, dass die anderen Besucher noch Tage und Wochen mit Hochachtung in der Stimme erzählten, was für einer tollen Clique sie in der Sauna begegnet seien.

Sollte er, Alexander, die Männer bitten, das Ruhegebot, auf das ein Schild hinwies, zu beherzigen. Bei solchen Gelegenheiten hatte er allerdings schon erlebt, dass die

Unruhestifter geltend machten, in diesem Land zu Hause zu sein, während er sich, sie glaubten in ihm den Ausländer zu erkennen, gefälligst anzupassen habe.
Und er erinnerte sich auch an das erste Mal, als er sich vom Hallenbad herüber in den Saunabereich vorgewagt hatte. Natürlich hatte er versucht, seine Badehose anzubehalten, hatte sich aber von einem älteren Mann gleich einen kräftigen Rüffel eingehandelt. Dies sei eine Nacktsauna, Hosen runter, hatte der ihn angeraunzt. Und als Alexander dieser rüden Aufforderung nachkam, hatte er mit einer kräftigen Erektion zu kämpfen, die er aber zum Glück unter einem wie zufällig vorgehaltenen Handtuch verbergen konnte.
Jetzt war er froh, dass einer der anderen Gäste energisch um Einhaltung der Regeln bat. Einer aus der Gruppe begehrte auf. Der andere Saunagast verwies auf das Holzschild, das an der Wand angebracht und dessen Inschrift trotz Schummerbeleuchtung gut zu lesen war: ›Ruhe bitte‹.
Ein oder zwei Männer knurrten noch etwas Unverständliches in sich hinein. Die meisten senkten die Köpfe und rutschten unruhig auf den Holzbänken hin und her. Mit einem Schlag schien ihnen das Wohlgefühl abhandengekommen. Ein paar der so Gerügten verließen den Heißluftraum, krampfhaft aufrecht schreitend. Sie konnten nicht ganz vertuschen, dass sie sich innerlich wie geprügelte Hunde fühlten.
Sie wurden schnell durch immer mehr hereinströmende Personen ersetzt, kleine und große, dicke und dünne Leiber mit blasser oder gedunkelter Haut. Auf manchen

zeichneten sich die Spuren einer Badehose oder eines Bikinis ab, andere verrieten durch eine lückenlose Bräune eine Vorliebe für textilfreies Sonnenbaden. Sie zwängten sich eng zusammen. Alexander musste seine liegende Stellung aufgeben. Ein junger Mann fiel ihm auf. Er hatte den kräftigen Haarwuchs auf dem Kopf in viele kleine Korkenzieherlocken geformt. Dafür schien er die restlichen Körperpartien von allen dünnen Hornfäden befreit zu haben, auch den Schambereich. Sein Penis prangte in einer halben Dauererektion, wahrscheinlich verstärkt durch eine Silikoneinlage. Andere trugen prächtige Tätowierungen zur Schau: Drachen, Schlangen, Totenköpfe, chinesische Schriftzüge, Blumenmuster, Grotesken und Arabesken. Ihnen allen folgte ein Angestellter der Wellnessanlage. Er kündigte einen Aufguss an.

Er befestigte ein Schild an der Tür, das Nachkommenden den Zutritt verwehrte. Dann öffnete er sie weit. Mit einem Handtuch, das er wie einen Propeller kreiseln ließ, versuchte er frische Luft in den Raum zu befördern. Er schloss die Tür, nannte und erklärte die Wirkung der Ingredienzien, mit denen die Flüssigkeit, die sich in einem Bottich befand, angereichert sein sollte. Die Zeremonie begann.

Langsam träufelte er mit einer Holzkelle das Gemisch auf die erhitzten Steine des Ofens, sodass es heftig aufzischte und ein Schwall feuchtheißer Luft auch Alexander entgegenprallte. Drei Mal wiederholte er diesen Vorgang. Dann nahm er ein Handtuch und wedelte ebenso oft in verschiedene Richtungen. Danach begann die Prozedur von

vorn. Zum Schluss schüttete er den im Bottich verbliebenen Rest auf den Heizkörper und verabschiedete sich. Unter heftigem Beifall zog er sich zurück. Ihm folgte eine ganze Schar von Gästen, die jetzt ins Freie drängte.
Auch Alexander floh aus dem feucht-heißen Raum. Er duschte und stürzte sich in den Badesee, dessen glatte Oberfläche er mit kräftigen Zügen durchpflügte. Als er sich auf einer Kunststoffliege streckte und in den verhangenen Himmel starrte, kamen die Gedanken zurück. Die Welt ist so ungerecht, dass es an Dummheit grenzt, wenn man sich von moralischen Skrupeln leiten lässt. Die Moral haben die erfunden, die damit ihre Privilegien absichern, die sich gegenseitig die Bälle zuspielen und am liebsten unter sich bleiben.
Immer diese Kreise. Und die höchsten zögern nicht, andere über die Klinge springen zu lassen, wenn es um ihren Vorteil geht. Sie schicken ganze Völker in Kriege, um sich Rohstoffe oder strategische Positionen anzueignen. Sie riskieren die Vernichtung der Menschheit, hoffen darauf, dass diese im letzten Moment verhindert wird und sie von solchen Manövern profitieren. Mexikanisches Roulette. Er hat gelesen, dass junge Mexikaner sich einen Spaß daraus machen, in alten Autos auf eine Klippe zuzurasen. Wer als Letzter heraushechtet, hat gewonnen. Da geht es um Mut. Bei den Spielen allerhöchster Kreise um die Menschheit schlechthin. Was zählen da die zwei Toten, die jetzt auf sein Konto gehen.
Alexander erhob sich und begab sich hinüber zum Dampfbad. Der kleine Raum war schon gut gefüllt und er musste sich noch zwischen zwei Leiber quetschen, zwi-

schen einen etwas verwachsenen Alten, dessen Berührung ihn innerlich abstieß, und eine junge, wohlgebaute Frau, deren Haut er gern an seiner fühlte. So wurde er von angenehmen und unangenehmen Empfindungen gleichermaßen bestürmt, ohne dass sich ein Gleichgewicht eingestellt hätte.

Eine junge Frau erschien und verteilte Salz mit einer ähnlichen Kelle und aus einem ähnlichen Bottich, wie ihr Kollege beim Aufguss. Auch sie erklärte die Vorzüge eines sogenannten Salzpeelings und sofort begannen die Saunagäste ihre Haut mit dem Mineral zu bestreichen. Die meisten erhoben sich, um das Salz besser verteilen zu können. Manche bearbeiteten sich gegenseitig.

Der bucklige Alte neben Alexander bat ihn, seinen Rükken abzurubbeln. Entsetzt wehrte Alexander ab. Der Alte wendete sich ungerührt an seinen Nachbarn zur Rechten, der sich tatsächlich seiner erbarmte. Alexander war versucht, seine Nachbarin um diesen Gefallen zu bitten, traute sich dann aber doch nicht. Gegen die unterschwellige Angst, dass die anderen Saunagäste ihm sein leicht durchschaubares wählerisches Verhalten verübeln könnten, kam er nicht an. Er hatte aber das Gefühl, dass seine Nachbarin seine Dienstleistung gern geduldet hätte, ja geradezu darauf wartete.

Nachdem er sich unter der Dusche von den brennenden Kristallen befreit hatte, entschloss er sich zu einem Spaziergang über die gepflasterten Wege der Wellnesslandschaft. Er atmete tief die frische Luft.

Immer diese Kreise, nahm er, während er langsam voranschritt, seine Gedanken wieder auf. Im Grunde trauerte er immer noch seiner Jugendclique nach. Eine solche Gruppe von Freunden und Bekannten hatte er nie mehr gefunden, weder im Irak noch, als er nach Deutschland zurückkam. Vielmehr hatte er den Eindruck, dass überall dichtgemacht wurde, wo er vorsichtig anklopfte. Wenn er jemanden kennenlernte, wurde er gefragt, ob er überhaupt Deutscher sei, welchen Beruf er ausübe. Er beobachtete, dass sein Einkommen dementsprechend eingeschätzt wurde. Die Leute taxierten ihn nach seiner Kleidung und nach dem Wagen, den er fuhr. Da konnte er wenig punkten. Vielleicht, dass er jetzt mit dem Inhalt des Metallköfferchens, das unter seinem Bett lag, einen Weg fand, der ihn aus seiner Isolierung herausführte. Vielleicht würde es ihm gelingen, mit Spielerglück sein kleines Vermögen so zu vermehren. Er träumte davon, dass er sich ein Schloss kaufen, einen Fuhrpark unterhalten, dass er sich mit Dienern umgeben konnte und mit Frauen, die ihm jederzeit zu Willen waren. Dann würde jeder um seine Gunst buhlen. Ob ihm ein solches Leben genügte?

Das Dampfbad hatte ihn nur wenig erhitzt. Er entschied sich bereits nach kurzer Zeit für einen erneuten Saunadurchgang, diesmal in der Biosauna.

Während er der leisen Musik lauschte und wahrnahm, dass der Raum in regelmäßigen Abständen in ein andersfarbiges Licht getaucht wurde, standen ihm wieder die Leichen vor Augen, die er in der Scheune zurückgelassen hatte. Vielleicht hatte er die beiden Georgier gar nicht getötet, sondern nur schwer verletzt. Vielleicht hatten sie sich so weit erholt, dass sie sich aus dem Schuppen

heraus und auf die Straße schleppen konnten. Vielleicht war es ihnen längst gelungen, jemand auf sich aufmerksam zu machen. Vielleicht hatten sie schon die Polizei verständigt. Vielleicht war die ihm bereits auf den Fersen.
Das waren Hirngespinste. Dennoch spürte Alexander, dass er hier keine Ruhe und keine Entspannung mehr fand. Er beschloss, sein Wellnessprogramm abzubrechen und nach Hause zu fahren.

* * *

Mittlerweile war die Dämmerung hereingebrochen. Als Alexander nach Mannheim zurückfuhr, kämpfte er mit gelegentlichen Schwächephasen. Für kurze Zeit wurde ihm schwarz vor Augen. Ihm fiel ein, dass er nach dem Frühstück nichts mehr gegessen hatte. Er musste unbedingt etwas zwischen die Zähne bekommen.
Er parkte vor einem Dönerimbiss und betrat den kleinen, überschaubaren Raum. Obwohl er der einzige Gast war, schien der Wirt beschäftigt. Er machte den Eindruck, als müsse er sich die Zeit, um ihn zu bedienen, abringen. »Bitte«, fragte er beiläufig, ohne von seinen ominösen Tätigkeiten hinter der Verkaufstheke aufzuschauen. Alexander gab die Bestellung auf. Er beobachtete den schwergewichtigen, mit einer weißen Hose und einer weißen Jacke bekleideten Wirt, der nun beflissen seiner Arbeit nachging.

Erst wetzte er kurz ein großes Messer, dann säbelte er routiniert die äußere Schicht des Spießes ab und fing das Geschnetzelte mit einer kleinen Schaufel auf. Er wickelte einen Fladen zu einer Tüte, füllte sie mit den Fleischstückchen, warf mit einer drahtigen Zange Zwiebeln darüber und würzte das Ganze mit Salz und Paprika. Um die Fladentüte rollte er eine Papierserviette und überreichte Alexander das kleine Gericht.

Alexander verzehrte es an einem runden Tischchen, das in der Ecke stand. Währenddessen betrachtete er die mit Poster verzierten Wände. Auf den Plakaten waren Küstenlandschaften abgebildet, die viel Sonne versprachen. Mit einem Pappbecher voller Cola spülte er sein Essen hinunter. Danach schlenderte er zurück zu seinem Auto.

Er steuerte den Wagen durch den abendlichen Verkehr hinüber zur Vogelstang-Siedlung. Dreimal fuhr er langsam an dem Häuserblock vorbei, in dem er wohnte. Er konnte nichts Verdächtiges entdecken. Die zwei Georgier waren tot und niemand schien sie bisher entdeckt zu haben, geschweige denn, dass ihm die Polizei bereits auflauerte.

Alexander stellte das Auto ab und schritt bedächtig die Treppen hinauf in den dritten Stock. Er fühlte sich leer und niedergeschlagen. Was sollte er mit dem Abend noch anfangen? Vielleicht noch etwas fernsehen?

Sein erster Blick, als er seine Wohnung betrat, galt dem Metallköfferchen. Es schimmerte ihm unter dem Bett hervor entgegen. Bis auf die Schrammen, die er ihm selbst zugefügt hatte, schien es unbeschädigt.

Alexander zappte sich durch die Fernsehprogramme, ohne auf eine Sendung zu stoßen, die ihn wirklich gefesselt hätte. Die Krimis, die tagaus, tagein ausgestrahlt wurden, ödeten ihn an. In allen wurde geredet und geredet, als bestünde die Welt nur aus Innenräumen und aus Gesichtern in Großaufnahme. Und immer die gleichen Sätze.

»Hände hoch. Polizei«, »Lassen Sie die Waffe fallen«, »Wo waren Sie heute Nacht zwischen zwei und drei«.

Er war schon versucht, bei Rosamunde Pilcher zu bleiben. Die Landschaften gefielen ihm. Er stellte aber bald fest, dass er den Streifen bereits zwei Mal gesehen hatte. Ebenso die Tierfilme auf anderen Kanälen.

Er hatte den Eindruck, dass immer die gleichen Szenen nur neu zusammengeschnitten wurden. Platte Informationen wurden präsentiert, als gehörten sie zu einem bildungsstiftenden Allgemeinwissen. Wer suchte nur solche Unterhaltungsprodukte aus und warum wurden sie auch noch mehrmals wiederholt? Ob dabei auch der Wunsch der Zuschauer berücksichtigt wurde? Eine rhetorische Frage. Die Antwort lag auf der Hand.

Während er von Programm zu Programm wechselte, versuchte er auch, etwas Ordnung in seinen Kopf zu bekommen. Was stand in nächster Zeit an?

Als Erstes musste er die beiden Leichen verschwinden lassen. Dann sollte er sich darum kümmern, Krause wertvolle oder zumindest scheinbar wertvolle Informationen zu liefern. Das würde ein paar Wochen in Anspruch nehmen. In der Zwischenzeit würde er in der Hauptsache von dem erbeuteten Geld leben. Und er würde versuchen, es im Spielkasino zu vermehren. Jawohl. Auf keinen Fall durfte er jetzt in der Nacht zum Tatort zurückkehren, so sehr es ihn auch drängte. Die Lage war viel zu unübersichtlich. Morgen würde man bei Helligkeit weitersehen. Bis dahin musste er irgendwie die Nacht verbringen. Alexander brach seine Suche nach einem fesselnden Film ab. Er beschloss, ein paar Scheine aus dem Koffer zu nehmen und in den Jungbusch hinüberzufahren, um sich dort in einer Bar abzulenken.

* * *

Der Türsteher hatte per Handy nachfragen müssen, ob eine einzelne Person noch unterkomme. Im Innern konnte sich Alexander davon überzeugen, dass das Etablissement gut besucht wurde. Beim Eintreten musste er sich erst orientieren.

Ein saalartiger Raum in verschiedenfarbiges Licht getaucht, vereinzelt Skulpturen, immer dieselbe Figur, der stilisierte Torso einer nackten Frau. Überall an den Wänden Spiegel, nicht aber in den Nischen, die in die Mauern eingelassen waren. Darin turtelten auf gepolsterten Bänken um kleine, runde Tische gruppiert sektschlürfende Paare, meist ältere Männer mit jüngeren, wohlgestalteten, leicht bekleideten und üppig geschminkten Frauen. Es fiel sofort ins Auge, dass sie den aktiven Part übernahmen und eine erhebliche Energie aufwendeten, um die Verehrer zu umgarnen. Manche saßen ihnen auf dem Schoß. Ab und zu verschwand eines der Paare durch eine

Tür neben dem Tresen. Alexander beobachtete, wie einer der Galane, bevor er sich von seiner Partnerin durch die Tür ziehen ließ, mit der freien Hand nach seinem Geschlecht tastete, als müsse er sich vergewissern, ob es noch vorhanden ist oder um sein Funktionieren in Schwung bringen.

Alexander ergatterte einen einzelnen Platz vor dem Tanzpodest, das etwas erhöht und wie ein Boxring mit Seilen begrenzt war. An zwei senkrechten Stangen vollführten zwei Tänzerinnen schlangenartige Bewegungen, bei denen sie sich ihrer Hüllen entledigten. Die einzelnen Stücke warfen sie ins Publikum, wo sie johlend aufgefangen wurden. Eine der Darstellerinnen trippelte, nur noch mit einem knappen Slip bekleidet, an die Rampe und schob ihr Becken einladend nach vorn. Sofort kam Bewegung in den Saal. Männer sprangen von ihren Stühlen hoch und drängten sich an den Ring, um der Stripteasedame Scheine in den Bund zu zwängen. Manchen Männern schlug sie auf die Finger, wenn sie versuchten, zu tief zu greifen oder den Slip nach unten zu zerren. Meistens zog sie sich für einen kurzen Augenblick in den durch Seile abgesicherten Freiraum zurück, was ihr Publikum mit Pfiffen quittierte. Demonstrativ erwies sie den Leuten die Gnade und tänzelte wieder ein paar Schritte nach vorn.

Alexander beobachtete das Geschehen. Gern hätte er sich davon in seinen Bann ziehen lassen, aber er konnte sich nicht hundertprozentig darauf konzentrieren. Immer wieder kamen ihm die zwei Georgier in den Sinn, deren Leichen er in dem Schuppen zurückgelassen hatte.

Vorausgesetzt, dass er dazu noch Gelegenheit fände und die Toten nicht bereits entdeckt waren, müsste er sie morgen verschwinden lassen. Aber wie? Sie im Wald vergraben? So ein Aufwand. Und die Gefahr war groß, dass er bei dieser Arbeit beobachtet oder überrascht wurde.
Vielleicht in den Rhein werfen. Wenn er Glück hatte, wurden sie, ohne dass jemand auf sie aufmerksam wurde, bis in die Nordsee gespült. Das Wasser würde fast alle Spuren beseitigen und gefräßige Fische würden ihr Übriges tun. Vielleicht würden abgenagte Skelette im Flussbett zu Boden sinken und von Treibsand zugeschüttet.
Aber wenn er Pech hätte? Die Leichen würden möglicherweise gleich hinter Mannheim aus dem Strom gefischt, noch behaftet mit allen Indizien. Und wenn doch eine Vermisstenanzeige vorläge, würden schnell Zusammenhänge hergestellt werden. Er sollte sich etwas anderes einfallen lassen.
Die Körper müssten möglichst für immer oder zumindest für lange Zeit von der Bildfläche verschwinden. Er könnte sie zum Beispiel in Kunststofffolien wickeln, sie hinüber zu einem Altrheinarm transportieren, sie beschweren und sie dort versenken. Vielleicht, dass er ihnen noch vorher die Köpfe und die Hände abtrennte, damit sie weniger leicht zu identifizieren wären.
Nein. Auf Gesichtszüge, auf das Zahnbild oder Fingerabdrücke war man heute nicht mehr angewiesen. Mit DNA-Proben waren die beiden sehr viel schneller und sehr viel zuverlässiger zuzuordnen.
Auf dem Podium vollzog sich ein Wechsel. Die letzte Hülle war gefallen und die Tänzerinnen verschwanden schnell

nach hinten. Sie wurden von neuen Stripteasedamen abgelöst.

Alexander wurde aus seinen Gedanken gerissen, als sich eine Frau zu ihm an den Tisch setzte. Er erkannte die Tänzerin, die an der Stange geturnt hatte und die sich Geldscheine in ihren Slip schieben ließ.

»Na, Süßer, bestellst du uns einen Drink?«

Er bestellte eine Flasche Champagner, und als diese geleert war, noch eine. Während sie sich zuprosteten, blickte ihr Alexander in das nahe Gesicht. Die ausgeprägten, aber runden Wangen schmückten es mit einem Ausdruck, der zwischen Weiblichkeit und Kindlichkeit wechselte. Ein kleiner Mund verlieh ihm einen ausgesprochen herben Zug. Besonders wenn sie lachte und die Lippen nicht auseinanderbrachte, erweckte sie den Eindruck, als müsse sie sich zu einem immerwährenden Ernst zwingen. Alexander bemerkte, dass etwas in ihm in Wallung geriet.

Sie heiße Maruschka, erzählte sie ihm, und dass sie aus der Ukraine stamme. Sie wohne aber schon mehrere Jahre in Mannheim. Ja, ihr Job gefalle ihr. Sie verdiene nicht schlecht und könne sich Unabhängigkeit leisten.

Wovon er lebe, wollte sie wissen. Ihr kleiner, leicht geöffneter Mund verlieh ihrer Frage eine überraschende Strenge.

Darüber dürfe er nicht sprechen, gab sich Alexander verschlossen. Sofort schwenkte sie um und lachte: Solche Geheimnisse machten ihn interessant.

Alexander überlegte, ob er Maruschka bitten solle, mit ihm nach Hause zu kommen. Da hörte er sie nahe an sei-

nem Ohr flüstern: »Wenn du nach drei vor der Bar auf mich wartest, könntest du mit zu mir gehen, natürlich ganz privat.«
Jetzt lehnte sich Maruschka zurück und lächelte.

* * *

Das Taxi wartete bereits, als Maruschka die Bar verließ. In einem schwarzen, eng anliegenden Nappaledermantel hätte sie Alexander fast nicht erkannt. Offensichtlich erinnerte sie sich an ihre Abmachung. Sie blickte umher, entdeckte ihn und winkte ihn herbei. Der Fahrer, ein Glatzkopf mit einem runden Gesicht und gelblich brauner Haut, schien sie zu kennen.
Er fragte nur »nach Hause?« und startete, als sie nickte. Alexander vermutete – er hatte während der Fahrt nicht aufgepasst –, dass sie sich in Rheinau befanden, als sie ausstiegen. Schweigend, Maruschka blickte zu Boden, ließen sie sich in einem Aufzug nach oben befördern. Sie gelangten in eine Penthousewohnung, von der aus man einen weiträumigen Blick über Mannheim hinweg an die Hänge des Odenwalds und die hügeligen Ausläufer des Kraichgaus genoss. Die Berge hoben sich schemenhaft gegen den Nachthimmel ab. Die ganze Ebene schien mit Lichtern überstreut, als wären alle Gemeinden von Weinheim bis Wiesloch bereits zusammengewachsen.
Die Wohnung bestach durch eine moderne Einrichtung, wobei der Wohnraum in eine kleine offene Küche überging. »Wow«, brach es aus Alexander hervor und er

dachte, ›verdient man mit Sex so viel Geld, dass man sich eine solche Wohnung leisten kann?‹ Und er überlegte, ob er sich nicht besser als ›Mann für gewisse Stunden‹ anbieten solle. Ob er attraktiv genug wäre? Die Vorstellung allerdings, dass er eher älteren und von ihrem Äußeren her nicht gerade anziehenden Damen zu Diensten sein müsste, schreckte ihn dann doch.
Maruschka musste über die spontan geäußerte Bewunderung ihrer Wohnung lachen. Auch dabei brachte sie den Mund nicht auseinander. Ihre Lippen nahmen eine Form an, als spreche sie ein kleines ›O‹.
»Natürlich habe ich über meinen Job in der Bar hinaus noch ein paar zahlungskräftige Extrakunden«, rief sie. »Ich hoffe, das stört dich nicht.«
Alexander schüttelte den Kopf. Er dachte: Solche Männer wären sicherlich bereit, ihm hohe Summen zu bieten, wenn er ihnen drohen würde, mit seinem Wissen an die Öffentlichkeit zu gehen. Er müsste an Maruschkas Adressbuch kommen.
»Noch einen Drink?«, schlug Maruschka vor und öffnete bereits den Kühlschrank. »Einen Whisky?«
Alexander nickte und Maruschka brach Eis aus einer kleinen, rechteckigen Kunststoffschale, ließ sie in zwei Gläser gleiten und goss die braune Flüssigkeit darüber. Sie wolle heute aber nicht mehr alt werden, erklärte sie und prostete ihm zu.
Maruschka verschwand noch kurz ins Bad, während sich Alexander entkleidete. Bald darauf lagen sie im Bett. Alexander streichelte ihre Haut. Es gefiel ihm, ihre Rundungen in seinen Händen zu halten. Dass es sich dabei

um eine auch käufliche Ware handelte, störte ihn nicht im Geringsten. Im Gegenteil. Jede Sentimentalität wäre ihm zuwider gewesen. Dass er ihren Körper jedoch gleichsam geschenkt bekam, erhöhte den Reiz.
Als er in sie eindrang, hörte er sie wohlig stöhnen. Sie feuerte ihn mit kurzen Lauten an, nahm sein Ohrläppchen zwischen ihre Zähne, steckte einen Finger in seinen Anus und stieß ihn plötzlich von sich ab. Sie legte sich auf den Bauch, sodass er ihre festen Pobacken an seinem Unterleib spürte. Auch aus dieser Lage befreite sie sich und setzte sich rittlings auf ihn. Wieder begann sie in immer kürzeren Abständen zu juchzen, bis sie mit einem langen Seufzer von ihm abfiel. Alexander fragte sich kurz, ob ihre Ekstase echt war oder ob sie alles nur routiniert spielte.
Maruschka drehte sich in die Daunendecke ein. Als er noch einmal mit der Hand Kontakt suchte, regte sie sich nicht mehr, sodass er es für klüger hielt, sie nicht weiter zu belästigen.

* * *

Maruschka lag ruhig im Bett und atmete tief. Sie schien gut zu schlafen. Im Gegensatz zu Alexander, der die ganze Nacht zu kämpfen hatte. Als es dämmerte, erhob er sich und kleidete sich an. Noch einmal warf er einen Blick auf Maruschka. Ihr abgeschminktes Gesicht strahlte Zufriedenheit aus. Vielleicht träumte sie angenehm. Es schien ihm aber auch kindlich und schutzbedürftig. Dennoch wendete er sich entschlossen ab und verließ die Wohnung. Ihm war ganz recht, dass er Maruschka weder seine Telefonnummer noch seine Adresse zurücklassen musste. Er selbst konnte sie im Bedarfsfall direkt kontaktieren.

Am nächsten Morgen fuhr er gleich hinüber zu dem Geräteschuppen in der Nähe des Naherholungsgebietes ›Blaue Adria‹. Über den Pfälzer Bergen hatte der Himmel die Nacht noch nicht ganz verlassen, während die im Neckartal aufgehende Sonne den Federwölkchen und den Kondensstreifen über der Ebene eine purpurrote Farbe verlieh.

Bevor er in den Feldweg einbog, der zu der Scheune führte, fuhr er langsam an der Einmündung vorbei und suchte die Landschaft nach parkenden Autos oder versteckten Personen ab, ohne etwas Verdächtiges auszumachen. Erst in Altrip wendete er, steuerte den Wagen zurück und über den Feldweg zum Schuppen.

Zum Glück hatte es erst vor Kurzem geregnet, sodass er zwischen den Maisfeldern durchrollen konnte, ohne dass hinter ihm die trockene Erde in einer Wolke aufstieg. Unauffälliger kann man sich einem Tatort nicht nähern, schoss es ihm durch den Kopf.

Er stellte den Wagen ab und schritt auf das Brettertor zu. Alles schien unverändert, auch im Innern. Die beiden Leichen offensichtlich unberührt. Das Blut, das an den Schussverletzungen ausgetreten und in die Kleidung gesickert war, hatte seinen Glanz verloren und fing schon an, sich braun zu färben. Fliegen hatten sich auf diesen Stellen niedergelassen und stoben in einem surrenden Schwarm auf.

Alles deutete darauf hin, dass die Scheune zumindest nicht regelmäßig für Übernachtungen genutzt wurde. Er konnte sich mit dem Abtransport der toten Körper also noch etwas Zeit lassen.
Er sollte den Altrheinarm, in den er sie versenken wollte, besser vorher noch kurz inspizieren. Erst vor Kurzem hatte er einen Mann observiert, von dem er gehofft hatte, er könnte ihn seinem V-Mann-Führer als eine verdächtige Person melden. Er hatte ihn beobachtet, wie er allerhand Gerätschaften in seinen klapprigen Toyota Land Cruiser packte. Dann hatte er ihn verfolgt bis in die Nähe dieses Gewässers. Es hatte sich aber herausgestellt, dass es sich um einen harmlosen Angler handelte, der dort seinem Hobby nachging.
Schon bei dieser Gelegenheit war ihm eingefallen, dass der Ort durchaus geeignet wäre, um Objekte zumindest für längere Zeit, wenn nicht für immer, verschwinden zu lassen. Ob sich dort die zwei Leichen versenken ließen?
Alexander verriegelte das Scheunentor und setzte sich wieder ans Steuer.
Er kämpfte sich durch den einsetzenden Berufsverkehr zurück nach Mannheim, hinaus nach Sandhofen und Scharnhof und von dort auf Feldwegen zu dem schmalen, nahe am Rhein verlaufenden und von Bäumen und Gebüsch gesäumten Gewässer. Er stellte das Auto ab und suchte eine Stelle, wo er die Leichen auf möglichst kurzem Weg durch das Gebüsch schleifen konnte. Tatsächlich stieß er auf eine kleine Ausbuchtung an der Straße, von der aus ein kurzer, schmaler Pfad zum Wasser führte. Er blickte sich um und fand zwei größere Steine, die er sich

zurechtlegte. Dann suchte er das Ufer nach einem der flachen Nachen ab, den die Altrheinfischer verwenden.
Insgesamt fand er drei an verschiedenen Stellen. Sie waren nur notdürftig hinter Büschen oder unter tief hängendem Geäst von Bäumen versteckt. In einem lag sogar ein Ruder, aber das Boot selbst war mit einer um einen Stamm geschlungenen und mit einem Schloss gesicherten Kette gegen unbefugte Benutzung geschützt. Bei einem anderen Nachen jedoch war die Kette lediglich verknotet. Er musste also nur das Paddel aus dem einen Boot an sich nehmen und die Kette des anderen Boots lösen und er konnte sich damit elegant auf dem Wasser fortbewegen. Allerdings sollte er darauf achten, dass ihn bei seinen Bemühungen niemand beobachtete. Er beschloss, dafür den Schutz der Nacht in Anspruch zu nehmen.
Auf dem Rückweg fuhr er über Frankenthal Richtung Oggersheim, wo er nahe der Autobahn einen Baumarkt kannte. Dort kaufte er eine Kunststofffolie, wie man sie bei Malerarbeiten zum Abdecken des Bodens und von Möbelstücken verwendet. Dazu eine Rolle Klebeband. Als er beides an der Kasse vorbeitrug, stutzte die Verkäuferin einen Augenblick und schaute ihm interessiert ins Gesicht. Alexander hatte den Eindruck, als wolle sie etwas fragen. Sie schien sich jedoch zu besinnen und begnügte sich damit, die Ware mit einer amüsierten Miene über den Scanner zu schieben.
Vielleicht musste sie innerlich über ihre eigene Vorstellung lachen. Vielleicht hatte sie überlegt, welche Verwendungsmöglichkeiten die Kunststofffolie und das Klebeband bieten würden. Vielleicht war ihr selbst einge-

fallen, dass sich damit bestens Leichen verpacken und verschnüren ließen. Einen Moment lang zog auch Alexander in Erwägung, die Baumarktangestellte zu fragen, worüber sie sich amüsierte. Aber da hatte sie schon seinen Geldschein entgegengenommen und ihm herausgegeben. Jetzt wünschte sie ihm einen schönen Tag.

* * *

Alexander fuhr hinüber zu dem Heuschober. Wieder versuchte er sich vorsichtig zu nähern, fuhr auf der Straße erst vorbei, wendete in Altrip, kehrte zurück und steuerte den Wagen auf dem Feldweg zu dem Schuppen, ohne etwas Verdächtiges wahrzunehmen.

Er holte die Folie aus dem Wagen und rollte sie neben den toten Körpern aus. Mit einer Schere schnitt er zwei Stücke ab, die groß genug waren, um die toten Männer darin einzuwickeln.

Übelkeit breitete sich in ihm aus. Er musste, um sich nicht zu übergeben, mehrmals ins Freie laufen und tief durchatmen. Er schaffte es, die Körper auf die ausgebreiteten Planen zu zerren, deren Seiten einzuschlagen und mit Klebestreifen fest zu verpacken. Er schleifte sie nacheinander zum Auto und wuchtete sie in den Kofferraum seines Ford Kombis. Seine Tätigkeit wurde dadurch erschwert, dass die Totenstarre eingesetzt hatte. Er musste nicht nur den Rücksitz, sondern auch den Beifahrersitz umkippen, um die Leichen unterbringen zu

können. Nachdem er es endlich geschafft hatte, beide Georgier zu verstauen, setzte er sich ans Steuer.
In der Zwischenzeit waren dunkle Wolken aufgezogen. Es hatte den Anschein, als ob es schon dämmere. Fast alle fuhren mit Licht. Es fing wieder an, leise zu regnen. Ideale Umstände für sein Vorhaben.
Er steuerte den Wagen gemächlich Richtung Ludwigshafen, vorbei an Giulini, Raschig GmbH über die Mundenheimer- und die Rheinuferstraße hinauf auf die Kurt-Schumacher-Brücke, hinüber nach Mannheim, über die Friesenheimer Insel nach Lampertheim, bis zu der Stelle am Altrhein, die er sich ausgesucht hatte. Er stellte den Wagen auf dem Feldweg ab und zerrte die Leichen aus dem Kofferraum.
Der Regen war stärker geworden. Er trommelte auf die Kunststoffplanen, mit denen er die Körper umwickelt hatte, als würde eine höhere Gewalt gegen den Frevel protestieren. Alexander spürte, dass die Feuchtigkeit schnell durch seine leichte Bekleidung drang. Er wollte seine Arbeit schnell zu Ende bringen. Aber der Niederschlag hatte den schmalen Pfad in eine Rutschbahn verwandelt. Hinzu kam, dass er die Pakete an der glatten Folie kaum fassen konnte. Rückwärts versuchte er den größeren der beiden verpackten Körper hinunter zum Wasser zu zerren.
Obwohl er nur kleine Schritte machte und darauf achtete, dass er mit der ganzen Sohle auftrat, passierte es. Seine Füße schlitterten, Alexander stürzte rücklings und musste die Kunststoffplane loslassen. Wie eine Rakete schoss die Leiche über ihn hinweg, verfing sich aber bald im Gebüsch. Alexander rappelte sich hoch, prüfte schnell

seine schlammverschmierten Klamotten, befreite den umwickelten Toten aus den Zweigen und ließ ihn hinab zum Wasser gleiten.
Das andere Bündel, das den kleinen dicken Georgier enthielt, schob er vor sich her und es gelang ohne weitere Zwischenfälle, ihn neben seinem ehemaligen Partner abzulegen.
Dann holte er den Kahn, zog ihn halb aufs Land und rollte die beiden Pakete über die seitlichen Planken. Er beschwerte sie mit den Steinen, die er sich zurechtgelegt hatte. Er musste nochmals zum Auto zurück, um eine Rolle Klebestreifen zu holen, mit der er sie an der Folie fixieren konnte. Er ruderte den Nachen ein Stück auf das Wasser hinaus, den Altrheinarm hinunter, und warf die Fracht über Bord.

* * *

Zu Hause riss sich Alexander die Kleidung vom Leib und warf alles zusammen in die Trommel seiner Waschmaschine. Er stellte sich unter die Dusche, seifte sich mehrmals ein und spülte sich wieder ab. Er rasierte sich gründlich und gelte die Haare. Nachdem er sich abgetrocknet hatte, ging er zum Kleiderschrank, wählte die beste Unterwäsche, ein weißes Hemd, eine Hose mit Bügelfalten und ein Jackett. Dass er sich so elend fühlte, hing vielleicht auch damit zusammen, dass er wenig geschlafen und wieder einmal den ganzen Tag nichts gegessen hatte.
Er schaute aus dem Fenster. Der Regen hatte aufgehört.

Also verzichtete er auf einen Schirm und begab sich auf die Straße.
In den Kombi mochte er nicht einsteigen. Er fürchtete den erneuten Geruch der Kunststofffolie, der wie eine schlimme Erinnerung noch immer in der Nase nistete. Er könnte zurückgeblieben sein, obwohl er die Quelle beseitigt hatte, und er könnte die leichte, fortdauernde Übelkeit in einem Maß verstärken, dass er sich übergeben müsste. Morgen würde er den Wagen reinigen, innen und außen. Besonders die Polster. Er war mit seinen Gedanken noch so bei der Beseitigung der Leichen gewesen, dass er sich in seinen verschmutzten Klamotten hinter das Steuer geklemmt hatte, ohne etwas über den Sitz zu legen. Er konnte nur hoffen, dass der Geruch der Folie nicht auch in die Polster eingedrungen war. Notfalls müsste er ihnen mit irgendeinem Duftspray auch für seine Nase wieder mehr Annehmlichkeit verleihen.
Er lief hinüber zur Straßenbahnhaltestelle und nahm die Linie 7, die ihn zum Nationaltheater brachte. In seiner Nähe kannte er eine Pizzeria. Die suchte er jetzt auf.
Während er auf sein Essen wartete, überlegte er, ob auch diese Pizzeria der Mafia als Ort der Geldwäsche dienen könnte. Es war ja bekannt, dass diese Organisationen bei solchen Transaktionen eine Vorliebe für Deutschland hegten und dass sie sich, wenn sie untertauchen mussten, gerne in den Raum Mannheim zurückzogen. Wäre das nicht eine Information, die er seinem V-Mann-Führer verkaufen könnte? Gab es Hinweise, die einen solchen Verdacht erhärteten?
Zwei Tische weiter versuchten ein Mann und eine Frau

einem kleinen Mädchen und einem kleinen Jungen, wahrscheinlich ihre Kinder, Tischmanieren beizubringen. Die Kinder stocherten in Portionen von Pommes frites mit Ketchup herum. Dazu tranken sie Cola. Sie fingen an, sich allmählich in die Wolle zu kriegen. Sie beschuldigten sich gegenseitig, von ihren Tellern stibitzt zu haben. Aus Rache grapschten sie demonstrativ nach den Kartoffelstäbchen des anderen und provozierten damit ein aus Wut und Beleidigtsein gemischtes Geheul. Die Eltern sprachen beruhigend auf sie ein. Als dies nicht fruchtete, riefen sie ihre Kinder mit einem drohenden Unterton in der Stimme zur Ordnung.

Gerade wegen des leichten Gezänks hatte Alexander den Eindruck einer Familienidylle, die hätte rühren können. Ob den Eltern klar war, was sich außerhalb ihrer Wahrnehmung alles abspielen konnte, dass sie mit ihrer Anwesenheit möglicherweise das Alibi für ein Verbrechen großen Stils gaben, dass sie selbst nur Marionetten darstellten und an Fäden hingen, die irgendwo im Hintergrund von einer Geheimorganisation gezogen wurden?

Oder das junge Paar, das sich einen Tisch weiter über ihre Teller hinweg zuprostete und sich dabei so tief in die Augen sah, dass man befürchten musste, sie würden sich gegenseitig versenken. Ahnten sie etwas von dem Damoklesschwert, das möglicherweise über ihnen hing?

Und all die anderen, die hier ihre Speisen genossen. Wer garantierte ihnen, dass nicht in der nächsten Minute irgendein durchgeknallter Amokläufer hereinstürmte und mit einem Schnellfeuergewehr alle niedermähte oder dass die Pizzeria in die Luft flog?

Alexanders Blick fiel auf einen Garderobenständer, an dessen Haken, in Holzleisten geklemmt, Zeitungen hingen. Er holte sich die Mannheimer Zeitung und begann zu lesen.

»Assads Schergen erschießen Demonstranten und foltern Gefangene.«

»Dient Irans Atomprogramm militärischen Zwecken?«

»Deutsche Mediziner dürfen auf steigende Honorare hoffen.«

»Koalition plant Wahlrechtsreform ohne SPD und Grüne.«

»Ist der Euro noch zu retten?«

Eine kurze Meldung stach ihm ins Auge.

»Zwei Männer vermisst.«

Alexander las, dass die beiden aus Georgien stammten und nach Deutschland eingereist waren. Sie planten nach Aussagen ihrer Angehörigen in der Heimat, Autos zu kaufen. Sie hätten ihr Hotel am Samstag gegen 13 Uhr verlassen und seien seither spurlos verschwunden.

»Wer hat die beiden gesehen? Sachdienliche Hinweise nimmt jede Polizeidienststelle entgegen.«

Also doch, dachte Alexander. Die beiden waren offensichtlich ordentlich eingereist und als Touristen registriert. Ihre Identität war also bekannt. Jetzt wusste er, dass nach ihnen gesucht wurde.

Eine weitere Schlagzeile erregte Alexanders Aufmerksamkeit.

»Grausiger Fund zwischen Dilsberger Hof und Wiesenbach.«

Dilsberger Hof? Wiesenbach? Da war er schon mal durchgefahren. Das lag hinter Neckargemünd, am Rand des Kraichgaus. Und er las, dass eine Spaziergängerin im Wald einen skelettierten Schädel entdeckt habe. Es sei noch völlig ungeklärt, wie er dorthin gekommen sei. Vielleicht habe ihn ein Tier, zum Beispiel ein Wildschwein, in dem nahe liegenden Friedhof ausgegraben und im Wald versteckt. Vielleicht stamme er aus einem der Weltkriege oder aus noch früherer Zeit. Möglicherweise sei der Mensch, aus welchen Gründen und unter welchen Umständen auch immer, im Wald eines natürlichen Todes gestorben. Vielleicht gehöre der Schädel zu dem Torso, der vor einiger Zeit in der Nähe von Lorsch gefunden wurde. Möglicherweise liege ein Verbrechen vor.

Der Artikel brachte Alexander ins Grübeln. Es fiel ihm ein, dass er selbst kurz daran gedacht hatte, bei seinen beiden Opfern Kopf und Hände zu entfernen und diese Teile irgendwo zu vergraben. Er hatte den Plan aufgegeben, weil solche Vertuschungsversuche gegen neuere und verfeinerte Methoden der Identifizierung nicht mehr ankamen. Wenn die Leichen der beiden Georgier eines Tages auftauchen würden, wäre es ein Leichtes, ihre DNA mit der des vertrockneten Blutes in der Scheune zu vergleichen. Dann könnten schon Zusammenhänge hergestellt werden. Ob die aber bis zu ihm reichen würden?

Der Kellner brachte die Pizza und wünschte guten Appetit. Alexander fing an, die mit Pfeffersalami und grünen Peperoni belegte und an den Rändern wulstig aufgeblähte runde Scheibe in Stücke zu schneiden. Die schob er in den Mund.

War es richtig, die Leichen so gründlich zu verpacken, fragte er sich, während er kaute. Besser, er hätte sie nur beschwert und dann nackt versenkt. Einmal, weil die Fische dann leichter an die Haut und an das darunter befindliche Fleisch kämen. Es bestünde die Möglichkeit, dass der ganze Körper im Laufe der Zeit skelettiert würde. Zum anderen würde die Kleidung viel über die Herkunft der Männer verraten. Er hatte sich nicht einmal die Mühe gemacht, die Taschen nach verräterischen Gegenständen zu durchsuchen, geschweige denn, dass er die Firmenetikette aus den Stoffen getrennt hätte. Dass er alles mit Folie umwickelt und diese verklebt und vertäut hatte, geschah wohl eher aus psychologischen als aus vernünftigen Gründen. Irgendwo in seinem Innern glaubte er, damit das blutige Überbleibsel seiner Tat verstecken zu können. Die glatte Oberfläche des Kunststoffs stellte geradezu das Gegenteil dessen dar, was sie verhüllte. Sie trotzte der Vergänglichkeit und demonstrierte Immunität gegenüber einer kreatürlichen Verletzlichkeit.

Aber er hatte die Leichen auch deshalb verpackt, damit sie beim Transport keine Spuren hinterließen. Die Blutreste in der Scheune waren schon verdächtig genug, aber nicht unbedingt mit den Opfern in Zusammenhang zu bringen. Zumindest nicht, solange nicht die dazugehörigen Körper gefunden wurden. Er durfte sich jetzt nicht verrückt machen. Unwahrscheinlich, dass er als Täter entlarvt würde.

Er stürzte noch einen Grappa hinunter und verlangte die Rechnung.

* * *

Alexander beobachtete einen Mann, der sich abseits des Weges durch den Wald schlug. In der einen Hand schwenkte er einen geflochtenen Korb, in der anderen hielt er ein Taschenmesser. Den Blick hatte er auf den Boden geheftet. Er lief kreuz und quer, angezogen von schirmartigen, knapp über dem Boden sich entfaltenden Gewächsen. Sie siedelten meist auf Moosinseln oder an deren Rändern. Von manchen wendete er sich wieder ab. Andere berührte er mit der Fußspitze und stieß sie um. Manchmal bückte er sich und schnitt einen Pilz ab. Er betrachtete ihn auf der Unterseite, prüfte ihn und legte ihn ganz oder Teile davon in sein aus Weidenruten hergestelltes Behältnis. Er stoppte und blickte nach oben, wo die Sonne zwischen den bereits leicht verfärbten Blättern hindurchblitzte.

Jetzt kam ihm der Mann entgegen. Er trug ein blauweiß gestreiftes Hemd und darüber eine gelbe Lederweste. Als er sich näherte, erkannte Alexander seinen V-Mann-Führer Michael Krause, der jedoch um Jahrzehnte gealtert schien. Er schwenkte seinen Korb. Darin befanden sich aber keine Pilze, sondern etwas Kugelähnliches, in eine Plastiktüte gehüllt. Krause redete.

»Ich habe den hochstämmigen Laubwald verlassen. Bin in eine dicht bewachsene Fichtenschonung eingetaucht. Dort eine mit Gras bewachsene Lichtung, auf der zu manchen Zeiten ein ganzer Hexenring von Pilzen wächst. Ich habe mich durch das Nadelgeäst gezwängt, das Gras schimmerte bereits hell durch das Unterholz, als mir ein fürchterlicher Gestank entgegenschlug. Und was habe ich gefunden?« Krause deutete auf das kugelförmige Gebilde in seinem Korb: »Dies. Ich habe alle Pilze sofort weggeworfen und das da mitgenommen. Wollen Sie es mal sehen?«

Alexander war neugierig geworden und nickte.

Krause setzte den Korb ab, hob den Gegenstand auf und schälte ihn aus der Tüte. Alexander erschrak. Es war ein Kopf. Und als er genauer hinsah, erkannte er sein Gesicht. Entsetzt griff er mit beiden Händen nach dem, was auf seinem Hals saß, und stellte fest, dass es sich in einen von allem Fleisch und aller Haut entblößten Schädel verwandelt hatte. Da erwachte er das erste Mal.

Alexander hielt mit einem schweren Mercedes auf einem Waldparkplatz. Auf den Rücksitzen zwei Männer, die er nicht kannte. Alle stiegen aus. Da waren die Männer schon verschwunden. Stattdessen begegnete er, als er ein Stück den Weg entlang lief, einer Frau. Er erkannte Maruschka, die einen Hund an der Leine führte. Das Tier wedelte Alexander freundlich an.

»Schau mal, was mein Bello ausgegraben hat«, rief Maruschka fröhlich und kam Alexander mit einer geöffneten Kunststofftüte entgegen.

Alexander warf einen Blick in den Beutel und entdeckte eine Hand, eine Hand, die sich noch bewegte. Deutlich sichtbar krümmte sie den Zeigefinger, als wolle sie Alexander locken. Alexander wollte nach den eigenen Händen greifen, aber es waren nur noch Armstümpfe, die gegeneinanderstießen.

Dann stand er am Wasser und auf der Oberfläche trieb

ein mit Kunststofffolie umwickeltes Paket. Aus der Hülle ragte ein Arm heraus, der mit aller Macht zu rudern begann. Er steuerte das Bündel direkt auf ihn zu. Und wenn er auszuweichen versuchte, dann änderte auch der schwimmende Körper die Richtung. Alexander wollte fliehen, merkte jedoch, dass seine Beine ihm nicht mehr gehorchten.

Wieder wachte Alexander auf, schweißgebadet. Draußen war es schon hell. Er erhob sich, duschte und ging, ohne zu frühstücken, hinunter zu seinem Wagen. Er würde ihn gleich durch die Waschanlage fahren und dabei das umfangreichste Programm wählen. Danach würde er ihn mit einem der dort angebrachten Staubsauger auch im Innern gründlich reinigen.

vier

Warum musste es immer ihn treffen? Natürlich pfiffen es die Spatzen von den Dächern, dass die Polizeidirektion in Heidelberg aufgelöst beziehungsweise in die Mannheimer integriert werden soll. Aber dass er der Erste ist, der seinen Schreibtisch wechseln muss, konnte er nicht gerade als Gunst des Schicksals auffassen. Zumal geplant war, dass die Kripo in Heidelberg konzentriert würde. Sein hiesiger Aufenthalt dürfte also nur von kurzer Dauer sein. Dann würde er zurückkehren. Allerdings war auch vorgesehen, dass ein Kriminalkommissariat in Mannheim verblieb. Wenn ihn das Pech weiter verfolgte, würde er dem zugeordnet werden.

Gewiss, es hätte ihn noch schlimmer erwischen können. Da mit dieser Maßnahme insgesamt Stellen eingespart werden sollten, hätte man ihn auch anderswohin abschieben können, zum Beispiel auf die Schwäbische Alb, in den Schwarzwald oder nach Badisch-Sibirien. Wo eben gerade eine Stelle neu zu besetzen war.

Mit einem Arbeitsplatz in Mannheim durfte er wenigstens in Heidelberg wohnen bleiben. So kam er nicht nur um einen Umzug herum, sondern wurde auch nicht aus seinem Freundes- und Bekanntenkreis herausgerissen. Und er konnte sich um sein kleines Häuschen in Hand-

schuhsheim kümmern, das er vor Kurzem erworben und vor einigen Wochen bezogen hatte. Einige seiner Freunde hatten ihm von dem Kauf abgeraten. Einer hatte sich sogar zu dem Spruch verstiegen:
»Wer viel Geld hat und ist dumm, kauft ein altes Haus und bauts um.«
Nein, weder stand ihm ein größeres finanzielles Polster zur Verfügung noch beabsichtigte er, das Haus umzubauen. Aber er wollte es erhalten. Das hatte er sich vorgenommen.
Hauptkommissar Bode öffnete das Fenster. Auch ein Grund, seinem kleinen, aber feinen Büro in Heidelberg nachzutrauern. Von dort aus hatte er den Königsstuhl im Blick. Hier nur die Wand des gegenüberliegenden Hauses.
Zum Glück umgaben ihn nette Mitarbeiter. Kriminalkommissarin Maike Wohlgemut hatte ihm geradezu freudestrahlend die Hand entgegengestreckt. Bode hätte sich nicht gewundert, wenn sie dabei noch einen Knicks vollführt hätte. Kriminaloberkommissar Klaus Stein machte einen ebenso schnörkellosen und verlässlichen Eindruck, wie sein Name versprach. Gott sei Dank hieß er nicht Fels, sondern nur Stein. Man musste also keine Kirche auf ihn bauen. Es genügte, wenn er, Hauptkommissar Bode, ihm vertraute.
Und die anderen Kollegen? Na, ja. Über sie konnte er noch kein Urteil fällen. Immerhin hatten sie ihn freundlich empfangen. Sie hatten aber auch klargestellt, dass sie eine ordentliche Einstandsfeier erwarten. Und sie hatten ihn gleich mit einem Fall beauftragt. Der allerdings

schien alles andere als spektakulär. Reine Routine. Damit ließen sich vermutlich keine Sporen verdienen.

Zwei Georgier wurden von ihren Angehörigen aus Tiflis als vermisst gemeldet. Sie sollten offiziell eingereist und nach Mannheim gekommen sein, um hier hochwertige Gebrauchtwagen zu kaufen. Die wollten sie in ihrer Heimat wieder verhökern. Abgestiegen waren sie in einem Hotel in Ludwigshafen. Warum haben die Kollegen von dort den Fall nicht übernommen? Sie haben vorermittelt, aha, und dann den Fall an die Kripo Mannheim weitergeleitet. Mit solchem Kleinkram wollten die sich wahrscheinlich nicht herumschlagen.

Bode setzte sich an seinen Schreibtisch und beugte sich über die Unterlagen.

Ein jüngerer und ein älterer Mann, Lado Gachokidse und Wassili Kobiaschwili. Der ältere war verheiratet und Vater eines Sohnes. Vielleicht hatte er die Gelegenheit genutzt und sich von seiner Familie abgesetzt. Andererseits sollte er schon oft nach Deutschland gereist sein, dort einen Wagen gekauft und diesen nach Tiflis überführt haben. Warum war er da nicht schon früher abgetaucht? Ebenso gut konnte sich Bode vorstellen, dass es sich bei diesem Mann um einen treu sorgenden Familienvater handelte, der jetzt von seiner Frau und seinem Sohn nicht nur faktisch, sondern auch gefühlsmäßig sehr vermisst wurde.

Und Lado Gachokidse? Ein junger Mann mit höherem Schulabschluss. Was suchte der im Gebrauchtwagenhandel? Und überhaupt ihr Arbeitgeber, ein gewisser Fjodor Turaschwili. Er stand im Verdacht, das hatten die Kolle-

gen in Tiflis mitgeteilt, auch illegale Geschäfte zu betreiben. Vielleicht entwickelte sich aus dieser Konstellation doch noch ein interessanter Fall.
Die Ehefrau von Wassili Kobiaschwili und die Eltern von Lado Gachokidse hatten Fotos geschickt. Als Erstes würde er alle Gebrauchtwagenhändler der Umgebung abklappern lassen. Er selbst würde den Automarkt neben dem Flugplatz aufsuchen, auf dem auch Privatpersonen ihre Autos anboten. Parallel dazu würde er die Bilder samt Personenbeschreibung an die drei großen Tageszeitungen der Rhein-Neckar-Region geben. Vielleicht, dass sich durch diese Aktionen schon Hinweise über den Verbleib der Gesuchten gewinnen ließen. Als letzten Trumpf hatte er noch einen Fahndungsaufruf von ›Aktenzeichen XY ungelöst‹ im Ärmel. Aber bis dahin würde er die beiden wahrscheinlich längst aufgestöbert haben.

* * *

Vor sich sah er einen jungen Mann, sportliche, mittelgroße Gestalt mit einer langen, gewellten, braunen Haarmähne, in beigen Cordhosen und einem Blouson aus einem leichten blauen Stoff. Er passte so gar nicht zu den Männern, die hier ein und aus gingen, zu den Alten mit ihrem grauen Haar und ihren grauen Bärten, deren dunkle, meist abgetragene Anzüge an der Feierlichkeit, die sie aufrechtzuerhalten versuchten, eher verzweifelten; zu den Jungen mit mehrheitlich dunklem Haar, manche mit einem bekenntnishaften Käppi auf dem Kopf, wenige gar, als müssten sie hier eine andere Welt verkörpern, in

einen weißen, grauen, braunen oder schwarzen Kaftan gehüllt.
Wohl einer der neugierigen Besucher, die sich das Innere einer Moschee anschauen möchten, dachte Alexander. Aber er vermisste die vorsichtige Zurückhaltung, die Gesten der Orientierung, den Versuch, sich nach den Menschen rechts und links von ihm oder vor ihm zu richten. Selbstverständlich entledigte sich der junge Mann seiner Schuhe und stellte sie in das Regal auf der rechten Seite. Dort befanden sich schon andere. Er steuerte sofort den Waschraum an.
Alexander achtete darauf, dass er an dem mehrere Meter langen, metallenen, halbrunden Waschbecken nicht allzu weit entfernt zu stehen kam, sodass er den jungen Mann aus den Augenwinkeln heraus beobachten konnte. Nun war er es, Alexander, der leicht verzögert den Bewegungen seines Nachbarn folgte. Wie er benetzte er die Handflächen mit dem Wasser, das aus einem Hahn strömte, und fuhr mit ihnen vom Haaransatz über das Gesicht hinab zum Kinn, wusch mit der Linken den rechten Unterarm, wobei er knapp über dem Ellenbogen begann und an den Fingerspitzen endete. Er schien darauf zu achten, dass er diese Prozedur erst auf der Außen-, dann auf der Innenseite durchführte, bevor er sie mit vertauschten Gliedmaßen wiederholte. Dann wendete er sich ab und betrat den Gebetsraum, und zwar mit dem rechten Fuß voran.
Im Gebetsraum suchte Alexander in den Reihen der Gläubigen, die sich schon versammelt hatten, einen Platz, von dem aus er den jungen Mann im Auge behalten konnte. Alle warteten auf den Imam.

Als er, flankiert von zwei Begleitern, den Gebetsraum mit schnellen Schritten in Richtung der Gebetsnische durchmaß, rollte eine Welle der Unruhe über die Köpfe der Wartenden hinweg, die aber schnell verebbte. Der Imam stellte sich mit dem Rücken zu seiner Gemeinde auf und begann mit der Rezitation von Koranversen, die durch ein Mikrofon übertragen wurde.

Alexander stellte fest, dass der Mann, den er beobachtete, über die Abfolge der Haltungen, die mit den einzelnen Gebetsabschnitten verbunden waren, genau Bescheid wusste.

Er stand wie alle anderen aufrecht in Richtung Mekka, hob beide Hände bis zur Höhe des Halses, wobei die Handflächen nach vorn geöffnet waren. Er verschränkte die Hände vor seinem Körper zwischen Brust und Nabel. Nach einer Weile legte er die rechte Hand auf den linken Unterarm. Er verbeugte sich, die Hände jetzt auf den Kniescheiben. Er richtete sich auf, die Hände an den Seiten. Er warf sich nieder, wobei die Stirn, die Nase, die Handflächen, die Knie und die Zehenspitzen den Boden berührten. Er setzte sich auf die Fersen, die Knie, von den Händen bedeckt, auf dem Boden und wendete den Kopf nach rechts, dann nach links. Er murmelte in beide Richtungen »salam«.

Alexander hatte sogar den Eindruck, dass der junge Mann die vorgeschriebenen Haltungen immer für den Bruchteil einer Sekunde vor seinen Nachbarn einnahm. Es hatte den Anschein, dass diese seinen Bewegungen folgten. Andererseits schien er darauf zu achten, dass er nicht die Gesten des Imam vorwegnahm. So vollzog die

von Alexander beobachtete Person einen ausgeklügelten Drahtseilakt, der, so schloss Alexander, sehr viel Übung voraussetzte.
Nachdem der Imam geendet hatte, erhoben sich die Gläubigen und strebten dem Ausgang zu. Alle waren bemüht, die Moschee mit dem linken Fuß voran zu verlassen, auch die Person, die Alexander beschattete, auch er selbst.
Während Alexander ihm folgte, war er darauf bedacht, dass sich der Abstand zwischen ihnen nicht verkürzte. Andererseits wollte er ihn nicht aus den Augen verlieren. Was für ein energischer Gang. Was für entschiedene Bewegungen.
Ein Mensch, der weiß, was er will, oder zumindest glaubt, es zu wissen. Sieht aus wie ein Deutscher und geht in eine Moschee. Vielleicht einer der jungen Männer, denen die westliche Konsumgesellschaft nicht mehr genügt, die einen Sinn suchen für ihr Leben. Vielleicht ist er bereit, dafür die Freiheiten zu opfern, vielleicht sogar sein Leben.
Eine gute Gelegenheit, seine V-Mann-Tätigkeit auszuweiten. Wenn er jetzt einen Coup landete und ein paar mutmaßliche Terroristen ans Messer lieferte, würden ihn seine Vorgesetzten vielleicht auch besser entlohnen. Vielleicht würde er gar eine Sonderprämie erhalten.
Nachdem sie den Mannheimer Ring an einer Ampel überquert hatten, sprach Alexander seinen Vordermann an. Er beobachtete, wie ein geschmeicheltes Lächeln über dessen Gesicht huschte, als er ihn Bruder nannte. Und er willigte sofort ein, als Alexander ihm vorschlug, sich einmal zu unterhalten. Er habe ihn in der Moschee beobach-

tet und dabei immer das Gefühl gehabt, dass sie beide viel verbinden würde.
Sie setzten sich an den Tisch eines Straßencafés und bestellten beide einen Tee.
Sein neuer Bekannter hieß Sven, erfuhr Alexander. Er hatte eine Lehre als Chemielaborant abgebrochen und seinen Wehrdienst absolviert. Jetzt überlege er, ob er sich einer Ausbildung als Altenpfleger unterziehen solle. Er sei sich aber noch nicht ganz sicher. Vielleicht werde er auch eine ganz andere Richtung einschlagen.
Wie es komme, dass er sich für den Islam interessiere, wollte Alexander wissen.
Er sei aus der evangelischen Kirche ausgetreten und zum Islam konvertiert.
Aus welchem Grund?
Dass Muslime mehrmals am Tag beten würden und dies nicht nur, indem sie eine Litanei herunterleierten, sondern höchst konzentriert und voller Inbrunst, fasziniere ihn. Deshalb sei er dieser Religionsgemeinschaft beigetreten. Er wolle aber nicht nur Mitglied sein, sondern wirklich etwas zur Gemeinschaft beitragen. Er werde mit dafür sorgen, dass der Glaube weiter über die Welt verbreitet werde.
Alexander sah ihn prüfend an: »Haben Sie konkrete Pläne?«
Sven hob vielsagend die Schultern und schwieg.
Für Alexander kein Grund, das Thema auf sich beruhen zu lassen: »Absichtserklärungen nützen nichts. Nur Taten zählen.«
Sven antwortete nicht.

»Und bei Taten richtet eine dilettantische Vorgehensweise mehr Schaden an, als dass sie nützt«, setzte Alexander nach. »Es dürfte nichts schaden, sich bei solchen Vorhaben ein bisschen anleiten zu lassen.«

Alexander beobachtete, dass sein Gegenüber hellhörig wurde.

»Es gibt Organisationen, die Leute wie Sie zu aktiven Kämpfern ausbilden.« Und nach einer Pause fuhr Alexander fort: »Ich könnte Ihnen helfen, an die richtigen Leute heranzukommen.«

»Wirklich?« Jetzt hatte Sven angebissen. Jetzt kam es darauf an, ihn an Land zu ziehen.

»Vielleicht gelingt es mir, Sie in ein Trainingscamp zu übermitteln. Natürlich übernehmen wir nicht jeden. Kennen Sie noch andere Personen, die eventuell mitmachen würden?«

Nun taute Sven auf: »Ja, ich habe noch zwei Freunde, die denken genauso wie ich.«

Man sollte sich mal zusammensetzen und überlegen, wie man hier in diesem Land aktiv werden könne, schlug Alexander vor. Allerdings müsse er um Verständnis dafür bitten, dass er im gegenwärtigen Moment nicht seine Kontaktdaten preisgeben dürfe. Dafür kenne man sich zu wenig. Es gäbe zwei Möglichkeiten.

»Entweder Sie verraten mir Ihren Namen und Ihre Telefonnummer, und ich rufe in drei Tagen an. Dann fassen wir einen Termin und einen Treffpunkt zusammen mit Ihren Freunden ins Auge. Oder wir vereinbaren schon jetzt ein Treffen, und Sie sorgen dafür, dass Ihre Freunde mitkommen.«

Sein Gegenüber kritzelte etwas auf ein Papier und schob es Alexander zu.

* * *

Hauptkommissar Bode steuerte den Wagen durch die Mannheimer Innenstadt hinüber zum Maimarktgelände und stellte ihn dort auf dem riesigen Besucherparkplatz ab. Schwere Wolken lagerten auf den Bergrücken des Odenwalds und versperrten die Sicht hinüber zur Pfälzer Haardt. Die Schornsteine des nahe gelegenen Kohlekraftwerks spien Emissionssäulen in die Luft, die sich wie eine Decke unter der Wolkenschicht ausbreiteten. Für kurze Zeit beobachtete Bode eine viermotorige Propellermaschine, die über den Dächern der Stadt eine Schleife zog, bevor sie knapp über Hochspannungsleitungen hinweg zur Landung ansetzte. Auf der nahen Betonpiste rollte sie aus, wendete und fuhr hinüber zum Flughafengebäude.
Der Gebrauchtwagenmarkt lag nur ein paar Schritte entfernt. Der Mann im Pförtnerhäuschen nickte nur kurz, als Bode seinen Polizeiausweis vorzeigte, und bedeutete ihm mit einem kurzen Handzeichen, dass er passieren durfte.
Bode verschaffte sich erst einmal einen Gesamteindruck. Er registrierte die Männer und Frauen, die im Innern der angebotenen Wagen Zeitung lasen, Laptops bearbeiteten, Musik hörten oder einfach vor sich hin dösten oder die neben ihren Blechkisten auf Kunden warteten. Er beob-

achtete kurz die Interessenten, die zwischen den bunten Karosserien hindurchschritten, sich mitunter bückten, um auch einen Blick unter die Fahrgestelle zu werfen, und die versuchten, mit den Anbietern ins Gespräch zu kommen.

Dann näherte sich Bode entschlossen den Personen, die sich in seiner unmittelbaren Nähe aufhielten.

Er arbeitete sich über das ganze Gelände hinweg vor, darum bemüht, niemanden auszulassen. Allen hielt er die beiden Fotos von den Georgiern vor die Nase und fragte, ob jemand die Gesichter schon einmal gesehen habe oder gar kenne.

Die meisten schüttelten, nachdem sie einen Blick auf die Fotos geworfen hatten, den Kopf, manche so entschieden, als müssten sie demonstrieren, dass sie, auch wenn sie etwas wüssten, mit der Polizei nichts zu tun haben wollten. Manche erzählten sofort Geschichten, die allerdings mehr über ihr Geltungsbedürfnis verrieten, als dass sie konkrete Anhaltspunkte lieferten. Aus einem sprudelte es geradezu heraus, er habe die beiden auf einer Birthday Party im Mupa Ludwigshafen getroffen und sich lange mit ihnen unterhalten. Sie hätten ihm erzählt, dass sie im Hemshof zu Hause seien und sich ihr Geld damit verdienten, dass sie Speed verkauften. Ob er interessiert sei? Nein, war er nicht, betonte der Befragte. Daraufhin hätten sie sich anderen potenziellen Kunden zugewandt.

Ein anderer radebrechte, die beiden seien auf einem Fußballspiel von 1899 Hoffenheim an ihn herangetreten. Sie hätten sich aber offensichtlich mehr für seine Freundin als für das Match interessiert. Da habe er ihnen eins auf

die Nase gegeben. Damit sei ihre Bekanntschaft auch schon zu Ende gewesen.
Einer überlegte lange. Dann entschied er, einen der beiden schon einmal gesehen zu haben, allerdings bereits vor circa einem Jahr. Er habe sogar mit ihm gesprochen und wisse noch, dass er an hochwertigen Gebrauchtwagen interessiert gewesen sei. Damit habe er mit seiner alten Mühle natürlich nicht dienen können. Aber er erinnere sich, dass ihm der Mann recht sympathisch gewesen sei.
Auch die Recherchen bei den professionellen Händlern ergaben keine brauchbaren Ergebnisse.
Manche kannten einen von ihnen, wussten, dass er früher öfter nach Ludwigshafen gekommen sei und hatten sogar schon mit ihm Geschäfte getätigt. In dem konkreten Fall aber konnten sie keine Informationen liefern, geschweige denn, dass sie sich ihr plötzliches Verschwinden erklären konnten.
Manche allerdings hoben das Kinn, verzogen den Mund zu einer Grimasse und ließen einen leise klagenden Ton vernehmen. Und sie fügten an, sie seien vielleicht etwas zu leichtfertig mit ihrem Geld umgegangen. Dass sie mit großen Scheinen winkten, sei ihre Masche gewesen. Damit hätten sie bewusst Begehrlichkeiten geweckt. Und es sei ihnen vielleicht nicht bewusst gewesen, dass ein solches Auftreten in einem solchen Milieu auch Risiken berge. Allen, von denen Hauptkommissar Bode den Eindruck hatte, sie könnten mehr über einen oder beide Georgier wissen, hinterließ er seine Visitenkarte mit der Bitte, ihn anzurufen, wenn ihnen noch etwas einfiele.

Missmutig und über den ausbleibenden Erfolg enttäuscht, kehrte Bode in sein Büro zurück. Er setzte sich an den PC und formulierte eine Mail an die drei großen Tageszeitungen der Region. Er bat um Veröffentlichung seines Fahndungsaufrufs und der angehängten Porträtfotos.

Daraufhin trafen in den nächsten Tagen und Wochen noch mehr Geschichten ein, die aber keine weiteren Anhaltspunkte ergaben. Selbst eine Ausstrahlung des Vermisstenfalls in ›Aktenzeichen XY ungelöst‹, die mit der beschwörenden Ergänzung, dass ein Verbrechen nicht ausgeschlossen werden könne, garniert wurde, lieferte kein brauchbares Ergebnis.

Im nächsten Schritt würde Bode bei allen Banken und Sparkassen der Rhein-Neckar-Region nachfragen, ob jemand einen größeren Geldbetrag in großen Scheinen auf ein Konto eingezahlt habe. In Kaufhäusern, Supermärkten, Tankstellen und anderen Einzelhandelsgeschäften würde er prüfen lassen, ob öfter kleinere Rechnungen mit großen Banknoten beglichen oder ob Großanschaffungen bar bezahlt wurden. Wenn auch diese Maßnahmen nicht weiterhalfen, konnte er nur noch auf den Kommissar Zufall hoffen.

* * *

Schon beim Aufwachen quälte ihn die Idee, dass er zu dem Altrheinarm hinüberfahren sollte, um nachzusehen, ob er bei der Beseitigung der Leichen keine Spuren hin-

terlassen habe und ob die beiden Körper nicht aufgetaucht waren. Jeden Tag machte er sich erneut klar, dass man dort nur auf ihn warten würde, wenn auch nur geringste Anzeichen seiner Vertuschungsbemühungen entdeckt worden wären.
Den Täter treibt es an den Ort seines Verbrechens zurück. Das wussten vor allem die Ermittlungsbehörden. Er musste sich zwingen, sowohl die Scheune in der Nähe von Altrip als auch den Altrheinarm zu meiden. Vielleicht könnte er den Tag besser überstehen, wenn es ihm gelingen würde, sich abzulenken. Aber wie?
Alexander fiel ein, dass er nun längere Zeit nicht mehr im Miramar gewesen war, und er beschloss, sich heute diese Entspannung zu gönnen. Also packte er seine Saunasachen zusammen und fuhr hinüber nach Weinheim. Erwartungsgemäß waren die Heißlufträume wenig besucht. Genügend Platz, um sich auf der obersten Bank auszustrecken. Alexander schob sich einen der bereitliegenden Holzkeile unter den Kopf. Er spürte, dass die Wärme begann, seinen Körper von außen her zu durchdringen. Hinter seiner Stirn aber hämmerte es.
Was hatte ihm das mit Geld gefüllte Köfferchen nun gebracht? Mehr Zufriedenheit? Von den paar Scheinen konnte er sich nicht einmal eine ordentliche Wohnung kaufen, geschweige denn ein Haus am Meer oder eine Motorjacht. Davon konnte er auch keine Crew bezahlen, die imstande gewesen wäre, ein Schiff zu führen. Welch ein Vermögen mussten diese Männer besitzen, die man aus Illustrierten oder aus dem Fernsehen kannte, die in weißen Anzügen und braun gebrannt an der Reling ihres

Bootes standen, in jedem Arm eine schlanke Schönheit in knappem Bikini, und in die Kamera lachten?
Ein älterer Mann und eine ältere Frau, Alexander schätzte beide weit über siebzig, betraten den Schwitzkasten. Sie setzten sich auf die unterste Stufe und begannen, sich leise zu unterhalten. Ein betagtes Ehepaar, das seinen Lebensabend in dieser Wellnessanlage genoss? Wohl kaum. Sie schienen einander in einer Weise zugeneigt, die eine langjährige Routine ausschloss. Vielleicht ein Paar, das ein Leben lang daran gehindert wurde, zusammenzukommen, das jetzt erst die verhinderte Liebe nachholte.
Die beiden unterhielten sich inbrünstig über Verdauungsprobleme und die Gefahren von Darmkrebs, während sie sich zärtlich aneinanderlehnten. Oft entstünden Taschen und Zysten allein durch harten Stuhlgang, behauptete der Mann. Das sei der Grund, warum sie nicht drücke, antwortete die Frau und betonte noch einmal: »Ich drücke nicht.«
Alexander erhob sich und schaute auf die Sanduhr, die an der Wand hing. Die winzigen Körnchen waren durch die schmale Öffnung von der oberen Kammer in die untere geronnen. Alexander verließ den Heißluftraum, froh darüber, das Gespräch zwischen den beiden alten Turteltäubchen nicht länger verfolgen zu müssen.
Jetzt räkelte er sich unter der Dusche, kämpfte gegen den Schock an, den das kalte Wasser erzeugte, das auf seinen erhitzten Körper prasselte. Ohne sich abzutrocknen, rannte er hinüber zum See, warf das Handtuch ans Ufer und sich klatschend in die Fluten. Er schwamm ein paar

Züge, wobei er jedes Mal, wenn er die Arme nach vorn stieß, mit dem Kopf untertauchte. Er wendete und kraulte zurück, rubbelte sich ab und begab sich in einen der Ruheräume. Er kippte den Liegestuhl so, dass die Füße möglichst hoch und der Kopf möglichst tief zu liegen kamen. Er atmete tief und genoss das spürbare Pulsieren seines Blutes im ganzen Körper.

Wenn er bedachte, dass manche Bankmanager rund 10 Millionen Dollar im Jahr allein an Boni einsteckten, so hatte er mit dem Inhalt seines Koffers gerade das Einkommen einer Woche erbeutet. Er müsste also rund 50 solcher Überfälle im Jahr durchführen, wenn er mit diesen Leuten gleichziehen wollte. Und diese Bosse genossen das Ansehen vieler Menschen, das ihm wahrscheinlich, auch wenn er mit dieser Art von Geldbeschaffung erfolgreich wäre, dennoch versagt bleiben würde.

Neben ihm begann ein Mann zu schnarchen und zwar in einer Weise, dass Alexander seine Aufmerksamkeit nicht abwenden konnte. Er prustete, röchelte, hielt die Luft an, löste dann mit einem lang gezogenen Schnarren die Blokkade und alles begann von Neuem. Alexander schaute zu den anderen Gästen hinüber. Sie taten so, als würden sie von dem Vorgang nichts bemerken. Auf ihren Gesichtern aber glaubte er jenen leichten Anflug von Indignation wahrzunehmen, der sich abzeichnet, wenn ein Ereignis so unerhört und so peinlich ist, dass man eine Verwicklung in keiner Weise in Kauf nehmen möchte.

Am liebsten wäre Alexander aufgestanden und hätte dem Schlafenden in die Weichteile getreten. Ausgesprochen schamlos fand er diese akustische Zurschaustellung

eines, wie er meinte, ganz und gar privaten und intimen Vorgangs. Genauso gut hätte sein Nachbar laut rülpsen und seine Blähungen laut ablassen können.
Länger konnte Alexander die Belästigung nicht ertragen. Er erhob sich aus seiner Liege, schnappte sein Handtuch und begab sich nach draußen. Er drehte sich noch einmal um. Hoppla! Hatte er sich da getäuscht? Ihm schien, als ob der Mann sein Weggehen einen winzigen Moment lang aus ganz schmalen Augenschlitzen registriert hätte. Er schaute hinüber zum Badebereich, aus dem sich mehrere riesige farbige Plastikröhren in Kurven in den Himmel wanden, und ihm fiel ein, dass er dieses Angebot noch nie genutzt hatte. Sollte er es wagen?
Alexander schlurfte zu den abenteuerlichen Geräten hinüber. Er stellte sich an den Fuß einer Treppe, die in einem Turm zum Eingang der Rutschbahnen hinaufführte. Wenn ihn der Schlund einer der verschiedenfarbigen, zum Teil mit Pop-Art bemalten Röhren, die in Spiralen und Serpentinen in die Tiefe fielen, aufgenommen haben würde, war er ausgeliefert. Unweigerlich würde er die geschlossene Rinne hinabgespült werden, und wer weiß, was im Inneren passierte und wie er unten ankäme.
Aber die Unumkehrbarkeit seiner Entscheidung würde schon früher beginnen. Hätte er die erste Stufe der Treppe betreten, gäbe es kein Zurück mehr. Es sei denn, er wäre bereit, die fragenden Blicke anderer Badebesucher, vielleicht das Gekicher kleiner Mädchen und mögliche Schmährufe von Jungs, die ihre Eltern begleiteten: »Hast wohl Schiss, Alter?«, in Kauf zu nehmen.
Er beobachtete, dass sich alle, die das Wagnis in Angriff

nahmen, mit dicken, aufgeblasenen, roten oder blauen Gummireifen ausrüsteten, die in der Nähe gestapelt lagerten. Also ergriff auch er eines dieser offensichtlich notwendigen Hilfsmittel und stapfte im Innern des Turms nach oben.

Kaum hatte er nach mehreren Absätzen den Eingang zweier Röhren erreicht, hörte er hinter sich Kinderstimmen. Bald drängten sich die jungen Körper um ihn. Er hätte ihnen gern den Vortritt gelassen. Ein erwachsener Begleiter aber lehnte dies ab und mahnte seine Schutzbefohlenen zur Geduld und zur Zurückhaltung. Einen Jungen, der sich schon an ihm vorbeigedrückt hatte, zog er am Arm zurück, was Alexander einen wütenden Blick einbrachte.

Die Jungs und Mädchen um ihn herum schien das Abenteuer nicht zu schrecken, während er regelrecht Angst verspürte. Er konnte sich das Geschehen im Innern der Röhre nicht vorstellen und deshalb auch in keiner Weise berechnen. Die Kinder aber wussten wohl genau, was auf sie zukam, und sie wussten, dass sie die Situation beherrschen würden. Das gab ihnen die Sicherheit und die nur noch scheinbar bestehende Gefahr schenkte ihnen ein Lustgefühl, das auszukosten sie nicht müde wurden. Eine kleine Ampel am oberen Rand des Schlunds, vor dem er stand, leuchtete grün. Die Farbe forderte ihn zusätzlich auf, sich endlich einen Ruck zu geben.

Vor Angst fast bewusstlos, setzte er sich in den wuchtigen Autoreifen und ließ sich in den Schlund ziehen. Sofort wurde er von dem Wasser, das sich wie ein dünner, glitschig strömender Film über den Boden der Rinne legte, erfasst und in die Tiefe gespült. Er gelangte in einen Strudel, der ihn herumdrehte, sodass er den zweiten Teil der kurvenreichen Strecke rückwärts bewältigen musste. Dann wurde der Schwung gebremst und er wurde fast sanft von der Röhre ausgespien. Das war also zu schaffen.

Die Fahrten begannen ihm Spaß zu machen und er wiederholte sie wieder und wieder. Einmal rammte ihm, als er am Ausgang der Bahn abgebremst wurde, ein Mann, der von hinten angesaust kam, seine Füße ins Kreuz. Wie konnte das passieren? Hatte der Mann nicht gewartet, bis die Röhre durch die kleine Ampel am Eingang freigegeben wurde? Wütend drehte sich Alexander um. Der Mann hob erschrocken die Hände und brüllte »Entschuldigung«. Unten angekommen, machte er sich, mit beiden Armen kräftig rudernd, aus dem Staub.

Alexander fiel ein, dass es sich um dieselbe Person handeln könnte, die ihm durch ihr rücksichtsloses Schnarchverhalten im Ruheraum auf die Nerven gegangen war. Er versuchte, ihn zwischen den Badegästen ausfindig zu machen. Ohne Erfolg. Kopfschüttelnd ging Alexander zurück zu den Rutschen, aber er hatte die Lust verloren. Also warf er seinen Ballonreifen auf den Stapel und beschloss, noch einen Saunadurchgang in Angriff zu nehmen.

Er hatte kaum den Heißluftraum betreten, als vier junge Frauen folgten. Drei suchten sich Liegeplätze. Eine, sie erzählte die ganze Zeit mit Begeisterung von einem Kirchentag, setzte sich auf die oberste Bank, lehnte sich zurück und öffnete die Beine. Nach jedem Satz blickte sie zu Alexander herüber, als müsse sie prüfen, wie ihre demonstrierte Weltoffenheit auf ihn wirkte. Alexander verspürte große Lust, Maruschka aufzusuchen. Aber er müsste auch anfangen, seine erbeutete Barschaft zu vermehren. Das heißt, es wurde Zeit, im Spielkasino sein Glück zu wagen. Andererseits durfte er auch nicht den Kontakt zu seinen Möchtegernmuslimen aus dem Auge verlieren. Ja, in dieser Reihenfolge wollte er vorgehen. Alexander erhob sich, raffte sein Handtuch zusammen und drängte nach draußen.

* * *

Ein Mitarbeiter führte ihn in eine Nische, von der aus er die Plattform mit den zwei Stangen gut im Blick hatte. An ihnen turnten wieder zwei kurvenreiche Tänzerinnen, die sich Stück für Stück ihrer Kleidung entledigten. Wie gewohnt quittierte das Publikum jeden Fetzen Stoff, der ausgezogen und in die Menge geworfen wurde, mit Gejohle und Applaus. Auch jede Bewegung, die gegen den üblichen Schamkodex verstieß und sexuelle beziehungsweise aufreizende Handlungen andeutete. Maruschka war nicht unter den Tänzerinnen.
Alexander bestellte eine Flasche Champagner und bald gesellte sich eine Animierdame an seinen Tisch, mit der er die Flasche teilte. Sie hätte er fragen können, ob Maruschka noch auftreten werde, ob sie Urlaub habe, krank sei oder nicht mehr hier arbeitete. Aber es wurde vielleicht nicht gern gesehen, dass sich ein Gast nach einer Mitarbeiterin erkundigt, und wer weiß, ob er eine wahre

Antwort erhalten hätte. Nachdem die Flasche ausgetrunken war, zahlte Alexander und verdrückte sich.
Er überlegte, ob er Maruschka zu Hause aufsuchen solle. Er wusste ja, wo sie wohnte. Aber er wusste nicht, in welcher Situation er sie antreffen würde. Vielleicht schlief sie bereits oder sie hatte Besuch. Schade, dass er sich nicht ihre Telefonnummer hatte geben lassen. Er kannte nicht einmal ihren Familiennamen.
Es blieb ihm nichts anderes übrig, als sein Glück direkt zu versuchen.
Alexander stapfte durch die nächtlichen Straßen, die bereits weitgehend entvölkert waren. Er hätte ein Taxi nehmen können, hatte aber Lust auf Bewegung.
War es richtig, sich erneut auf eine Frau einzulassen? Alle Frauen, die er kannte, wollten ihn einschränken. Und Doris besonders. Deshalb hatte er sich dann auch wieder von ihr abgewendet. Noch gar nicht so lange her. Ein Jahr? In etwa, ja.
Dabei hatte er mit Doris einen verheißungsvollen Start erlebt. Er lernte sie in Heidelberg auf einem Konzert in der Halle 02 kennen. Er sah sofort, dass sie ohne Begleitung war, und sprach sie an. Er stieß auf eine vorbehaltlose Bereitschaft, sich auf ihn einzulassen. Noch vor Ende des Konzerts nahm sie ihn mit zu sich nach Hause. Was für eine Nacht.
Am nächsten Morgen erzählte ihm Doris, dass sie sexuell ausgehungert sei. Sie hätte schon seit Monaten keinen Mann mehr gehabt. Sie hätte die Nacht mit ihm sehr genossen und wenn er wolle, könne er auch bleiben. Tatsächlich ging er auf ihr Angebot ein, zunächst für den

darauffolgenden Tag und auch noch die darauffolgende Nacht.

Während Alexander die Straße entlanglief, registrierte er drei junge Männer, die ihm entgegenkamen. Sie schwangen Bierflaschen, sangen und riefen laut gegen die Häuserwände. Die warfen ihr Gegröle ohne Verlust an Lautstärke zurück. Die Burschen schienen ihren bizarren Auftritt zu genießen. Der ungestrafte Verstoß gegen die Regeln der öffentlichen Ordnung verlieh ihnen offensichtlich ein Gefühl von Macht. Es war zu befürchten, dass sie versucht sein würden, deren Grenzen auszuloten.

Sollte er die Straßenseite wechseln? Zu spät. Sie konnten sein Manöver missverstehen. Es könnte ihm als Angst ausgelegt werden. Er traute den Schreihälsen zu, sein Nachgeben als Einladung aufzufassen, hinter ihm herzulaufen und ihm ihre Bierflaschen über den Kopf zu ziehen.

Alexander spürte, wie die Spannung wuchs. Die drei hatten ihn ebenfalls registriert, waren aber wohl keineswegs entschlossen, über ihn herzufallen. Eine falsche Bewegung, eine falsche Reaktion, und ihre lautstarke Selbstbeschäftigung könnte sich in blinde Aggression verwandeln.

Vielleicht täuschte er sich auch. Vielleicht überbrüllten die drei nur ihre eigene Angst. Vielleicht hofften sie insgeheim, an ihm vorbeizukommen, ohne ihre Gewaltbereitschaft unter Beweis stellen zu müssen.

Alexander schritt auf sie zu und schlug erst im letzten Moment einen kleinen, möglichst selbstverständlichen

Bogen. Die drei schwankten grölend an ihm vorbei, als handele es sich um die größte Selbstverständlichkeit, sich in dieser Weise zu begegnen.

Alexander wanderte weiter durch die nächtliche, fast menschenleere Stadt, in Gedanken wieder bei Doris.

Es hatte ihm gefallen, wie sie ihn umsorgte, wie sie das Frühstück bereitete, Essen kochte und sich nach seinen Vorlieben erkundigte. Nach kurzer Zeit hatte er beschlossen, ein paar Sachen aus seiner Wohnung zu holen und zumindest für die nächsten Tage, vielleicht auch Woohon, zu ihr zu ziehen.

Vierzehn Tage später allerdings tauchten erste Probleme auf. Sie wollte wissen, womit er sein Geld verdiene, ließ sich jedoch vorläufig damit vertrösten, dass er eine wichtige Mission erfülle, worüber er allerdings nicht reden dürfe. Dann schlug sie vor, dass er wenigstens für etwas Ordnung sorgen könne, wenn er schon den ganzen Tag zu Hause herumlungere, während sie ins Geschäft müsse. Er könne zum Beispiel spülen, Betten machen, saugen, wischen, einkaufen und auch kochen. Als er sich weigerte, solche Aufgaben zu übernehmen, kam es mehrfach zum Streit. Anfänglich endete der noch damit, dass sie im Bett landeten. Für kurze Zeit zumindest stellte das Doris zufrieden.

Natürlich hatte er bald keine Lust mehr, sich ihre Vorwürfe anzuhören. Immer häufiger verließ er die Wohnung, wenn sie von der Arbeit kam. Eines Tages packte er seine Sachen, die er in ihrer Wohnung deponiert hatte, und kehrte nicht mehr zurück. Sie kannte weder seine Adresse noch seine Telefonnummer. So blieb er von even-

tuellen Versuchen von ihrer Seite, mit ihm noch einmal Kontakt aufzunehmen, verschont.
Alexander war so in Gedanken versunken, dass er vergaß, wo er sich befand. Und als er wieder zu sich kam, stand er vor dem Haus in Rheinau, in dessen oberstem Stockwerk Maruschka wohnte. Er schaute auf den Klingelkasten. In der obersten Reihe entdeckte er auf einem Schildchen: M. Murano. Ein russischer Name war das nicht. Vielleicht war sie verheiratet und wieder geschieden und hatte dabei ihren Mädchennamen aufgegeben. Vielleicht stimmte keine ihrer Angaben.
Sollte er es wagen? Alexander schaute auf die Uhr. Bereits nach Mitternacht. Keine günstige Zeit, um jemanden mit einem Besuch zu überfallen. Er könnte sich den Namen notieren und zu Hause im Telefonbuch nachsehen und sie bei passender Gelegenheit anrufen. Was, wenn sie dort gar nicht verzeichnet war?
Alexander drückte auf den Knopf. Nach einiger Zeit knackte die Sprechanlage und er vernahm eine Stimme, die er sofort Maruschka zuordnen konnte. Alexander meldete sich mit seinem Namen und wollte gerade erklären, woher sie sich kannten. Maruschka aber schnitt ihm das Wort ab. »Ich weiß schon. Komm rauf.«
Sie empfing ihn in einer Art Trainingsanzug. Sie schlang ihre Arme um seinen Hals und zog ihn fest an sich.
»Ich habe gewusst, dass du wiederkommst«, lachte sie.
Sie trat einen Schritt zurück und schaute an sich herunter.
»Heute habe ich dich allerdings nicht erwartet. Verzeih meine Aufmachung.«

Sie genehmigten sich noch einen Whisky, dann schälte ihn Maruschka aus seinen Klamotten und zog ihn ins Bett. Als Alexander in sie eindringen wollte, stand plötzlich ganz deutlich der Altrheinarm vor seinen Augen. Das Wasser hatte sich rot gefärbt vom Widerschein der untergehenden Sonne. Und auf der schimmernden Oberfläche schaukelten zwei in Kunststofffolie gehüllte und mit Klebeband umwickelte längliche Pakete. Die Vorstellung jagte ihm einen solchen Schreck ein, dass sein Glied, wie er merkte, erschlaffte.

Alexander stieß sich von Maruschka ab und ließ sich, Erschöpfung vortäuschend, neben ihr niedersinken. Er sei heute zu müde, murmelte er.

Maruschka stutzte kurz.

»Das kommt schon mal vor«, hauchte sie und drehte sich von ihm ab.

Bald hörte er sie in tiefen Zügen atmen.

* * *

Alexander ließ sich mit einem Taxi von Rheinau hinüber in die Vogelstang-Siedlung chauffieren. Er hatte noch Maruschkas Stimme im Ohr: Ihren Wohnungsschlüssel könne sie ihm nicht aushändigen. Sie habe häufiger Besuch und der möchte in ihrer Wohnung weder erkannt noch gestört werden. Er müsse auch vorher anrufen. Sie hatte ihm eine Visitenkarte überreicht. Wenn sie allein sei und Zeit habe, sei er jederzeit willkommen.

Alexander wollte die Visitenkarte aus der Brieftasche zie-

hen, erwischte aber einen Zettel und betrachtete das Gekritzel. Stimmt. Er sollte Sven anrufen und ihn fragen, ob man sich mit den angekündigten beiden anderen Freunden treffen wolle. Noch im Taxi zückte er sein Handy und tippte die notierte Nummer ein.
Der Telefonhörer am anderen Ende der Leitung wurde schnell abgehoben. Offenbar hatte man seinen Anruf erwartet. Svens Stimme: Seine Freunde seien an einer Zusammenkunft interessiert. Sven schlug einen konkreten Ort und einen konkreten Zeitpunkt vor. Am nächsten Tag um 15 Uhr bei ihm. Und er nannte eine Adresse.
Am nächsten Tag machte sich Alexander auf den Weg. Die Adresse bezeichnete ein mehrstöckiges, in der schmucklosen und billigen Nachkriegsbauweise errichtetes Haus am Rand des Viertels Schwetzingerstadt. Das Gebäude war aber wohl vor ein paar Jahren renoviert worden. Kurz, nachdem er geklingelt hatte, knackte die Lautsprecheranlage. Sven bat ihn heraufzukommen. Er öffnete die Wohnungstür und führte Alexander durch einen langen, lichtlosen Flur, der am Ende auf ein Zimmer stieß. Alexander war etwas überrascht, Sven in einem weißen Kaftan und mit einem weißen Käppi auf dem Kopf anzutreffen. Auch die zwei jungen Männer, die sich bei Alexanders Eintritt sofort erhoben, hatten sich in diese Kleidung gehüllt. Einen Augenblick hatte Alexander den Eindruck, in eine Versammlung von Gespenstern geraten zu sein.
Sven stellte seine Freunde vor: Kai und Tobias. Alle setzten sich auf marokkanische Sitzpolster, die um einen niedrigen Tisch gruppiert waren.

»Auch einen Tee?«

Sven hatte sich wieder erhoben, verharrte, Alexander zugewendet und bereit, sich in die Küche zu begeben. Alexander überlegte kurz, hielt es dann aber für das Beste, die Frage mit Ja zu beantworten. Möglicherweise hatte dieses Getränk für die drei eine besondere Bedeutung. Vermutlich versuchten sie damit eine Annäherung an die Trinkgewohnheiten islamischer Völker. Es war ihm klar, dass er sich verraten würde, wenn er jetzt einem alkoholischen Getränk den Vorzug geben würde.

Während Sven sich kurz in die Küche zurückzog, sah sich Alexander um. Auf einem Sideboard eine prächtige Wasserpfeife. An den Wänden verschiedene Poster. Eines zeigte einen mit schwarzem Tuch verhüllten riesigen Würfel, dahinter zwei Minarette und ein rechtwinklig angeordnetes Bauwerk mit zwei Stockwerken, die in der Hauptsache aus vielen, vergleichsweise eng angeordneten Säulen bestanden. Vor dem Würfel Menschen in weißen Gewändern, die sich in dem glatt geschliffenen Steinboden spiegelten. Ein anderes Plakat zeigte arabische Schriftzeichen vor einem vom Braun ins Grüne changierenden Hintergrund. Auf einem dritten ballten Männer mit grünen Stirnbändern, großen rollenden Augen und aufgerissenen Mündern die Faust.

In einem kleinen Regal weckten ein paar chemische Lehrbücher und ein Band mit einem grünen, mit üppigen Arabesken verzierten Cover seine Aufmerksamkeit. Allerdings widerstand Alexander der Versuchung, die gedruckten Werke in die Hand zu nehmen.

Er setzte sich an den niedrigen Tisch. Kai schob ihm eine

Tasse zu. Sven kam aus der Küche zurück, in der Hand eine zierliche Kanne, mit der er Alexander einschenkte. Alexander schlürfte von dem heißen Getränk. Dann begann er.

»Natürlich kann ich euch von unserer Organisation noch nicht sehr viel erzählen. Klar ist, dass ich Verbindungen bis zur höchsten Spitze habe. Ich kann euch nur schrittweise einführen. Und der erste Schritt besteht darin, dass Ihr eure Tatkraft und eure Risikobereitschaft unter Beweis stellt.«

»Was können wir tun?«

Svens Wangen begannen zu erröten. Er verschluckte sich fast vor Ungeduld.

»Das Beste wäre eine möglichst spektakuläre Aktion.«

»Aber was für eine?« Kai umklammerte sein angezogenes Knie mit den Händen.

»Wir könnten jemanden entführen und Lösegeld erpressen. Das könnten wir dann eurer Organisation spenden.« Tobias schaute Alexander erwartungsvoll an.

»Kein guter Vorschlag«, lehnte Alexander ab. »Um solch ein Verbrechen würde sich die Polizei von Anfang an sehr intensiv kümmern. Damit wäre die Gefahr verbunden, dass ihr in kürzester Zeit hochgehen würdet.«

Eine Pause entstand, in der alle nachzudenken schienen.

»Wie wärs mit einem Sprengstoffanschlag?« Sven blickte in die Runde.

»Schon besser«, ermunterte ihn Alexander.

»Wir sprengen den Wasserturm in die Luft.«

Für Kai schien die Aktion schon entschieden.

»Der Wasserturm ist zwar ein Wahrzeichen Mannheims,

aber außerhalb der Stadt bestehen wahrscheinlich kaum emotionale Bindungen zu diesem Bauwerk. Das heißt, den Rest der Welt lässt es gleichgültig, ob dieser Turm weiterexistiert oder nicht.«

»Was schlagen Sie denn vor?«

Eine Spur von Empörung vibrierte in Svens Stimme.

»Es müsste sich um ein Gebäude handeln, das weit über die Region hinaus, möglichst in aller Welt bekannt ist.«

Wieder Stille. Alle überlegten. Bis Sven triumphierte: »Wir nehmen das Heidelberger Schloss.«

Alexander nickte anerkennend: »Das wäre tatsächlich ein geeignetes Objekt. Aber vielleicht eine Nummer zu groß.«

»Wo ein Wille ist, ist auch ein Weg.«

Kai hatte beide Fäuste neben sich auf das Sitzkissen gestemmt. Es schien, als werde er jeden Augenblick hochspringen.

»Wie wollt Ihr denn so große Mengen Sprengstoff besorgen?«

Tobias winkte ab: »Das ist das geringste Problem. Wir sind Chemielaboranten und Chemikanten, zumindest beinahe. Wir kennen uns mit Chemikalien aus und wissen, wie man sie mischt. Die Zutaten kann man ganz problemlos organisieren.«

»Ein verlockender Gedanke«, räumte Alexander ein. »Dann sollten wir uns aber erst vor Ort kundig machen, also prüfen, wie das Material antransportiert werden kann und wo es deponiert werden muss, um bei einer Explosion eine möglichst große Wirkung zu entfalten. Das Beste ist, wir fahren baldmöglichst hinüber nach Heidelberg und sehen uns das alles einmal an. Um besser miteinander kommunizieren zu können, gebe ich euch jetzt meine Handynummer. Meldet euch nur mit Vornamen und formuliert euer Anliegen so, als ob es sich um private Angelegenheiten handelt. Alle wichtigen Informationen werden nur bei persönlichen Treffen ausgetauscht. Wir müssen sichergehen, dass wir nicht abgehört werden.«

Die jungen Männer in ihren weißen Kaftanen nickten. Gemessen schlürften sie ihren Tee, nachdem sie sich noch einmal nachgießen ließen. Sven holte einen Kugelschreiber und Papier.

»Lasst uns schon einmal überlegen, welche Materialien wir in welchen Mengen besorgen müssen«, schlug er vor und fing schon an zu schreiben.

* * *

Am Abend band sich Alexander eine Krawatte um und schlüpfte in ein Jackett. Er zog das Metallköfferchen unter dem Bett hervor, entnahm ihm ein paar Scheine und fuhr hinüber nach Bad Dürkheim. Er wusste, dass weder Krawatte noch Jackett vorgeschrieben waren. Er wusste aber auch, dass ein Anstrich von Seriosität im Kasino stillschweigend vorausgesetzt wurde.

Der Portier an der Eingangspforte empfing ihn mit einem kurzen Nicken. Alexander blickte sich um. Die Roulettetableaus waren noch nicht voll besetzt. An den hufeisenförmigen Blackjacktischen saßen die Spieler bisher nur in der ersten Reihe. In der Ecke registrierte er eine Pokerrunde.

Die meisten Gäste kannte er. Ein älteres Paar, beide groß und hager, der Mann ganz in Schwarz, unter dem Anzugjackett ein blütenweißes Hemd. An seinem Hals prangte eine rote Fliege. Die Frau in einem langen, beigen Kleid, eng anliegend, mit tiefem Ausschnitt, der ihre welke Brust preisgab. Sie trafen wohl schon früh am Abend ein und verließen das Kasino fast als Letzte, spielten die ganze Zeit, wahrscheinlich mit geringem Risiko, so, dass sie wenig verloren, aber auch nichts gewannen. Ihnen gegenüber ein Mann so um die fünfzig, in dunkelblauem Jackett, aber offenem Hemd. Er kam nur donnerstags, spielte mit großen Einsätzen und warf seine Chips auf das Tableau, dass klar wurde, Geld spielt bei ihm keine Rolle. Dementsprechend bedachte er den Croupier sowohl bei Gewinnen als auch bei Verlusten mit üppigen Trinkgeldern.
Neben dem Mann im dunkelblauen Jackett eine Frau etwa gleichen Alters. Sie besuchte das Kasino nicht zu festgelegten Zeiten, aber relativ häufig. In der Regel umklammerte sie eine Handtasche und erweckte so den Eindruck, als berge diese ein Vermögen. Entweder spielte sie nach einem bestimmten System oder lauschte auf Intuitionen, denn sie spielte nicht in einem durch, sondern gönnte sich lange Pausen, in denen sie aber gebannt den Ablauf verfolgte. Bis sie sich plötzlich zu einem Einsatz entschloss und dann wieder und wieder setzte. Meist gewann sie und verließ nach einer bestimmten Zeit mit einem zufriedenen Gesichtsausdruck die Spielbank, ihre Handtasche fest im Griff.
Dann die anderen Typen, meist Männer. Bei manchen

hatte man den Eindruck, es gehe ihnen nicht um das Spiel, sondern darum, ihre Coolness und ihre Lässigkeit zur Schau zu tragen. Manche wanderten von Tableau zu Tableau, von Spiel zu Spiel, von Roulette zu Blackjack, von Blackjack zu einer Pokerrunde, warfen mit großer Geste ihre Chips auf den grünen Filz, zogen großzügig Karten oder erklärten mit gewichtiger Miene: »Ich gehe mit. Ich erhöhe, Ich will sehen.«
Meist verloren sie und verdrückten sich irgendwann still und heimlich. Wenn sie gewannen, schmissen sie, bevor sie gingen, an der Bar eine Runde.
Nicht zu vergessen die Zaungäste, die sich erst einmal umsehen wollten, junge Leute, manche paar-, manchmal sogar gruppenweise. Frauen, die sich an ihre männlichen Begleiter klammerten, als müssten sie diese vor einer Dummheit bewahren. Vielleicht forderten sie aber auch deren Schutz ein oder demonstrierten zumindest, dass sie ihrem Galan eine Beschützerrolle zutrauten. Andere Frauen ergriffen ganz offensichtlich die Initiative, während ihre Männer zögernd folgten.
Alexander besorgte sich Chips an der Kasse und nahm einen Platz an einem Roulettetableau ein. Der war gerade frei geworden.
»Faites votre jeu, machen Sie Ihr Spiel.«
Der Croupier schnellte die Elfenbeinkugel entgegen der Laufrichtung des Kessels und Alexander setzte einen Fünf-Euro-Coin auf ›Rouge‹. Eine Weile ließ der Kasino-Angestellte die Kugel laufen. Manche versuchten noch schnell zu setzen.
»Rien ne va plus. Nichts geht mehr.«

Die Kugel kam auf einem schwarzen Feld zu stehen. Routiniert kassierte der Croupier die Chips der Verlierer mit seinem Rechen und schob den Gewinnern ihren vervielfachten Einsatz zu. Das Spiel begann von Neuem.
Am Roulettetisch vergingen zwischen Hoffnung und Enttäuschung oder einem kleinen Glücksgefühl durch eine Teilerfüllung nur Sekunden. Das führte schnell dazu, dass Alexander die aufkeimende Enttäuschung durch erhöhte Einsätze zu bekämpfen trachtete. Die Gefühlsmischung versetzte ihn in einen solchen Erregungszustand, dass er dabei alle belastenden Probleme vergaß.
Die Illusion einer spannungsgeladenen Entrücktheit war einen gewissen Einsatz wert. Er zählte sich schon zu den Gewinnern, wenn er das Kasino ohne größere Verluste verließ. Mitunter geschah es ja tatsächlich, dass er mehr Geld heraustrug, als er mitgebracht hatte. Allerdings setzte er dies sofort in den nächsten Tagen wieder aufs Spiel. Er fragte sich, wie hoch der Gewinn ausfallen müsse, damit dieser Mechanismus ein für alle Mal durchbrochen würde. Wahrscheinlich gab es keine Grenzen. Die Möglichkeit, den Gewinn zu verdoppeln oder zu vervielfachen, würde in jeder Höhe reizen.
Alexander schob seine Jetons auf ›Rouge‹ und ›Noir‹, ›Pair‹ und ›Impair‹, auf ›Manque‹ und ›Passe‹, spielte ›Kolonne‹, ›Dutzende‹, ›Transversale simple‹, ›Transversale pleine‹, ›Carré‹, ›Cheval‹ und ›Plein‹. Er verlor und gewann, gewann und verlor, bis er es für richtig hielt, das Spiel zu beenden.
An der Kasse, als er seine Spielmarken einlöste, überschlug er seine Barschaft. Kein Gewinn. Aber der Verlust

hielt sich in Grenzen. Also konnte er zufrieden sein mit diesem Abend.

* * *

Als er am nächsten Morgen erwachte, hielt er die Augen noch eine Weile geschlossen. Er wollte sich erst seiner wirklichen Lage vergewissern. Dann erhob er sich und schaute aus dem Fenster. Er hatte das Gefühl, dass die Welt sich verändert hatte. Noch einmal ein sonniger Tag. Aber er schien nicht mehr so heiß zu werden. Bald würden sich Nebel bilden. Die ersten kalten Nächte würden erst eine leichte, später eine vielleicht dickere Schneedecke über die Erde legen. Eiskristalle würden sich auf den Bäumen bis in die kleinsten Verästelungen, an den Halmen, an den Strom- und Telefonleitungen ablagern. So weit war es noch nicht. Aber der Sommer ging zu Ende. Das war es, was er zu spüren glaubte.

Ihm wurde klar, dass er geträumt hatte. Er hatte vom Winter geträumt. Er hatte geträumt, dass er im Winter mit seinem Wagen zu dem Altrheinarm fuhr, in dem er die Leichen der beiden Georgier versenkt hatte.

Anfangs brannte noch die Sonne. Hinter dem Kombi stieg eine Staubwolke auf, als er in den Feldweg einbog. Plötzlich aber verwandelte sich die gesamte Umgebung in eine Schneelandschaft. Darin hinterließen die Reifen seines Wagens eine frische Spur. Mit jedem Schritt zeichnete sich ein deutlicher Abdruck seiner Schuhsohlen ab. Dennoch konnte er nicht anders, als den Pfad hinabzustapfen, der sich durch den schmalen Baum- und Sträuchersaum des vom Rhein abgezweigten Gewässers zwängte.

Er stoppte am Rand einer aus übereinandergeschobenen Eisschollen bestehenden Fläche. Nicht weit von ihm entfernt eine kreisrunde, offene Stelle, in der sich Wasservögel tummelten. Blesshühner, Wildenten, Haubentaucher, Gänse und Schwäne hatten ihren natürlichen Respekt voreinander offenbar aufgegeben und versuchten in einer Art engem Verbund das Wasser durch kräftiges Strampeln in Bewegung zu halten. Tiere, die sich durch diese Arbeit erschöpft hatten, retteten sich auf das Eis, steckten den Schnabel in das Gefieder, zogen eines der Beine ein und versuchten durch einen kurzen Schlaf neue Kräfte zu sammeln.

Alexander erinnerte sich, dass er im Traum eine Weile am Ufer stand und gedankenversunken das Treiben beobachtete. War das nicht genau die Stelle, an der er die beiden Leichen versenkt hatte? Versuchten sie etwa die Eisbildung zu verhindern, um den Toten die Möglichkeit zu geben, wieder aufzutauchen? Möglicherweise setzten sich die Schwingungen im Wasser, die ihre mit Schwimmhäuten bewehrten Krallen erzeugten, bis auf den Grund fort. Sie könnten sich auf die Umhüllung der Leichen auswirken. Womöglich lösten sich die Klebebänder, die Steine fielen ab, die Körper befreiten sich aus den Kunststofffolien und schwammen, getrieben von den Gasen, die sich im Innern gebildet hatten, nach oben.

Die beiden Pakete tauchten mit einem hörbaren ›Blubb‹ auf, schaukelten eine Weile und wurden von den Wasser-

vögeln mit schnatternder Begeisterung in Besitz genommen. Danach noch weitere Plastikbündel. ›Blubb‹, ›blubb‹, ›blubb‹, große, kleine, dünne, dicke, lange, kurze. Sie perlten empor, quollen aus dem Wasser heraus über das Eis, verwandelten sich in Schaum. Eine Windböe fegte sie weg. Entsetzt wendete sich Alexander ab.
Er wollte fliehen, aber hinter ihm hatte sich bereits eine Menschenmenge versammelt, die ihm den Weg versperrte. Er drehte sich um. Zurück zum Wasser. Die Polizei hatte schon ein rot-weißes Band über den Weg gespannt. Blau uniformierte Polizisten sicherten das Terrain. In weiße Overalls gehüllte Personen suchten den Boden ab. Eine Hand legte sich auf seine Schulter. Da war er aufgewacht. Eine Weile war er noch mit geschlossenen Augen liegen geblieben, bevor er sich erhoben und das Fenster geöffnet hatte.

* * *

Alexander fand sich etwas früher am Treffpunkt ein. Eine Zeit lang beobachtete er die Touristenströme, die am Eingang zum Schloss von zwei uniformierten Männern kontrolliert wurden. Dann schlenderte er den tiefen Graben entlang. Vor den Resten des mächtigen Turms, dessen offensichtlich abgesprengte, jedoch als solche fast noch intakte Hälfte in die Tiefe gerutscht war, verharrte er, versunken in den Anblick der ungeheuer dicken Mauern.
Man könnte sich vorstellen, dass hier schon jemand einen Sprengstoffanschlag durchgeführt hat. Jetzt wurde die

Aktion als ein historisches Ereignis verkauft und damit seiner Brisanz beraubt. Es wurde behauptet, dass der Turm im Jahr 1693 von französischen Soldaten im Pfälzer Erbfolgekrieg in die Luft gejagt wurde, nachdem ein ähnlicher Versuch 1689 wirkungslos verpufft war. Vielleicht würden auch die Spuren eines akuten Anschlags historisch umgedeutet werden. Wer weiß, in welche Zusammenhänge eine solche Tat eingebettet würde.
Alexander schlenderte zurück. Von Weitem sah er jetzt Sven, Kai und Tobias am Eingang stehen und er beschleunigte seinen Schritt. Sven hob das Kinn und machte seine Freunde auf ihn aufmerksam. Sofort wendeten sich ihm alle Blicke zu.
»Das Beste ist, wir besorgen uns erst einmal Eintrittskarten, um uns diese Anlage von innen anzusehen«, begrüßte Alexander die drei.
»Nach Lenins Vermutung: Wenn deutsche Revolutionäre einen Bahnhof besetzen wollen, kaufen sie sich erst einmal eine Bahnsteigkarte«, lachte Sven leise.
»Seit wann interessierst du dich für Lenin?«, fragte Kai. Ein deutlicher Vorwurf schwang in seiner Stimme.
»Ich interessiere mich überhaupt nicht für Lenin«, verteidigte sich Sven. »Das Zitat ist das Einzige, was ich von ihm kenne. Aber es hat mir gefallen.«
Wenige Minuten später standen Alexander, Sven, Tobias und Kai auf der Schlossterrasse und beobachteten die Scharen von Touristen. Ganze Busladungen quollen aus der tunnelförmigen Unterführung, die vom Schlosshof herausführte.
Sie lehnten sich über die Brüstung und blickten begei-

stert auf die Altstadt hinab, das Neckartal hinauf bis zur nächsten Biegung oder beugten sich über den Schuhabdruck im Sandsteinboden. Bereitwillig ließen sie sich die Geschichte von Friedrich IV. erzählen, der volltrunken aus dem Fenster seines Palastes gesprungen sein soll.

»Das Einfachste wäre, wir würden uns mit Sprenggürteln ausrüsten, uns an verschiedenen strategischen Punkten postieren und sie gleichzeitig zünden«, zischte Kai.

Ein älterer Mann, der gerade die Fassade des Friedrichsbaus studierte, drehte sich um und blickte Kai zweifelnd an.

Sven schüttelte den Kopf.

»Wenn ich das richtig verstehe, verlangt man von uns einen Beweis der Loyalität, gleichsam ein Gesellenstück, ein Fanal, aber keine finale Aktion. Es wäre doch absurd, wenn wir uns dabei schon selbst eliminieren würden. Wir werden vielleicht noch für höhere Aufgaben gebraucht.«

Sven blickte fragend zu Alexander hinüber. Der nickte.

Der Mann, der das Gespräch offensichtlich belauscht hatte, entfernte sich schnell.

Die vier lösten sich von der Terrasse und schlenderten durch den Torbogen in den Schlosshof zurück.

»Ob wir uns einer Führung anschließen?«, überlegte Alexander. »So könnten wir unauffällig ins Innere der Bauwerke gelangen und prüfen, wo man einen Sprengsatz deponieren könnte.«

Tobias zweifelte: »Das Problem ist, dass es schwerfallen wird, größere Mengen explosiven Materials ins Innere der Bauwerke zu transportieren. Wir müssten mehrmals gehen und würden Gefahr laufen, dabei erwischt zu werden. Eine kleine Detonation dagegen würde bei der Stabilität der Mauern überhaupt keine Aufmerksamkeit erregende Wirkung erzeugen.«

Das schien allen einzuleuchten.

»Mir fällt etwas anderes ein.«

Sven hielt vor der Treppe, die hinauf zu einem Restaurant führte.

»Hier befindet sich eine Gaststätte.«

Er vollführte mit dem Kinn eine Bewegung zum Aufgang hin.

»Und die muss beliefert werden, zum Beispiel mit Getränken, Fleisch, Fisch und anderen Meerestieren, mit Gemüse und den Produkten für Essensbeilagen. Ich nehme an, dies geschieht, bevor die Touristen in den Hof eingelassen werden. Wahrscheinlich sehr früh am Morgen. Wir könnten uns einen Lieferwagen besorgen, diesen eventuell mit einer Beschriftung versehen, die auf Lebensmittel hinweist, das Fahrzeug mit Sprengstoff vollpacken, versuchen, es in den Hof zu fahren, und dann aus der Ferne zünden.«

Alexander dachte nach. Bei einem solchen Vorhaben wäre viel Vorbereitung nötig. Unmengen Chemikalien müssten besorgt und zu Sprengstoff verarbeitet werden. Dazu bedurfte es zumindest einiger Apparate, also ein kleines Labor. Wo konnte das eingerichtet und wo das explosive Gemisch gelagert werden? Man müsste also Räumlichkeiten beschaffen, welcher Art auch immer. Ein Lieferwagen war zu organisieren, vielleicht gebraucht zu kaufen oder zu stehlen, dann umzuspritzen. Auch dafür war ein Unterstand vonnöten, nochmals Werkzeug wie zum Beispiel eine Spritzpistole, ein Kompressor, Materialien wie verschiedene Autolacke, Klebstreifen, Schablonen mit dem Schriftzug einer Lebensmittelfirma. Und das ganze Unternehmen würde Spuren hinterlassen. Menschen würden eingebunden werden, die später als Zeugen auftreten könnten, die Bestellung von Chemikalien zum Beispiel über Internet wäre leicht zu rekonstruieren, Reste des Sprengstoffs würden bei der Herstellung und beim Verladen zurückbleiben, ebenso Lackspuren vom Umspritzen eines Lieferwagens. Mit einem Satz: Die drei Aktivisten säßen in der Falle, wenn er sie rechtzeitig an seinen Arbeitgeber verraten würde.

»Das ist ein guter Vorschlag«, lobte Alexander.

»Das sollten wir in Angriff nehmen.«

* * *

Dann war es so weit. Nachdem ihn die Gruppe über Wochen hin immer wieder vertröstet hatte (sie seien noch mitten in den Vorbereitungen, kämen aber gut voran), nachdem sein V-Mann-Führer auch schon mehrmals nachgefragt hatte, woran er arbeite und ob er überhaupt noch seinen Verpflichtungen nachkomme, und er immer wieder versicherte, er sei einer ganz großen Sache auf der Spur, kam plötzlich eine SMS von Sven: »Vorbereitungen abgeschlossen. Erbitte Rückruf.«

Sven nannte Alexander eine Adresse in Sandhausen, bei der er sich einfinden solle. Alexander parkte in einiger Entfernung und legte den Rest der Strecke zu Fuß zurück. Nun stand er vor einem großen Holztor, von dem

aus sich rechts und links eine Front niedriger und lükkenlos aneinandergebackener, einstöckiger Häuser erstreckte.
›Eine Bauweise, bei der man offensichtlich mehr verbergen als vorzeigen möchte‹, dachte er.
An der Seite fand Alexander eine Klingel ohne Namensschild. Er fragte sich, ob sie überhaupt funktioniere, denn er hörte nichts, als er auf den Knopf drückte. Nach einer Zeit vernahm er allerdings Geräusche hinter dem Tor und tatsächlich wurde eine kleine Luke geöffnet und Svens Gesicht erschien. Durch eine ebenfalls in das große Tor eingebaute Tür wurde Alexander ins Innere gebeten.
Er betrat einen großen, gepflasterten Hof, von dem aus man in ein Wohn-, aber auch in Wirtschaftsgebäude gelangen konnte. Links ein nach vorn offener, überdachter Raum. In ihm stand ein in neuem Lack erstrahlender Lieferwagen. Daneben Tobias und Kai, die Alexander erwartungsvoll entgegenblickten.
An der Seite des Lieferwagens prangte in einer schwungvoller Schrift: ›Gemüse und Feinkost‹. Darunter ein Name, Adresse, Telefonnummer und E-Mail. Sven, Tobias und Kai schienen stolz auf ihr Werk und auf seine Reaktion zu warten.
»Und auch schon vollgepackt«, grinste Sven, führte Alexander zum Heck des Fahrzeugs und öffnete die beiden Türen. Im Innern stapelten sich Kartons, die mit Lebensmittel hätten gefüllt sein können. Aber sie enthielten, wie Alexander sich überzeugen konnte, Stangen aus einem grauen, knetbaren Material.
»Damit kann man eine Kleinstadt in die Luft sprengen«,

tönte Sven stolz. Alexander klopfte allen Dreien nacheinander auf die Schulter.
»Gute Arbeit«, lobte er. »Eure Gesellenprüfung habt ihr schon fast bestanden Jetzt müssen wir nur noch einen geeigneten Moment abwarten und hoffen, dass das Ganze auch funktioniert. Ihr werdet von mir hören.«

* * *

Drei Tage später holte sich Alexander die drei großen Tageszeitungen der Rhein-Neckar-Region von der Bahnhofsbuchhandlung. Alle brachten die Festnahme einer kleinen Islamistengruppe auf der ersten Seite, Fotos von Sven, Tobias und Kai, von dem Lieferwagen und dem Anwesen in Sandhausen, auf dem er untergestellt war. Die Polizei wurde gelobt, die, wie es hieß, die drei schon längere Zeit observierte. Eine Gefährdung der Bevölkerung habe zu keiner Zeit bestanden. Von Alexander war nirgends die Rede.
Eine weitere Meldung elektrisierte ihn. Das Rechtsmedizinische Institut in Heidelberg habe herausgefunden, dass der zwischen Wiesenbach und Dilsberger Hof entdeckte Schädel tatsächlich zu dem Torso gehöre, der in der Nähe von Lorsch ausgegraben wurde. Es handele sich, wie die chemische Analyse der Ablagerungen in Fleisch- und Knochengewebe ergeben hätten, um einen circa 23 Jahre jungen Mann aus Tiflis. Er sei vor etwa einem Jahr geschäftlich nach Deutschland gereist. Seine Verwandten wie auch sein Arbeitgeber hätten keine Ver-

misstenanzeige erstattet, weil sie glaubten, dass er sich, statt seinen Auftrag zu erfüllen, abgesetzt habe und in Deutschland untergetaucht sei.

Alexander fragte sich, ob der Tote etwas mit den beiden Georgiern zu tun haben konnte, die er auf dem Gewissen hatte. Aber was sollte er sich jetzt darüber den Kopf zerbrechen? Was gingen ihn die Opfer fremder Verbrechen an?

Am Abend erreichte ihn ein Anruf seines V-Mann-Führers. Er lobte seine Arbeit. Die Vorgesetzten seien sehr mit ihm zufrieden. Er habe sich eine dicke Bonuszahlung verdient. Man könne sich morgen treffen.

Alexander hätte sich freuen können. Aber er meinte in der Stimme seines V-Mann-Führers eine Spur von Ironie zu bemerken. Die machte ihn stutzig. Ob Krause sein Spiel durchschaute?

fünf

Die Morgensonne hatte angefangen, die Wasseroberfläche zu erobern, während das Ufer noch im Schatten der Bäume lag, die den Altrheinarm säumten. Der Tag versprach, die Erinnerung an den vergangenen Sommer noch einmal aufzuwärmen, auch wenn ihm nur ein matter Abglanz zu gelingen drohte. Aber solche Tage entwickeln ihren besonderen Charme. Hauptkommissar Bode hätte ihn vielleicht genießen können, wenn er nicht diesen Fall aufzuklären hätte.

Bode schaute auf den Mann, der apathisch auf einem kleinen Hocker am Ufer saß, vor ihm verschiedene Angelruten, die ihn aber nicht zu interessieren schienen. Er ging die paar Schritte zu ihm hinüber und klopfte ihm auf die Schulter.

»Danke, dass Sie uns informiert haben. Sie können nach Hause gehen. Ich möchte Sie aber bitten, sich in den nächsten Tagen für weitere Zeugenaussagen zur Verfügung zu halten.«

Der Mann fing an, seine Utensilien einzusammeln, schob die Teleskopruten, nachdem er die Leinen eingeholt hatte, zusammen, verstaute die metallenen Köder, den Hakenlöser, den Fischtöter, die Waage im Gerätekoffer, schloss ihn, legte den Käscher, den Karpfensack, das Landewerkzeug und den kleinen Klappstuhl daneben, packte den Rest in den Rucksack und begann, alles den schmalen Weg durch die Büsche und Bäume hindurch zu seinem Kombi zu tragen, der oberhalb des Gewässers am Rand des Feldwegs parkte.

Bode hatte derweil das rot-weiße Absperrband mit der Aufschrift ›Polizei‹ angehoben und war unten durchgeschlüpft. Er stand vor der Leiche und blickte auf sie hinab. Das blasse, aufgedunsene Gesicht, das aus dem dunklen Anzug herausragte, ließ keinen Zweifel daran, dass der Mensch, dessen Körper vor ihm lag, nicht mehr zu dieser Welt gehörte, und dass sich alles Mitgefühl erübrigte. Genauso gut hätte es sich hier um eine schaurig gestaltete, etwas klein und dafür etwas dick geratene Schaufensterpuppe handeln können.

»Haben Sie schon etwas herausgefunden«, fragte Bode seinen ganz in einen weißen Überzug gehüllten Kollegen, der die Spurensicherung überwachte.

»Die Ermittlung der Identität dürfte keine Schwierigkeiten bereiten. Der Tote trug alle Papiere bei sich, sogar seinen Ausweis.«

Der Beamte bückte sich und fischte eine Kunststofftüte aus einer blauen Plastikkiste und überreichte sie Bode.

»Wir müssen nur überprüfen, ob die Angaben auf den Papieren auch stimmen. Sein Mörder scheint entweder völlig sorg- oder völlig kopflos gehandelt zu haben. Nicht der geringste Versuch, die Spuren der Herkunft zu verwischen. Alle Kleidungsstücke sind mit ihren ursprünglichen Etiketten ausgestattet. Sie deuten, wie übrigens auch der Ausweis, auf Georgien hin.«

»Sein Mörder?«

Bode hielt den Ausweis des Toten an den Kanten zwischen zwei Finger.

»Natürlich müssen wir den Obduktionsbericht abwarten. Sicher ist allerdings: Der Mann ist keines natürlichen Todes gestorben. Und er ist nicht freiwillig ins Wasser gesprungen. Darauf weist schon die Verpackung hin. Er ist offensichtlich auch nicht ertrunken, sondern wurde erschossen, dann in Folie verpackt und hier versenkt.«

Die Kunststofffolie, die den Ausweis enthielt, hatte sich beschlagen. Bode überlegte, ob er das Papier herausziehen sollte, um es genauer zu studieren, entschloss sich dann aber, es seinem Kollegen zurückzugeben. Der warf es wieder in die blaue Plastikkiste.

»Wie lange hat die Leiche im Wasser gelegen?«

»Bestimmt mehrere Wochen, wenn nicht gar Monate.«

»Ja, das könnte passen.«

»Was meinen Sie?«

»Es könnte sich um einen der Georgier handeln, die vor circa fünf Monaten als vermisst gemeldet wurden. Sie haben in Ludwigshafen ein Hotel bezogen und wollten in Mannheim einen dieser hochwertigen Gebrauchtwagen kaufen, um ihn in ihr Heimatland zu überführen und dort wieder zu verhökern. Ich habe bei den rheinland-pfälzischen Behörden nachfragen lassen. Sie sind nie wieder aufgetaucht.«

»Georgier? Sie reden im Plural. Hier haben wir nur eine Person, wenn man bei dem Zustand der Leiche noch von einer Person sprechen kann.«

»Es handelt sich um zwei Männer. Ich habe unsere Taucherkollegen schon informiert. Vielleicht liegt der andere noch auf dem Grund.«

Hauptkommissar Bode wollte eben niederknien, um den Toten genauer zu betrachten, da hörte er vom Feldweg her Motorengeräusche. Sie kamen näher und verstummten. Männer fluchten. Bode schlüpfte wieder unter dem rot-weißen Flatterband durch, stapfte den schmalen Pfad, der durch die Büsche führte, zurück und hinaus auf den Feldweg.

Hinter den verschiedenen Fahrzeugen der Mordkommission und dem Kombi des Anglers parkte nun auch ein geländegängiger Mercedes. An dem war ein Schlauchboot auf einem zweirädrigen Wagen angehängt.

Er begrüßte seine Kollegen, die beisammenstanden und eine Karte studierten. Sie eröffneten ihm gleich, dass sie das Boot hier nicht zu Wasser lassen könnten. Der Weg durch das Gehölz sei zu schmal, um das Gerät hinüberzubringen. Es sei denn, sie würden die Luft aus den Kammern herauslassen, den leeren Schlauch die Böschung hinuntertragen und ihn am Ufer wieder aufpumpen. Das sei aber zu viel Aufwand. Dazu komme der schwere Außenbordmotor. Den zu transportieren, sei eine besondere Plackerei. Sie würden ihr Glück an einer anderen Stelle versuchen. Und schon kletterten sie wieder in ihren Geländewagen und starteten.

Bode schaute ihnen nach, dann nochmals auf den Angler, der etwas fahrig seine Geräte in seinen Kombi verstaute. Er begab sich zurück zum Ufer. Er fischte erneut den in einer Plastiktüte befindlichen Ausweis aus der blauen Kiste, versuchte mit dem Ärmel den feuchten Belag ab-

zuwischen und hielt sich das Dokument vors Auge. »Ja, ja«, sagte er. »Das ist einer der beiden.«
Er schaute auf das Geburtsdatum.
»Alt ist er nicht geworden.«
Er wendete sich an zwei Männer, die neben einer Sargwanne standen.
»Sie können den Leichnam jetzt abtransportieren. Sollen sich die Rechtsmediziner um ihn kümmern.«
Die beiden Männer wuchteten den toten Körper in die Wanne und verschlossen sie mit einem Deckel. Einer ging am Kopf-, der andere am Fußende des länglichen Behälters halb in die Knie. Die Männer umfassten die Stangen rechts und links, streckten sich und schritten aufrecht auf dem schmalen Pfad hinein in die Büsche.
Bode blickte den Fluss hinauf und hinunter. Es dauerte eine Weile, bis er das Geräusch des Außenbordmotors hörte und sah, dass das Schlauchboot näher kam.
Es war mit drei Männern besetzt. Einer saß hinten und steuerte. Zwei in schwarzen Neoprenanzügen und mit Sauerstoffflaschen auf dem Rücken rechts und links daneben. Sie warteten auf ihren Einsatz.
Das Boot fuhr eine Schleife und stoppte. Die beiden Männer ließen sich rückwärts von den Gummiwülsten ins Wasser fallen.
Während Bode auf die Oberfläche des Altrheins starrte, rekapitulierte er noch einmal, wie weit sich der Fall der beiden verschwundenen Georgier entwickelt hatte.
Ja, die Vermisstenanzeige war sehr früh eingetroffen, schon einen Tag, nachdem sie sich bei ihren Angehörigen in Tiflis nicht gemeldet hatten. Diese hatten der Po-

lizei auch mitgeteilt, dass die beiden einen hochwertigen Gebrauchtwagen zu kaufen und nach Georgien zu überführen trachteten. Eine Frau Kobiaschwili konnte sogar beschreiben, wo sich ihr Gatte Wassili hinzuwenden pflegte und Bode hatte daraus geschlossen, dass es sich dabei um den Giuliniplatz handeln müsse. Doch der Automarkt war umgezogen und hatte sich nun in Mannheim neben dem Flugplatz niedergelassen. Jetzt boten Privatleute dort ihre Fahrzeuge an.

Merkwürdig nur, dass vor anderthalb Jahren bereits schon einmal ein Mann aus diesem Dunstkreis vermisst gemeldet wurde. Es schien sich sogar um den Partner von Wassili Kobiaschwili zu handeln. Möglich, dass der in der Nähe von Lorsch entdeckte Torso und der bei Wiesenbach gefundene Schädel der gesuchten Person gehörten. Die Kripo Ludwigshafen hatte die Ermittlungsbehörde in Tiflis um Amtshilfe gebeten. Aber diese hatte wohl mehr verschleiert als Licht in die Angelegenheit gebracht. Möglich, dass die georgische Automafia hinter diesen mysteriösen Fällen steckte.

Bode hatte Kriminalkommissarin Maike Wohlgemut und Kriminalkommissar Klaus Stein auf dem Automarkt Mannheim Befragungen durchführen lassen. Sie hatten auch Fahndungsfotos veröffentlicht. Einige Zeugen hatten sich gemeldet. Sie meinten, die beiden Georgier auch zur fraglichen Zeit auf dem Automarkt gesehen zu haben. Keiner aber konnte sagen, mit wem sie sich entfernten und wohin sie gegangen sind. Selbst ein Aufruf in ›Aktenzeichen XY ungelöst‹ blieb ohne Erfolg. Er hatte die Hoffnung auf eine rasche Aufklärung schon fast auf-

gegeben. Und jetzt nach Wochen plötzlich eine Leiche, bei der klar war, dass es sich dabei um einen der Gesuchten handelte und dass er einem Verbrechen zum Opfer gefallen war.
Kaum hatte sich Bode die Vorgänge im Kopf nochmals zurechtgelegt, sah er beide Taucher fast gleichzeitig an die Wasseroberfläche zurückkommen. Einer hielt sich am wulstigen Rand des Schlauchbootes fest, nahm die Atemmaske ab, schob die Taucherbrille zurück und schien seinem Kollegen am Außenbordmotor etwas zu erklären. Der Mann warf ihm das Ende eines Seils zu. Der Taucher rückte Brille und Atemmaske zurück an ihren Platz und beide Froschmänner verschwanden wieder in der Tiefe. Der im Boot verbliebene Mann schaute zu Bode herüber und hielt einen Daumen hoch.

* * *

Alexander legte die Zeitung aus der Hand und schob den letzten Rest Marmeladebrot in den Mund. Er leerte die Kaffeetasse mit einem Zug. Er schaute hinüber zur Spüle, auf der sich ungewaschenes Geschirr türmte. Dann erhob er sich und räumte den Frühstückstisch ab.
Nun hatten sie also die beiden Georgier gefunden, die er in dem Altrheinarm versenkt hatte. Jetzt würden sie nach ihrem Mörder suchen. Puzzleteil um Puzzleteil würden sie zusammensetzen, bis die Teile ein Bild ergaben. Vielleicht würden sie darin eine Spur entdecken und möglicherweise würde sie zu ihm führen. Das heißt, er musste

damit rechnen, dass sie ihm auf die Schliche kamen. Nicht sofort, aber vielleicht schon bald, bestenfalls irgendwann.

Zum Verhängnis könnte ihm werden, dass er die beiden falsch eingeschätzt hatte. Er war davon ausgegangen, dass es sich um Autoschieber handelte und dass sie sich mehr oder weniger illegal in Deutschland aufhielten, dass sich also alle Daten, unter denen sie registriert waren, als Fälschung erweisen würden, dass ihre wahre Identität nur schwer auszumachen sei. Stattdessen hatte alles seine Ordnung.

Die beiden waren legal eingereist. Der Kripo war längst bekannt, wo und wann. Auch in welchem Hotel sie abgestiegen waren, dass sie sich auf dem Automarkt in Mannheim nach einem geeigneten Kaufobjekt umgesehen hatten und wie sie dorthin gelangten. Vielleicht hatten die Beamten Fahrscheine für die Straßenbahn und Rechnungen für Taxis sichergestellt. Vielleicht hatten sie rekonstruiert, wie und wo die beiden in der Region unterwegs waren. Es musste ihn nur jemand dabei beobachtet haben, wie er sie auf dem Automarkt angesprochen hatte. Oder der Kellner des Cafés im Jungbusch erinnerte sich daran, dass sie dort mit ihm verhandelt hatten. Man wird auch die Projektile finden, die sich in ihre Rücken gebohrt haben. Man wird sie mikroskopisch untersuchen und anhand der Spuren, die der Lauf während des Schusses auf ihnen hinterließ, feststellen, zu welchem Revolver sie gehörten. Man wird herausfinden, durch welche Hände die Waffe ging. Letzten Endes wird man bei ihm landen.

Andere Spuren am Fundort der Leichen wie Schuhabdrücke oder Abdrücke seiner Autoreifen dürften sich durch die lange Zeit, die inzwischen verstrichen war, so weit verflüchtigt haben, dass sie nicht mehr verwertet werden konnten. Aber es gab andere unbeabsichtigte Hinterlassenschaften wie einzelne, ausgefallene Haare, Hautschuppen (jeder Mensch verliert sie, wo er geht und steht), Faserreste, die sich vielleicht an einem Strauch verfingen, während er die Körper zum Wasser schleifte, und auch Gegenstände, wie ein abgerissener Hemdknopf, den er seither vermisste.

Ganz zu schweigen von den Spuren, die er am eigentlichen Tatort zurückgelassen hatte. Die Scheune und ihre Umgebung waren vielleicht längst entdeckt, alle Hinweise ausgewertet. Zwar hatte er nichts darüber in der Zeitung gelesen. Aber vielleicht hatte man bewusst darauf verzichtet, die Verdachtsmomente an die Öffentlichkeit zu geben. Man wollte ihn in Sicherheit wiegen, bis man genügend Indizien gesammelt hatte, um ihn zu überführen.

Alexander ließ Wasser in das eine Becken der Spüle strömen und gab einen Spritzer Geschirrreiniger dazu. Gebannt beobachtete er, wie der einlaufende Strahl einen Strudel erzeugte. Das blaue Reinigungsmittel, das sich am Boden abgelagert hatte, wurde allmählich aufgelöst und in Schaumwolken nach oben befördert. Als das eine Becken fast gefüllt war, schwenkte er den Hahn und füllte das zweite. Dann fing er an, die Gläser in die blasige Lauge zu legen.

Er musste sich immer überwinden, bevor er daranging,

den Geschirr- und Besteckberg abzutragen. Aber hatte er sich einmal entschlossen, konnte er dem Vorgang genüssliche Aspekte abgewinnen. Wenn das Leben so leicht in Ordnung zu bringen wäre wie das Chaos in der Küche! Nachdem er die Gläser mit einem laugengetränkten Lappen ausgewischt hatte, wanderten sie ins klare Wasser, in dem sich allerdings immer mehr Schaumreste ansammelten. Von dort auf eine Lage Küchenkrepp, wo sie schon trocknen konnten. Einen ähnlichen Weg nahmen Teller und Unterteller, die er hochkant in einem mit Leisten versehenen Holzgestell stapelte. Langsam, aber kontinuierlich nahm der Berg von verschmutztem Geschirr ab. Die Einzelteile wurden mit einem Tuch nachbearbeitet und verschwanden in Schränken und Schubladen. Zurück blieben Wasserpfützen auf der Ablage, die sich aber mit einem Schwamm leicht beseitigen ließen. Mit einem einzigen Wisch war die Küche dann in Ordnung. Aber sein Leben?

Während Alexander an der Spüle hantierte, kam ihm in den Sinn, dass er vielleicht bereits observiert werden könnte. Er schaute aus dem Fenster.

Unten, auf der Grünfläche, die den Häuserblock umgab, spielten Kinder. Ein Junge ließ eine rotierende Scheibe in die Luft steigen, indem er kräftig an einer Leine zog, die an einem Stab aufgerollt war. Andere waren damit beschäftigt, dem Flugobjekt fröhlich lärmend hinterherzulaufen und es, noch bevor es zu Boden fiel, aufzufangen. Am Rand des Geschehens stand ein Junge, ein Bein über die Stange eines Fahrrads gelegt, die Arme über dem Lenker verschränkt, und beobachtete die Szene. War das

nicht der Bursche, der sich im Miramar an ihm vorbeidrücken wollte, als er am Eingang der Rutsche stand? Auch die anderen kamen ihm bekannt vor. Schauten sie nicht in den kurzen Pausen zwischen ihren spielerischen Anstrengungen verstohlen zu ihm herauf?
Da ging er wohl zu weit. Es war nicht zu erwarten, dass die Kripo Kinder zur Observierung einsetzte. Wahrscheinlicher war, dass sie hinter fernen Fensterscheiben starke Fernrohre oder Teleskope auf ihn richtete, dass sie vielleicht bereits winzige Löcher in die Wand seiner Wohnung gebohrt und Minikameras platziert hatte oder dass sie ihn vom Weltall aus mithilfe von Satelliten belauschte. Es würde ihm nichts anderes übrig bleiben, als seine Wohnung aufzugeben und unterzutauchen. Aber wo? Irgendwo in Südostasien oder in einem südamerikanischen Land. Da würde er sich allerdings ohne größere Geldreserven nicht lange halten können, auch nicht mit den paar Bündel Banknoten, die er den beiden Georgiern abgenommen hatte. Aber die waren eh fast aufgebraucht. Vielleicht, dass er noch einmal nach Bad Dürkheim ging, dass er noch einmal im Roulette einen großen Einsatz wagte. Vielleicht würde er auf eine Gewinnserie treffen. Noch einmal richtig abräumen und dann verschwinden. Irgendwie musste sich sein Problem doch lösen lassen.

* * *

Bei Licht betrachtet, hätte man es seltsam finden können, wie man sich im Spielkasino begegnete. Aber die Szene war weitgehend in ein schummriges Licht getaucht. Nur die Spieltische hell erleuchtet. So wunderte es nicht, dass man sich, wenn man sich nicht ganz und gar ignorierte, höchstens mit einem kurzen Nicken begrüßte, als dürfe man die Peinlichkeit eines Aufeinandertreffens an diesem Ort nicht offenbar werden lassen.

Natürlich wieder das ältere Paar, der Mann wie immer ganz in Schwarz mit Fliege. Die Frau in einem langen, diesmal dunkelblauen Kleid, eng anliegend, mit tiefem Ausschnitt. Sie schien darauf versessen, ihre welke Brust zur Schau zur tragen. Wie gewohnt waren sie schon vor ihm eingetroffen. Sie würden erwartungsgemäß den ganzen Abend spielen, wenig verlieren, aber auch nichts gewinnen – und das Kasino lange nach ihm verlassen. War das nicht das Paar, das Alexander belauscht hatte, als sie in der Sauna über ihre Verdauungsprobleme sprachen? Schwer zu sagen. Wahrscheinlich bildete er sich das ein. In der Sauna jedenfalls hatte er sie nicht erkannt, was kein Beweis ist. Nacktheit verkleidet.

Auch der Mann so um die Fünfzig, der immer nur donnerstags kam. Und heute auch die Frau etwa gleichen Alters. Der Mann warf die Coins auf den Roulettetisch und überließ es dem Zufall, wo sie letztlich landeten. Eher schien er demonstrieren zu wollen, wie großzügig er mit seinen Einsätzen umgehen konnte, als dass er wirklich auf Gewinn aus war. Manchmal schaute er, wenn Alexander mit am Tisch saß, kurz zu ihm hin und lachte. Dagegen wich die Frau allen Blicken aus, auch dem von Alexander. Fest umklammerte sie ihre Handtasche, als berge diese ein Vermögen, das sie vor lauernden Räubern schützen müsse.

Dann die anderen Typen, meist Männer, die umherliefen, als bewegten sie sich am Rand der Langeweile, die mit ihrer zur Schau getragenen Coolness und Lässigkeit demonstrieren wollten, dass nichts in der Welt sie aus dem Gleichgewicht bringen konnte. Und eine Menge andere Zaungäste.

Alexander hatte das Gefühl, dass ihm das Glück heute hold sein werde. In letzter Zeit hatte er öfter davon geträumt, wie es wäre, wenn er den Verlauf der Kugel vorhersehen könne. Vor dem Einschlafen hatte er sich den Roulettetisch vorgestellt mit allen Einteilungen in Zahlenfelder und den beiden Bogen am Kopf und am anderen Ende für ›Rouge‹ und ›Noir‹. Dann den Kessel mit der Kugel. Während sie lief, versuchte er im Geiste eine Ziffer auf dem Tisch aufblitzen zu lassen, was ihn eine solche Anstrengung kostete, dass er hellwach wurde.

Um wieder einschlafen zu können, überließ er sich der tröstlichen Hoffnung, dass er mit etwas Training die Fähigkeit erlangen könne, einen kurzen Blick in eine nahe Zukunft zu werfen. Er stellte sich vor, dass er von Spielkasino zu Spielkasino reiste und eine Bank nach der anderen sprengte. Mehr und mehr gewann er die Überzeugung, dass ihm eine solche hellseherische Fähigkeit zustehe.

Im Augenblick wollte sich Alexander solchen esoterischen Techniken noch nicht anvertrauen. Vielmehr baute er auf Systeme, die Gewinn oder nur geringen Verlust versprachen. Vorsichtig begann er mit der ›Martingalen Progression‹ und setzte einen Chip auf ›Schwarz‹. Die Farbe verlor. Er verdoppelt seinen Einsatz in der nächsten Runde und verlor erneut. In der dritten Runde setzte er schon vier Chips auf ›Noir‹, aber die Kugel hielt auf ›Rouge‹. Nochmals verdoppelte er die Anzahl der kleinen, runden Plättchen und gewann, allerdings nur einen Jeton insgesamt.

Er wechselte über auf die ›Paroli-Strategie‹, indem er Einsatz und Gewinn stehen ließ. Er hatte Glück und gewann. In der nächsten Runde verfuhr er nach dem gleichen Prinzip und hatte Glück. Jetzt begann er sein Spiel auszuweiten, behalf sich mit anderen Systemen, versuchte es mit ›Labouchere‹, ›D'Alembert‹ und ›Contre d'Alembert‹ oder setzte intuitiv, schob seine Jetons nicht nur auf ›Rouge‹ und ›Noir‹, sondern auch auf ›Pair‹ und ›Impair‹, auf ›Manque‹ und ›Passe‹, wagte ›Kolonne‹, ›Dutzende‹, ›Transversale simple‹, ›Transversale pleine‹, ›Carré‹, ›Cheval‹ und ›Plein‹.

Tatsächlich hatte er den Eindruck, heute eine Strähne zu genießen. Bis diese plötzlich abriss. Er glaubte, dass sie wiederkommen müsse, und platzierte die Coins immer riskanter. Mehrmals war er entschlossen, abzubrechen und nach Hause zu fahren. Jedes Mal aber überwog die Überlegung, dass gerade dann sein Glück zurückkehren könne, und er warf erneut eine der Spielmarken auf ein Feld mit der Absicht, danach auf jeden Fall aufzuhören, und das in einem fort. Bis seine Geldreserven so weit zusammengeschmolzen waren, dass er sich sagen konnte, jetzt komme es auch nicht mehr darauf an. Er fasste die letzten Jetons zu einem kleinen Turm zusammen, den er auf eine Zahl schob, und verlor.

Alexander erhob sich. Die dämmrige Beleuchtung legte

sich wie eine Wattepackung um seine Gedanken. Er hatte den Eindruck, als ob alle Blicke teils mit Schadenfreude, teils mitleidig auf ihm lasteten. Benommen kämpfte er sich zum Ausgang.
Der Portier half ihm in den Mantel. Alexander nutzte die Gelegenheit und fragte, ob er diesen Herrn, so um die Fünfzig, der immer nur donnerstags kommt, näher kenne. Der Portier wartete eine Weile wohl darauf, dass Alexander seiner Frage mit einem Schein Nachdruck verleihen wolle. Dann schien ihm klar zu werden, dass sich Alexander nicht einmal mit einer kleinen Münze für eine Auskunft revanchieren konnte. »Viel weiß ich nicht«, ließ sich der Portier erweichen. »Er kommt schon lange zu uns.«
Der Portier überlegte.
»Etwa so lange wie Sie. Nur manchmal habe ich den Eindruck, dass er seine Spielleidenschaft nur vortäuscht. In Wirklichkeit möchte er hier herumspionieren.«
Alexander reichte dem Türsteher die Hand.
»Auf Wiedersehen«, verabschiedete er sich möglichst freundlich.
Wie in Trance fuhr Alexander zurück nach Mannheim. Unterwegs zückte er sein Handy und wählte die Nummer Maruschkas. Ob er bei ihr vorbeikommen könne. Er habe es heute besonders nötig. Alexander merkte, dass seine Stimme sehr zaghaft geriet.
Heute sei es leider nicht möglich, hauchte Maruschka in die Leitung. Sie habe Besuch. Ein andermal gern. Alexander traf diese Reaktion wie eine Ohrfeige.
Zum Glück herrschte auf der nächtlichen Straße, die bald

in eine Autobahn mündete, kaum noch Verkehr. Alexander konnte sich dem Automatismus seiner Reaktionen überlassen. Erst als er in die Innenstadt von Mannheim eintauchte, musste er seine verstärkte Aufmerksamkeit mobilisieren, musste darauf achten, sich rechtzeitig einzuordnen, Geschwindigkeiten einzuhalten und keine Ampel bei Rot zu überfahren. Aber auch diese Manöver führte er durch, ohne dass sich der Nebel in seinem Kopf restlos aufgelöst hätte.
Zu Hause überlegte er, ob er sich nicht selbst eine Kugel durch den Kopf jagen solle, verschob aber die Entscheidung auf den nächsten Tag. Er fand noch eine halb volle Flasche Whisky und setzte den Hals an den Mund. Er schaffte es noch, sich aus seiner Kleidung zu schälen, bevor er sich aufs Bett warf und in einen tiefen Schlaf fiel.

* * *

Am nächsten Morgen wurde Alexander durch das Telefon in einem Maße aus dem Schlaf gerissen, dass er lange brauchte, um sich seiner bewusst zu werden, um zu begreifen, wo er sich befand, was gestern, die Tage vorher, was überhaupt in seinem Leben passiert war und was auf ihn zukommen könnte. Ein Mann wollte ihn sprechen, und es dauerte, bis ihm klar wurde, dass es sich um seinen V-Mann-Führer handelte. Der beorderte ihn noch für heute Mittag in das Lokal einer kleinen Odenwaldgemeinde. Alexander musste den Ort erst auf der Landkarte suchen, um eine Route auszuwählen. In solchen Fällen

traute er seinem Navi nicht. Bezüglich des Lokals vermutete er, dass seine eigene Attraktivität wieder gelitten hatte.
Viel Zeit blieb ihm nicht. Auf ein Frühstück musste er verzichten. Aber er wollte wenigstens einen ordentlichen Eindruck machen. Deshalb rasierte er sich gründlich, putzte sich lange die Zähne und spülte drei Mal mit Mundwasser, weil er vermutete, dass ihm der Whisky noch aus dem Hals dampfte.
Auf der Autobahn nach Weinheim hatte er den Eindruck, dass der Betonbelag zu fließen begann. Die Straße hob sich am linken, dann am rechten Rand, die Spuren verengten sich und weiteten sich wieder. Lastwagen vor ihm näherten sich mit unerwarteter Geschwindigkeit. Er trat viel stärker auf die Bremse, als er eigentlich wollte, und ein Schreck fuhr ihm durch die Glieder, den er gar nicht kannte.
Die Röhre des Saukopftunnels übte eine geradezu hypnotisierende Wirkung auf ihn aus. Er musste kämpfen, um nicht das Bewusstsein zu verlieren.
Sein V-Mann-Führer erwartete ihn. Demonstrativ blickte er auf die Uhr. Er habe in der Innenstadt von Mannheim mit Verkehrsproblemen zu kämpfen gehabt, entschuldigte sich Alexander.
Mit solchen Problemen müsse man immer rechnen, rügte ihn sein Vorgesetzter und reichte ihm gleich die Speisekarte.
»Ich nehme das gleiche wie Sie«, entschied Alexander aus dem Gefühl heraus, gut Wetter machen zu müssen. Zu demonstrieren, dass er dem Geschmack des V-Mann-

Führers vertraute und ihm damit zu schmeicheln, konnte nicht schaden.

»Noch einmal Rouladen«, rief dieser zur Theke hinüber, über der eine jüngere, dicke Frau hing und offensichtlich Kreuzworträtsel löste.

»Und vorher Rinderbrühe mit Backerbsen«, fügte er noch hinzu.

»Und was zu trinken?«, fragte er Alexander. Der hätte am liebsten wieder eine Flasche Whisky bestellt, um seinen Kater zu bekämpfen. Er wagte jedoch nicht einmal, ein Bier zu ordern. Er wollte sich nicht dem Verdacht aussetzen, Alkoholiker zu sein. Deshalb bestellte er laut eine große Apfelsaftschorle.

Die Bedienung löste sich von ihrem Kreuzworträtsel, tippte etwas in die Kasse, rief die Bestellung in die Küche und schüttete Apfelsaft und Sprudel in ein großes Glas. Nachdem sie dieses serviert hatte, ergriff sie ihren Kugelschreiber und beugte sich wieder über die aufgeschlagene Illustrierte.

Krause wendete sich Alexander zu und flüsterte: »Die festgenommenen mutmaßlichen Al-Qaida-Anhänger«, das letzte Wort dehnte er in einem Maße, dass es durch die Verzerrung jeden Ernst verlor, und fuhr fort, »auf deren Spur Sie uns gebracht haben, behaupten, Sie hätten überhaupt kein Sprengstoffattentat geplant. Sie, Alexander Ali, seien es gewesen, der sie dazu angestiftet habe, Chemikalien zu lagern.«

Er sah Alexander lauernd an.

Alexander nahm das große Glas in beide Hände und führte es zum Mund.

»Behaupten kann man vieles. Tatsache ist, dass die drei mit einem enormen Aufwand einen Sprengstoffanschlag vorbereitet haben. Sie hätten ihn jederzeit durchführen können. Sie stellen ein enormes Gefahrenpotenzial dar. Da spielt es schon keine Rolle mehr, ob sie dazu angestiftet wurden oder nicht.«

Die Suppe wurde serviert und Alexander erkannte sofort, dass er besser einen Salat bestellt hätte. Sobald er den Löffel in die Hand nahm, breitete sich Panik in ihm aus. Er war außer Stande, diesen zum Mund zu führen. Vom Teller weg hatte er das Besteckstück noch unter Kontrolle. Sobald es sich den Lippen näherte, fing es an, heftig auszuschlagen. Die Flüssigkeit schwappte über die Ränder. Wenn er den Löffel mit den eingeweichten Backerbsen füllte, gelang es ihm, diese in den Mund zu schieben. Er behalf sich damit, dass er nur wenig Suppe schöpfte und diese mit den kleinen, runden Bällchen mischte. So konnte er wenigstens symbolisch ein paar Portionen zu sich nehmen. Den Rest der Suppe schob er demonstrativ von sich weg.

Der ganze Vorgang verlangte ihm eine solche Konzentration ab, dass er am liebsten die Luft angehalten hätte. Er musste sich anstrengen, damit ihm zumindest eine ganz und gar verkrampfte, flache Atmung gelang. Sie führte dazu, dass er kaum imstande war, dem Gespräch zu folgen, geschweige denn, dass er fähig gewesen wäre, durch weiterführende Antworten zu glänzen.

»Vielleicht haben Sie recht«, flüsterte Krause. Da sie die einzigen Gäste waren, musste er darauf achten, dass seine Stimme nicht bis an das Ohr der Bedienung drang.

»Dennoch rate ich Ihnen, im Falle eines Falles zu behaupten, von Anfang an gegen einen solchen Anschlag gewesen zu sein, dass Sie versucht hätten, den Dreien ihre Pläne auszureden, und dass Sie sich zu guter Letzt nicht anders zu helfen wussten, als das Vorhaben der Polizei zu melden.«

Alexander nickte.

Die Suppenteller wurden abgeräumt. Die Bedienung registrierte mit einem finsteren Blick, dass Alexander sein Essen kaum angerührt hatte, verkniff sich aber eine Bemerkung. Die Pause vor dem nächsten Gang nutzte er und flüchtete sich auf die Toilette.

Während er im Stehen sein Wasser in die Pissoirschüssel abschlug, fiel ihm ein, dass er besser seine Jacke mitgenommen hätte. Sie hing mit seiner Brieftasche und all seinen Papieren über der Lehne seines Stuhls. Er wusste nicht, wie weit er seinem V-Mann-Führer trauen durfte, konnte sich jedoch auch nicht so richtig vorstellen, dass dieser sich an seinem Kleidungsstück vergriff.

Sofort tastete er, nachdem er zurückgekommen war und sich wieder gesetzt hatte, möglichst verstohlen seine Taschen ab. Im Brustbereich spürte er zu seiner Beruhigung die gewohnten Umrisse des Lederaccessoires. In der rechten Seitentasche vermisste er allerdings sein silbernes Feuerzeug, ein Geburtstagsgeschenk seiner Mutter mit den eingravierten Initialen seines Namens. Obwohl er das Rauchen längst aufgegeben hatte, nahm er es üblicherweise mit, weil er dessen Oberfläche gern in seiner Hand spürte. In diesem Fall war er sich aber nicht hundertprozentig sicher, ob er es überhaupt eingesteckt hatte. Natürlich verbat es sich, seinen V-Mann-Führer danach zu fragen. Er würde bei nächster Gelegenheit zu Hause danach suchen.

Die Bedienung tischte das Hauptgericht auf. Das konnte Alexander leichter bewältigen.

Während er mit der Gabel Teile der Kartoffelklöße in die Soße quetschte und in den Mund führte, mit dem Messer Stücke von der Roulade absäbelte und hinterherschob, spürte er, wie sich die schreckhafte Nervosität in seinem Innern legte. Mit jedem Bissen wuchs der Appetit. Am liebsten hätte er noch einen zweiten Teller bestellt, beschränkte sich aber auf einen üppigen Nachtisch: drei großen Kugeln Vanilleeis mit heißen Himbeeren und einem riesigen Berg Sahne.

Krause hatte in der Zwischenzeit das Thema gewechselt. Ob er von dem Leichenfund im Mannheimer Altrhein gelesen habe, wollte er von Alexander wissen.

Einen Moment war Alexander erschrocken. Vermutete Krause irgendwelche Zusammenhänge? Dieser ließ aber weder ein gesteigertes Engagement an dem Fall erkennen noch machte er Andeutungen, die ihn, Alexander, betrafen.

»Ja, ich habe davon gelesen.«

Auch Alexander versuchte, möglichst teilnahmslos darüber zu sprechen, konnte aber nicht verhindern, dass sich ein leichtes Zittern in seine Stimme schlich.

»Ich könnte mir vorstellen, dass es sich dabei um Auseinandersetzungen rivalisierender osteuropäischer Autoschieberbanden handelt.«

»In der Zeitung wurde berichtet, dass die beiden seriöse

Einkäufer und ordentlich bei den Behörden gemeldet waren.«

»Papier ist geduldig. Außerdem hängt sich mancher, der in Deutschland krummen Geschäften nachgeht, ein legales Mäntelchen um. Wenn ich zum Beispiel an die vielen Mafiosi denke, die gerade hier im Rhein-Neckar-Raum als Pizzabäcker, Restaurantbesitzer, Kellner oder was auch immer tätig sein sollen.«

»Solche Dinge werden in der Regel übertrieben«, brummte sein V-Mann-Führer und stocherte lustlos in seinem Dessert herum. Er schaute auf und blickte Alexander prüfend an. Alexander schien es, als ob Krause innerlich grinste.

Es wollte sich nun kein Gespräch mehr entwickeln. Krause verlangte, nachdem Alexander auch den Nachtisch vertilgt hatte, schnell die Rechnung.

Während Alexander nach Mannheim zurückfuhr, ging ihm noch einmal dieser prüfende Blick Krauses durch den Kopf. Ob er doch vermutete, dass er, Alexander, mit der Ermordung der beiden Georgier etwas zu tun habe?

* * *

Hauptkommissar Bode war heute schon etwas früher von Heidelberg nach Mannheim herübergefahren. Jetzt holte er sich einen Becher Kaffee aus dem Automaten und balancierte ihn zu seinem Schreibtisch. In seinem Arbeitszimmer war er allein. Seine Helfer, Kriminalkommissarin Maike Wohlgemut und Kriminalkommissar Klaus Stein, würden voraussichtlich erst in einer halben Stunde eintreffen. So konnte er die Füße auf die Platte legen und sich zurücklehnen. In Gedanken versuchte er die Panne zu rekonstruieren.

Schlamperei? Eine gezielte Beseitigung von Beweismaterial? Wie konnte das passieren, dass die Projektile, die der Rechtsmediziner aus den Körpern der toten Georgier herausgeholt hatte, plötzlich verschwunden waren! Und sie waren noch nicht einmal untersucht. Wenn sie nicht wieder auftauchen würden, wären wichtige Hinweise auf den Täter unwiederbringlich verloren. Wer konnte daran ein Interesse haben? Wer konnte dahinterstecken? Vielleicht der Rechtsmediziner selbst?

Dr. Weihrauch schwor bei allem, was ihm heilig ist (aber was ist ihm schon heilig?), dass er den Obduktionssaal nur kurz verlassen habe. Er habe die Geschosse entfernt und in eine Metallschale gelegt. Dummerweise habe genau in diesem Moment sein Handy geklingelt und er sei gebeten worden, in einer Akte über einen anderen Fall schnell etwas nachzusehen. Dieser Bitte habe er entsprochen. Als er zurückgekehrt sei, habe er die Beweisstücke zwar vermisst, habe aber geglaubt, dass sie sein Assistent in Sicherheit gebracht habe. Er habe die Wunden der Leichen wieder verschlossen und seinen Assistenten, der inzwischen eingetreten sei, gefragt, wo er die Projektile deponiert habe. Der wusste von nichts. Da sei er stutzig geworden.

Beide hätten im Rechtsmedizinischen Institut nachgesehen, ob sich sonst ein Mitarbeiter in der Nähe befände, seien aber nur auf die Putzfrau gestoßen, die gerade eine Toilette reinigte. Sie habe beteuert, heute noch nicht im

Obduktionssaal gewesen zu sein. Nein, sie habe auch niemanden beobachtet, der sich in der Nähe aufgehalten habe. Projektile habe sie nirgends wahrgenommen.
Dr. Weihrauch sei so durcheinander gewesen, dass er zunächst geprüft habe, ob er die Schale mit den Geschossen nicht versehentlich mitgenommen und irgendwo abgestellt habe, als er die angefragte Akte holte. Überall habe er gesucht, aber nichts gefunden. Bei all seinen Anstrengungen habe es Momente gegeben, in denen er sich nicht mehr sicher war, ob er die Patronenteile überhaupt aus den Körpern herausgeholt hatte. Er war sogar versucht, die vernähten Stellen noch einmal zu öffnen und nachzusehen, hielt dieses Vorhaben allerdings letztlich selbst für absurd. So habe er sich entschlossen, diese unerklärliche Panne dem zuständigen Hauptkommissar, nämlich Bode, zu melden.
Bode nahm einen Schluck aus dem Kunststoffbecher und konzentrierte sich einen Moment auf das Gefühl, das die heiße Flüssigkeit erzeugte, während sie die Speiseröhre hinunterrann. Sein Blick irrte zum Fenster und blieb an der gegenüberliegenden Hauswand hängen.
Zumindest stimmte die Angabe von Dr. Weihrauch, dass er gebeten wurde, eine Akte herauszusuchen. Bode hatte bei seinem Kollegen, Hauptkommissar Kellermann, nachgefragt. Er hatte den Auftrag erteilt und den Vorgang bestätigt. Entweder alle steckten unter einer Decke oder andere Personen mussten noch im Spiel sein. Aber wer?
Er hatte vor Kurzem auf dem Flur im Präsidium einen Mann im Gespräch mit dem Polizeipräsidenten angetroffen. Der Polizeipräsident hatte Bode, als er vorbeiging,

kurz zugenickt. Aber Bode schien es, als sei das Nicken am Schluss in eine kurze Bewegung des Kinns übergegangen, das zwar auf ihn verwies, aber nicht ihm, sondern dem Gesprächspartner galt. Der Mann durfte Anfang 60 sein, erfreute sich trotz seines Alters einer sportlich durchtrainierten Figur und trug einen dunklen Anzug. Das Kleidungsstück verlieh ihm ein seriöses Aussehen. Vielleicht ein Vertreter eines beigeordneten Dienstes. Vielleicht äußerte der auf diese Weise diskret Wünsche. Vielleicht gab er sogar Befehle.

Vielleicht handelte es sich bei dieser Panne doch nur um einen Lapsus und die besagten Projektile würden in den nächsten Tagen an einer völlig unerwarteten, aber erklärlichen Stelle wieder auftauchen.

Bode warf den leeren Getränkebecher in den Papierkorb, nahm die Füße vom Schreibtisch und schaltete den Computer an. Die Spurensicherung hatte ihm mitgeteilt, dass sie an den beiden Leichen fremde DNA-Spuren entdeckt habe. Vielleicht ergaben sie einen Hinweis.

Außerdem lagen ja noch weitere Indizien vor: die Kunststofffolie und das Klebeband. Das war eine Aufgabe für seine Helfer Maike Wohlgemut und Klaus Stein. Sie müssten in allen einschlägigen Geschäften der Umgebung wie Schreibwarenläden, Baumärkten, Kaufhäusern und Großmärkten nachfragen, ob solche Produkte vor etwa einem halben Jahr über den Ladentisch gingen. Das ließe sich ja anhand der registrierten Kassenbons sicherlich nachweisen. Vielleicht erinnerte sich jemand an einen entsprechenden Kunden. Und vielleicht gelänge es einem Verkäufer oder einer Verkäuferin, den Kunden so weit zu beschreiben, dass sich ein Phantombild erstellen ließ. Dann hätte man wenigstens einen Anhaltspunkt.

* * *

Alexander prüfte den Inhalt seines Metallköfferchens. Ein paar Bündel enthielt es noch. Aber die würden, wenn ihn weiterhin das Spielerpech verfolgte, schnell dahinschmelzen. So konnte es nicht weitergehen. Er musste nun ernsthaft etwas unternehmen. Er musste neue Kohle beschaffen. Von Luft konnte er nicht leben und Liebe wurde ihm nicht gratis geboten. Es war wohl ein Missverständnis, dass er glaubte, Maruschka würde bei ihm eine Ausnahme machen. Zumindest würde sie zahlenden Kunden jederzeit den Vorzug geben. Ob er das auf Dauer ertragen könnte?

Alexander fuhr von Mannheim aus nach Süden, vorbei an Einkaufszentren, an Schallschutzmauern, hinter denen sich Siedlungen duckten, an Autohäusern, Tankstellen und einem Badesee, durch kleinere Orte wie Brühl, Ketsch, Hockenheim, Neulußheim, Waghäusel, Philippsburg und Neudorf. Zwischen den Ortschaften Landschaftsabschnitte mit Streuobstwiesen, Getreide- und Spargelfelder sowie kleinen Auwäldern. Zurück steuerte er seinen Kombi über Wiesenthal, Kirrlach, Reilingen, Walldorf, Nußloch, Sandhausen und Schwetzingen. In Brühl schloss sich der Kreis.

Dort angekommen, machte er sich erneut auf den Weg durch die Hauptstraßen der Gemeinden. Meist waren sie nach dem nächsten Ort benannt, auf den sie zuführten:

Hockenheimer Straße, Schwetzinger Straße, Karlsruher Straße, Bruchsaler Straße, Kronauer Straße. Rechts und links zwei- oder dreistöckige Häuser. In ihnen Einzelhandelsgeschäfte, die ihre Auslagen in der Regel in ein oder zwei Schaufenstern präsentierten. Häufig Gaststätten und vereinzelt Banken.

Ein Laden fiel ihm besonders ins Auge, ein Antiquitätengeschäft, das auch Bauernmöbel ausstellte sowie ältere, rustikal gewebte Stoffe. In der Ecke des Fensters ein Gegenstand, der ihn interessierte. Kurz nach dem Geschäft parkte er und lief die paar Meter zurück. Ja, die Bauernmilchkanne in der Ecke war echt. Hier wurde ihre Nützlichkeit in Form eines Schirmständers präsentiert. Er würde sie vielleicht brauchen können und zwar für einen anderen Zweck. Das Geschäft wollte er sich merken.

Er ging zurück zu seinem Wagen und rangierte ihn aus der Parklücke. Ausschau hielt er nach einer Bank, von der er annehmen konnte, dass ihre Sicherheitsmaßnahmen sich in einem bescheideneren Rahmen hielten.

In Kirrlach fand er eine Sparkasse, die ihm für sein Vorhaben geeignet schien. Die nächsten größeren Polizeireviere befanden sich vermutlich in Mannheim, Heidelberg und Karlsruhe. Von all diesen Großstädten lag die kleine Gemeinde etwa gleich weit entfernt.

Eine Liveübertragung aus dem Schalter- oder Tresorraum war bei dieser kleinen Filiale nahezu ausgeschlossen. Wie vieler Monitore hätte es bedurft, um alle Banken im Einzugsgebiet zu überwachen? Zu viele, um sie alle zu besetzen, wenn man die Personalknappheit der Polizeibehörde in Rechnung stellte. Selbst, wenn es einem Bankmitarbeiter gelingen sollte, den Alarmknopf zu drücken, dauerte es wahrscheinlich eine Weile, bis ein oder mehrere Streifenwagen eintreffen würden. Es sei denn, dass zufälligerweise einer in der Nähe herumkurvte. Aber das war unwahrscheinlich.

Er parkte schräg gegenüber dem Geldunternehmen und stellte den Rückspiegel so, dass er das Areal vor dem Eingang im Auge behielt. Er nahm eine halb liegende Stellung ein. Passanten, die ihn bemerkten, mochten glauben, dass er auf einen Mitfahrer wartete und dass er die Zeit nutzte, um ein wenig zu entspannen.

Eine junge Frau, die einen Kinderwagen schob, hielt vor der gläsernen Eingangstür. Sie beugte sich über das Gefährt und machte sich im Inneren zu schaffen. Zwei junge Männer spazierten vorbei und blickten kurz auf sie herab. Die Frau ließ sich nicht ablenken. Auch nicht von einem älteren Paar, das sich ein bisschen indigniert an ihr vorbeidrückte. Die beiden Alten verschwanden in der Bank. Die junge Mutter – Alexander nahm an, dass es sich bei dem Kind um ihr eigenes handelte – schien von ihrer Aufgabe so in Anspruch genommen, dass sie nichts um sich wahrnahm. Er verspürte eine unsinnige Lust, aus dem Auto zu springen, hinüberzulaufen und ihr auf den Hintern zu klatschen. Ihr Verhalten war zu bestrafen. Jemand musste ihr klarmachen, dass es außer ihrem Kind noch andere Menschen, zum Beispiel ihn, gab.

Ein junger Mann flitzte auf einem Mountainbike heran, vollführte ein kleines Schauspiel, indem er, bevor er abstieg, noch eine Weile im Stand auf seinem Zweirad die Balance zu halten versuchte. Dann sprang er ab. Er

schlang ein Stahlseil kunstvoll durch die Speichen und um den Rahmen und letztlich um einen Laternenmast und verband die beiden Enden mit einem Schloss. Er streckte sich und stolzierte gemessenen Schrittes auf den Eingang der Bank zu, als müsse er demonstrieren, dass er sich, obwohl er ein Trikot und einen Fahrradhelm trug, des Eintritts in eine andere Welt bewusst sei.
Nach einer Weile verließ er die Bank wieder mit zufriedener Miene. Offensichtlich hatten sich seine Erwartungen im Innern des Gebäudes erfüllt. Er befreite die Speichen seines Bikes von dem Stahlseil und auch von dem Laternenpfahl, an den es gekettet war. Er schwang sich in den Sattel und trat energisch in die Pedale.
Ganz anders ein älteres Paar. Es verharrte, nachdem es wieder ins Freie getreten war, noch vor der Bank. Entgeistert starrte es auf ein Papier, das wohl die Geldbewegungen auf ihrem Konto verzeichnete. Der Mann versuchte der Frau etwas zu erklären. Sie aber schüttelte verständnislos, vielleicht auch nur enttäuscht den Kopf. Dann stapften beide davon, wobei der Mann der Frau diskret unter den Arm griff.
Alexander bemerkte, wie die Belanglosigkeit der Vorgänge ihn einzuschläfern begann. Seine Gedanken fingen an, sich zu verselbstständigen. Er dachte an die Zeit, kurz nachdem er nach Deutschland zurückgekommen war. Damals wartete er regelmäßig auf die Überweisung der Hartz-IV-Gelder. Auf sie war er dringend angewiesen. Öfter hatte er den Eindruck, das Geld sei bereits überwiesen, die Bank aber zögere die Bekanntgabe der Verbuchung noch zwei, drei Tage hinaus, um in den Besitz

von zinsfreiem Investitionskapital zu kommen. Später ging er dann dazu über, sein Konto zu überziehen. Er riss ein immer größeres Loch auf. Bis ihn der Direktor eines Tages zur Seite nahm und ihn bat, sein Konto von nun an im Haben zu führen. Da beschloss er, sich einer solchen Schmach nie mehr auszusetzen. In Zukunft würde er sich das Geld nehmen, das er benötigte.

So begann es. Anfänglich genügte es, mit kleinen Tricks zu arbeiten, zum Beispiel, indem er in fremden Städten vor Parkuhren Passanten fragte, ob sie ihm aus der Patsche helfen und einen Schein in Münzgeld wechseln könnten. Unglaublich, wie leichtsinnig die Menschen sind, wenn man an ihre Hilfsbereitschaft appelliert. Er riss ihnen einfach das Portemonnaie oder die Brieftasche aus der Hand und rannte davon. Später genügten ihm solch meist nur kleinen Beträge nicht mehr. Schon gar nicht, als er Stück für Stück der Spielleidenschaft verfiel und es ihm zur Gewohnheit wurde, Frauen mit finanzieller Großzügigkeit zu imponieren. Bis ihn Krause als V-Mann anwarb. Aber auch mit der Vergütung seiner Spitzeltätigkeit konnte er nicht das Leben führen, das ihm vorschwebte.

Alexander fiel auf, dass die Bank offensichtlich bereits seit längerer Zeit geschlossen war. Dennoch hatte niemand mehr das Gebäude verlassen. Wahrscheinlich mussten die Mitarbeiter nach Einstellung des Publikumsverkehrs noch Büroarbeit verrichten.

Erst nach 18 Uhr wurde das Metallgitter einer Einfahrt am rechten Rand des mehrstöckigen Hauses durch einen Mechanismus nach oben gezogen. Drei Pkws verließen den Innenhof und die stählerne Absperrung senkte sich wieder. Eine Frau, in der er eine weitere Mitarbeiterin der Bank vermutete, verließ das Gebäude ebenfalls über den Hintereingang und auf diesem Weg zu Fuß.

Alexander startete den Wagen, fuhr ein kurzes Stück und parkte ein paar Hundert Meter entfernt auf dem Platz eines REWE-Supermarkts. Er stieg aus, schlenderte den Bürgersteig entlang zurück zur Bank und warf einen Blick in die vergitterte Toreinfahrt. Der Innenhof bot mehr Platz, als die drei Autos der Bankangestellten benötigten.

In den folgenden Tagen setzte er seine Beobachtungen fort. Er stellte fest, dass Mittwoch- und Freitagabend regelmäßig ein Geldtransporter erschien und vor dem Metallgitter der Einfahrt stoppte. Es schob sich nach oben. Hinter dem Fahrzeug senkte es sich wieder.

Er müsste also kurz vor Ausschluss des Publikumsverkehrs darauf achten, dass niemand mehr die Bank betrat. Er würde in den Raum stürmen und einen Angestellten zwingen, die Räume zu verschließen. Sollten sich noch mehrere Angestellte im Innern aufhalten, würde einer von ihnen die Hände und Füße der anderen mit Klebeband fesseln müssen.

Dann würde er den Filialleiter auffordern, ihn in den Tresorraum zu führen und den Panzerschrank zu öffnen. Er würde auch ihn mit Klebeband daran hindern, in nächster Zeit Hilfe herbeizurufen. Allen Angestellten würde er die Autoschlüssel abnehmen und mit einem der Wagen würde er das Gelände verlassen. Auf dem Parkplatz des REWE-Supermarkts würde er in sein eigenes Auto umsteigen und dann zu seiner Wohnung fahren. Für diesen Zweck empfahl es sich vielleicht, sich Tüten von diesem Discounter zu besorgen. Dann würde das Umladen weniger auffallen. Also beschloss er, in dem Geschäft einzukaufen.

* * *

Hauptkommissar Bode rief in Mannheim an. Er erwischte Kriminalkommissar Stein. Ihm teilte er mit, dass er heute etwas später kommen werde. Manchmal gebe es Angelegenheiten zu erledigen, die keinen Aufschub duldeten. Und heute habe er die Firma einbestellt, die seine Heizanlage warte, damit der Schornsteinfeger, der sie anschließend überprüfen wolle, nichts zu beanstanden habe. Bode hatte sich Unterlagen mitgebracht. Die wollte er studieren, während der Heizungsmonteur im Keller arbeitete. Der Bericht der Spurensicherung im Fall der beiden Altrheinleichen: An der Innenseite der Folie konnte tatsächlich DNA-Material gesichert werden. Offenbar hatte sich dort eine Luftblase gebildet. Sie verhinderte, dass die wertvollen Hinweise vom Wasser abgewaschen wurden. Die analysierte DNA wurde in eine Datenbank eingegeben und ihre Struktur mit der anderer verglichen. Und dabei stellte sich heraus, dass der genetische Fingerabdruck mit Spuren identisch war, die im Zusammenhang mit einer ganzen Reihe von Schwerverbrechen und leichteren Delikten zurückgelassen wurden.
Bode hörte den Handwerker im Heizungskeller arbeiten, Geräusche, als würde ein großes Tier an einem giganti-

schen Keks knabbern. Plötzlich vernahm er die Stimme des Heizungsinstallateurs vom Treppenaufgang her mit einem Anklang von Verzweiflung: »Das hat ja alles keinen Sinn, Herr Bode.«

Widerwillig erhob sich Bode vom Tisch und ging dem Mechaniker entgegen.

»Was gibts?«

»Ihr Heizungskessel ist kaputt.«

»Was heißt das? Müssen Sie den jetzt reparieren?«

»Den kann man nicht reparieren. Sie brauchen eine neue Anlage.«

»Eine neue Anlage?«

Bode stand sofort die Unbill vor Augen, die jetzt auf ihn zukommen würde. Handwerker im Haus und das mehrere Tage. Wer sollte sie beaufsichtigen? Der Schmutz, den sie verbreiten würden, ganz abgesehen von den Kosten.

»Gibt es keine andere Möglichkeit?«

Dcr Installateur schuttelt entschieden den Kopf.

»Und wann können Sie diese einbauen?«

»Ich werde jetzt in das Geschäft zurückfahren und wir werden uns erkundigen, wann sie geliefert werden kann. Ich denke, innerhalb der nächsten 14 Tage. Wir geben Ihnen dann Bescheid.«

Bode gab sein Einverständnis. Dann beugte er sich wieder über seine Papiere:

Unglaublich! 1993 wurde in Idar-Oberstein eine 63-jährige Rentnerin brutal mit einem Blumendraht ermordet. Auf einer Tasse wurde ein genetischer Fingerabdruck gefunden. Damals war die Analysetechnik noch nicht so

weit entwickelt, um die DNA zuordnen zu können. Erst 2001 hatte man in Freiburg dieselbe DNA auf der Schublade eines 61-jährigen Mannes entdeckt. Er war mit mehreren Gürteln erdrosselt worden. 2003 wurde in ein Dietzenbacher Büro eingebrochen. Das Phantom hinterließ eine identische DNA. Sie fand sich im selben Jahr auch in Heilbronn auf dem Tankdeckel eines gestohlenen Pkws. Weiterhin tauchte eben diese Struktur in Zusammenhang mit einem Überfall auf einen vietnamesischen Edelsteinhändler im französischen Arbois auf. Ebenso bei einer gewaltsamen Öffnung eines Gartenhauses in Österreich und verschiedenen Einbrüchen in der Gegend um Karlsruhe und Saarbrücken. Nicht zuletzt stand sie auch mit dem Überfall auf eine Polizistin und auf einen Polizisten in Heilbronn in Zusammenhang.
Der genetische Fingerabdruck war einer aus dem osteuropäischen Raum stammenden Frau zuzuordnen. Sie musste sich im Obdachlosen- und Drogenmilieu bewegen und verstand es, ebenso raffiniert wie skrupellos vorzugehen.
Hauptkommissar Bode glühten die Ohren. Endlich einmal ein interessanter Fall – und solche Dimensionen. Er musste sofort nach Mannheim hinüberfahren und sich mit den ermittelnden Kollegen in Verbindung setzen. Vor Aufregung hätte er fast die Probleme mit seiner Heizung vergessen. Ihm fiel ein, dass er einen Kostenvoranschlag einfordern sollte, bevor er den Auftrag vergab, und er griff zum Telefon.
Er merkte, dass der Geschäftsführer stutzte. Dann lenkte er ein. Okay, er werde alles zusammenstellen. Ein Ange-

bot werde ihm in den nächsten Tagen zugehen. So lange werde ein möglicher Auftrag ruhen.

* * *

Er benötigte fast den ganzen Tag, um den Überfall vorzubereiten. Im Kleiderschrank suchte er die ältesten Klamotten aus. Damit konnte er sichergehen, dass sich niemand mehr an ihren Erwerb erinnerte noch, dass sie überhaupt mit ihm in Verbindung gebracht wurden. Ebenso verfuhr er mit den Schuhen. Er zog eine Sturmhaube über, krempelte sie aber hoch und verbarg sie unter einem Hut.
Er steckte die zwei großen Plastiktüten mit dem Aufdruck ›REWE‹ in die Manteltasche. Die müssten reichen. Er hatte keine Ahnung, wie viel Geld die Bank vorrätig hielt, aber er würde nicht mehr mitnehmen, als er mit beiden Händen tragen konnte. Er fuhr auf der Landstraße nach Kirrlach und stellte sein Auto auf dem Parkplatz des Supermarktes ab.
Alexander schlenderte wie ein Spaziergänger um die Ecke. Zwölf Minuten benötigte er zu Fuß zur Bank. Mit dem Wagen zurück würde er vielleicht eine Minute brauchen. Vor der Bank verharrte er kurz und blickte sich noch einmal um. Kein Kunde mehr in der Nähe. Niemand, der noch knapp vor Ende der Öffnungszeit in den Schalterraum schlüpfen wollte.
Schon während er auf den Eingang der Bank zuschlenderte, spürte er die Erregung. Sie war dabei, sich vom

Stadium der Angst in einen Zustand höchster Anspannung zu verwandeln. Er konnte sich einer höchsten Klarheit im Kopf und einer höchsten Reaktionsbereitschaft in seinen Gliedern sicher sein.

Jetzt lüpfte Alexander kurz den Hut und zog die Gesichtsmaske herunter. Dann stürmte er in das Gebäude.

»Überfall«, brüllte er und fuchtelte mit dem Revolver.

Die drei Angestellten waren offensichtlich dabei, ihren heutigen Arbeitstag zu beenden und die noch anstehenden Abläufe in Ordnung zu bringen. Eine Dame saß am Schreibtisch und ging Papiere durch. Ein Mann schaute ihr über die Schulter. Eine weitere Dame stützte sich stehend auf der Arbeitsplatte ab und wollte gerade eine Schublade herausziehen. Alle drei blickten ihn erstaunt und ungläubig an. Der Mann, offenbar der Geschäftsführer, hob als Erster die Hände, obwohl Alexander noch keinen Befehl erteilt hatte. Die beiden Frauen folgten seinem Beispiel.

Alexander forderte die drei auf, hinter dem Tresen hervorzukommen und sich mit dem Gesicht gegen die Wand zu stellen, und zwar in einer Ecke, die vom Eingangsbereich nicht einsehbar war. Dann befahl er dem Direktor, die Tür zu verschließen. Wer herrschen will, muss erst dienen lernen. Wer befehlen will, muss bereit sein, zu gehorchen. Solche Grundsätze waren dem Geschäftsführer wahrscheinlich in Fleisch und Blut übergegangen. Ohne auch nur im Geringsten zu zögern, kam er der Aufforderung nach.

Alexander dirigierte die Drei in einen Nebenraum, holte das Klebeband aus der Tasche und befahl dem Direktor,

Füße und Hände seiner beiden Mitarbeiterinnen zu fesseln und einen Streifen auf ihren Mund zu drücken. Im übertragenen Sinn vielleicht ebenfalls für den Vorgesetzten keine ungewöhnliche Maßnahme. Willig führten alle Beteiligten die Anordnungen aus. Alexander drohte zurückzukommen. Er werde kontrollieren, ob jemand versuchen würde, sich zu befreien.

»Mit Sicherheit eine Übung für Lebensmüde«, warnte er. Den Direktor schob er vor sich her in den Tresorraum. Dort ließ er ihn den Geldschrank öffnen. Danach fesselte und knebelte er den Bankchef und band ihn an die Metallstäbe des Gitters, die den Tresorraum absichern sollten. Dann packte er in aller Ruhe das bereitliegende Geld in die mitgebrachten Plastiktüten. Er griff dem Gefesselten noch einmal in die Tasche und eignete sich alle Schlüssel an, auch den Autoschlüssel. Die gefüllten Einkaufstüten trug er durch den Hinterausgang hinaus.

Die Fernbedienung des Schlüssels funktionierte. Die Begrenzungslichter des Wagens begrüßten ihn. Ein kurzes Knacken verriet, dass die Schlösser entriegelt wurden. Alexander warf die Kunststofftüten in den Kofferraum, überlegte kurz, ob er noch einmal in das Gebäude zurückgehen sollte, entschied dann aber doch, sich schleunigst zu entfernen. Er setzte sich in den Wagen und startete.

Vor dem Gittertor ein Pfosten mit einem BKS-Schloss. Aus der Anzahl von Schlüsseln, die er dem Direktor aus der Hosentasche gefischt hatte, musste er den passenden finden. Das Gittertor rollte sich hoch und Alexander konnte das Areal ungehindert verlassen. Er chauffierte den Wagen hinüber zum REWE-Markt. Er lud das Geld in den alten Ford Kombi um, den er dort abgestellt hatte. Den Mercedes ließ er zurück und fuhr mit seinem Wagen hinüber zur Autobahn.

* * *

Die Tür des Arbeitszimmers öffnete sich nur einen Spalt. Der blonde Kopf von Maike Wohlgemut erschien.

»Störe ich?«

»Kommen Sie herein«, rief Hauptkommissar Bode.

Maike Wohlgemut postierte sich ihm gegenüber vor seinem Schreibtisch, legte die rechte Hand ans Kinn, senkte den Kopf und druckste etwas herum.

»Was gibts?«

Bode schlug den Ordner zu, den er eben studiert hatte.

»Tja, wie soll ich anfangen? Ich habe mich mit einem uns nahestehenden Mitarbeiter angefreundet. Angefreundet ist vielleicht schon etwas zu viel gesagt. Wenigstens haben wir uns ein paar Mal getroffen, privat.«

»Wir sollten uns hüten, Dienstliches mit Privatem zu vermischen, das stimmt. Ausdrücklich verboten sind private Kontakte unter Kollegen eigentlich nicht.«

»Schon klar.«

Maike Wohlgemut zog einen Stuhl heran und setzte sich, ohne dass sie dazu aufgefordert worden wäre, ihrem Chef gegenüber.

»Das Beunruhigende an dieser Geschichte ist, dass der Kollege mir angeboten hat, nebenher noch ein kleines Taschengeld zu verdienen.«

Bode zog die Augenbrauen hoch.
»Und womit?«
Maike Wohlgemut beugte sich über den Schreibtisch ihrem Chef entgegen.
»Ich sollte ihm bei Gelegenheit behilflich sein, Ermittlungen in eine ganz bestimmte Richtung zu lenken.«
»Und wie?«
»Zum Beispiel, indem ich gelegentlich Beweisstücke wie Fingerabdrücke oder DNA-Proben austausche oder Asservate verschwinden lasse.«
Bode pfiff leise durch die Zähne.
»Hat er dabei schon einen bestimmten Fall angesprochen?«
Die Kriminalkommissarin lehnte sich auf dem Stuhl zurück.
»Noch nicht. Ich habe mir Bedenkzeit auserbeten. Eigentlich wollte ich die Angelegenheit damit im Sande verlaufen lassen. Ich hoffte, dass Schröder nicht mehr darauf zurückkommt.«
»Schröder? Meinen sie den Assistenten unseres Rechtsmediziners?«
»Kennen sie ihn?«
»Näher nicht. Ich weiß nur, dass er selbst noch nicht lange im Rechtsmedizinischen Institut beschäftigt ist. Sein Angebot aber ist mehr als bedenklich. Möglicherweise hat e r die Projektile verschwinden lassen, die unser Rechtsmediziner aus den Leichen der beiden Georgier entfernt hat.«
»Was meinen Sie, könnte er damit bezwecken?«
»Das weiß ich nicht. Das können wir nur in Erfahrung

bringen, wenn wir wissen, wer sein Auftraggeber ist.«
»Sie sollten ihn verhören.«
Bode überlegte.
»Einen Mitarbeiter einer uns nahestehenden Institution? Sehr problematisch. Ich glaube nicht, dass wir ihn dazu bringen, ein Geständnis abzulegen.«
»Immerhin könnte ich bezeugen, dass er mich zu ähnlichen Aktivitäten anstiften wollte.«
»Da stünde Aussage gegen Aussage. Nachweisen könnten wir ihm das nicht.«
»Wir könnten ihn überwachen lassen.«
»Wenn er davon Wind bekommt, geht der Schuss nach hinten los. Ich bin noch nicht lange genug in dieser Dienststelle, um zu wissen, wem ich trauen kann und wem nicht.«
»Mir können sie auf jeden Fall trauen«, lachte Maike Wohlgemut.
Bode dachte nach.
»Und wenn Sie zum Schein erst einmal auf das Angebot von Schröder eingehen würden? Vielleicht, dass wir auf diese Weise mehr in Erfahrung bringen.«
Maike Wohlgemut stemmte sich vom Schreibtisch empor.
»Ich werde mich doch noch einmal mit Schröder treffen«, flüsterte sie, bevor sie das Arbeitszimmer verließ.

* * *

Beim Frühstück studierte Alexander die Zeitung. Hatte er etwas übersehen? Er blätterte sie nochmals durch, las alle Überschriften, überflog alle Artikel, in denen ein Hinweis hätte versteckt sein können. Nichts. Kein Wörtchen über seinen Banküberfall in Kirrlach.

War das Absicht? Konnte es sein, dass der Überfall noch gar nicht bemerkt wurde? Möglicherweise standen die Bankkunden vor verschlossenen Türen, wunderten sich zwar über die ungewöhnliche Situation, unternahmen aber nichts. Statt Abhilfe zu schaffen, verschoben sie ihre Bankgeschäfte auf den nächsten Tag, dann auf den übernächsten und den überübernächsten.

Möglicherweise quälten sich die in den Räumen eingeschlossenen Personen noch immer in ihrer Fesselung. Sollte er selbst bei der Polizei anrufen und auf die Situation hinweisen? Vielleicht hielt man aber die Informationen über seinen Bankraub bewusst zurück. Vielleicht wartete man nur darauf, dass er sich zu einer solchen oder ähnlich unbedachten Handlung hinreißen ließ. Vielleicht war es auch die Bank, die eine Zeitungsmeldung verhinderte, weil sie ihre Kunden nicht verunsichern wollte. Vielleicht lag aber auch nur eine Kommunikationspanne vor.

Statt eines Hinweises auf seinen Banküberfall allerdings ein riesiger Artikel über einen Brand in Ludwigshafen. Vielleicht war es dieser Artikel, der die Nachricht von seinem Banküberfall verdrängt hat. Der Bericht war durch mehrere großformatige Fotos illustriert. Auf ihnen Feuerwehrleute im Einsatz, vor ihren schweren Wagen, auf Leitern, ein Sprungtuch umringend, mit Löschschläu-

chen auf ein Gebäude zielend, mit Sauerstoffflaschen auf dem Rücken und Atemmasken vor dem Gesicht. Reiner Zufall, dass es keine Toten gegeben habe.
Vermutet wurde Brandstiftung. Zwei Kinder wollen einen fremden Mann beobachtet haben. Der habe sich im Erdgeschoss des Treppenaufgangs zu schaffen gemacht. Ein Anschlag mit ausländerfeindlichem Hintergrund? Das Haus wurde ausschließlich von Türken bewohnt. SS-Runen, in die Backsteine der Außenwände eingeritzt, verwiesen auf rechtsradikale Elemente. Die ganze Gegend wimmele von solchen Symbolen, in Form von Aufklebern an Straßenlaternen, an Hauswände gesprüht oder auf die Straße geschmiert. In der Nähe solle auch ein stadtbekannter Neonazi hausen. Die Bewohner mit Migrationshintergrund, die den Hemshof bevölkern, befürchteten den Beginn einer Hetzjagd. Ihre Sprecher aber riefen zur Mäßigung auf. Es bleibe abzuwarten, was die Ermittlungen ergäben.
Am Schluss des Berichts wurde die Bevölkerung um Mithilfe gebeten. Im Keller des Gebäudes hatte man ein silbernes Feuerzeug mit den Initialen AA gefunden, das ebenfalls abgebildet war. Es wurde gefragt, wer es schon einmal und bei welchen Personen gesehen habe. Zeugen sollten sich umgehend bei der Polizei melden.
Natürlich erkannte Alexander sofort das Geburtstagsgeschenk seiner Mutter und er erinnerte sich, dass er es bei einem Treffen mit seinem V-Mann-Führer, nachdem er kurz auf die Toilette gegangen war, vermisst hatte. Danach hatte er es versäumt, sich über diesen Vorgang Klarheit zu verschaffen, obwohl er sich das vorgenom-

men hatte. Wie kam sein Feuerzeug in den Keller dieses Hauses?
Alexander faltete die Zeitung zusammen und holte seine Tasche mit den Saunasachen. Etwas Entspannung konnte nicht schaden. Also würde er hinüber nach Weinheim fahren und im Miramar ein paar Stunden relaxen.

* * *

Als Bode in sein Arbeitszimmer kam, erwarteten Maike Wohlgemut und Klaus Stein ihn mit Neuigkeiten. Die Kollegen, die den Wohnhausbrand in Ludwigshafen untersuchten, hatten ihm mitgeteilt, dass es sich mit großer Wahrscheinlichkeit um Brandstiftung handele. Sie hätten DNA sichergestellt. Sie sei mit der an den georgischen Leichen entdeckten identisch. Also auch mit der, die mit der ermordeten Polizistin in Heilbronn und vielen anderen mysteriösen Straftaten in Verbindung stünden. Was die Überprüfung der möglichen Verkaufsstellen von Kunststofffolien und Klebestreifen betraf, waren sie allerdings noch auf keine heiße Spur gestoßen.
Viele glaubten, sich an Männer oder Frauen, an Einzelpersonen oder Gruppen erinnern zu können. Manche erzählten das Blaue vom Himmel herunter. Wenn Maike Wohlgemut und Klaus Stein nachfragten, schmolz der Wahrheitsgehalt solcher Aussagen schneller als Schnee in der Sonne. Entweder das Datum konnte mit dem der Tat nicht in Einklang gebracht werden oder es lagen überhaupt keine überprüfbaren Anhaltspunkte vor. Maike Wohlgemut und Klaus Stein kannten solche Ver-

haltensweisen. Sie wussten, dass die Betreffenden dazu neigten, sich wichtig zu machen, oder gar hofften, eine ausgeschriebene Belohnung zu ergattern.
Maike Wohlgemut hatte noch eine weitere Neuigkeit zu verkünden. Ob Bode auch von dem Banküberfall in Kirrlach gehört habe. Die Kollegen aus Karlsruhe hätten den Fall übernommen. Das Interessante an ihrer Vorgehensweise: Im Augenblick wollten sie möglichst wenig, eigentlich nichts an die Öffentlichkeit geben. Ob er wisse was dahinterstecke.
Bode schüttelte nachdenklich den Kopf.
Da müsse es irgendwelche Anweisungen von oben geben, mutmaßte er. Etwas anderes könne er sich nicht vorstellen.

* * *

Alexander befand sich gerade auf dem Weg nach Weinheim. Da spürte er durch das Vibrieren in seiner Hosentasche, dass ihn jemand sprechen wollte. Er sah keine Möglichkeit, rechts heranzufahren oder auf einen Parkplatz auszuweichen. Auch war seine Karre zu alt, um mit einer Freisprechanlage ausgestattet zu sein. So nahm er das kleine Gerät, drückte auf Empfang und hielt es sich ans Ohr.
Obwohl der Teilnehmer am anderen Ende der Leitung sich nicht mit seinem Namen meldete, erkannte er ihn sofort. Die Stimme bellte ungewöhnlich rüde.
»Haben Sie uns etwas zu erklären?«
Was konnte der Angriff bedeuten? Hatte sein V-Mann-

Führer von seinem Banküberfall Wind bekommen? Vorsichtshalber gab sich Alexander ignorant.
»Ich wüsste nicht was.«
Unwillkürlich war Alexander vom Gas gegangen. Hinter sich beobachtete er einen BMW-Fahrer, der heftig die Lichthupe bediente. Bereitwillig wechselte Alexander von der Überholspur auf die rechte Seite. Dem BMW-Fahrer schien das nicht zu genügen. Er blieb eine Weile gleichauf, schüttelte den Kopf und fuhr mit der flachen Linken vor seinem Gesicht auf und ab. Dann brauste er davon.
»Dann will ich es Ihnen sagen.« Die Stimme aus dem Handy traf sein Ohr wie ein Schlag, legte aber dennoch eine kurze Pause ein und gab ihm Gelegenheit, zu reagieren.
»Da bin ich gespannt.«
Krause schien sich nun doch um mehr Sachlichkeit zu bemühen. Jedenfalls tönte es nun weniger aggressiv aus dem Hörer: »Es handelt sich um die beiden Georgier, die man ermordet aufgefunden hat.«
Alexander beobachtete im Rückspiegel, dass die Autos hinter ihm zum Überholen ansetzten. Er fing also an, zum Verkehrshindernis zu werden. Unwillkürlich gab er Gas.
»Ich habe davon in der Zeitung gelesen. Das habe ich Ihnen doch bereits erzählt.«
Alexander gelang es nicht ganz, dem Satz eine Prise gelangweilte Empörung beizumischen.
»Wir wissen, dass Sie es waren, der die beiden umgebracht hat.«
Alexander war versucht, eine Vollbremsung hinzulegen,

so sehr durchzuckte ihn ein geradezu schneidender Schreck. Er blickte auf den Tacho und versuchte, die Nadel bei hundert zu halten.

»Was für ein Unsinn«, stotterte er.

»Das können wir Ihnen nachweisen.«

Eine unausweichliche Überlegenheit beherrschte jetzt die Stimme Krauses. Auf eine demonstrativ nach außen gekehrte Empörung oder andere emotionale Nuancen in seiner Stimme schien er nun nicht mehr angewiesen.

Aus den Augenwinkeln beobachtete Alexander, dass die Fahrer, die ihn überholten, vorwurfsvoll zu ihm herüberblickten. Sie schüttelten den Kopf und zeigten ihm den Vogel oder den Mittelfinger. Er war viel zu sehr mit dem Gespräch beschäftigt, um darauf reagieren zu können.

»Und wie?«, setzte er sich matt zur Wehr.

»Denken Sie, wir stellen Ihnen einen Wagen zur Verfügung, ohne ihn vorher zu präparieren?«

Alexander verspürte Krauses Sätze wie Faustschläge in der Magengegend. Sie raubten ihm die Luft. Er musste aufpassen, dass er nicht die Kontrolle über seinen Wagen verlor. Er war völlig außerstande, zu reagieren.

»Und wir können genau rekonstruieren, welche Wege Sie am Tag der Tat zurückgelegt haben«, fuhr sein Vorgesetzter unbeirrt fort. »Wir haben die Strecken selbst abgefahren. Von dem Platz in Mannheim aus, auf dem sich die Gebrauchtwagenhändler treffen, zu der kleinen Scheune, vor der die beiden Männer erschossen wurden. Danach sind Sie erst zu Ihrer Wohnung und anschließend pikanterweise ins Miramar nach Weinheim gefahren. Am nächsten Tag sind Sie an den Tatort zurückgekehrt. Zwei Tage später noch einmal. Das zweite Mal haben Sie sich dort länger aufgehalten. Vermutlich hat es eine Weile gedauert, bis Sie die Leichen in Kunststofffolie verpackt und im Kofferraum verstaut haben. Aufgrund der verzeichneten Routen konnten wir auch ohne Schwierigkeit feststellen, wo Sie die Folien gekauft haben, nämlich in einem Baumarkt in der Nähe von Oggersheim. Die toten Körper haben Sie zu diesem Altrheinarm bei Sandhofen transportiert und ins Wasser geworfen. Dort wurden sie ja auch vor drei Wochen gefunden.«

Was sollte Alexander antworten. Wie konnte die Behörde, für die er arbeitete, so lückenlos die gefahrenen Wege rekonstruieren? Und wieso rückten sie erst jetzt, nach einem halben Jahr, damit heraus? Warum machte sein Vorgesetzter ihn darauf aufmerksam, anstatt ihn festzunehmen?

Er könnte jetzt versuchen, sich herauszureden, etwa behaupten, sein Wagen sei ihm für kurze Zeit entwendet und dann zurückgestellt worden. Sollte er beteuern, er habe die beiden Georgier beseitigen müssen, um einem islamistischen Anschlag zuvorzukommen? Das alles ging ihm durch den Kopf und er spürte, dass die Pause zu lang wurde. Sein V-Mann-Führer schien den Überraschungseffekt zu genießen und ließ ihm Zeit. Er musste jetzt antworten.

»GPS?«, rutschte ihm heraus.

»Jede Spedition verwendet heute solche Geräte. Warum sollten gerade wir darauf verzichten? Wir sind und waren imstande, Sie jederzeit zu orten, auch jetzt. Ich sehe, dass

Sie sich offenbar wieder auf dem Weg nach Weinheim befinden.«

Fast wäre Alexander gegen die rechte Leitplanke gebrummt. Es gelang ihm gerade noch, das Steuer wieder herumzureißen.

Wenn es sich so verhielt, dann wusste sein Arbeitgeber über sein ganzes Leben Bescheid, wie oft er das Miramar besuchte oder die Spielbank oder Maruschka. Auch über seinen Banküberfall waren sie vermutlich genau im Bilde. Wie sollte er jetzt reagieren. Auf keinen Fall durfte er sich auf irgendetwas festlegen. Er musste Zeit gewinnen, Zeit, um nachzudenken. Zeit, um den Kopf noch einmal aus der Schlinge zu ziehen.

»Ich weiß, alles spricht gegen mich«, hauchte er. »Dennoch liegen die Dinge anders, als sie scheinen.«

»Wie soll ich das verstehen?«

»Ich brauche Zeit. Ich bin da einer ganz großen Sache auf der Spur. Ich habe herausgefunden, dass eine ganze Serie von terroristischen Anschlägen in der Bundesrepublik geplant sind. Tausende, wenn nicht Hunderttausende von Menschen werden sterben. Dahinter steht ein Netzwerk, das über ganz Deutschland verbreitet ist. Ich bin dabei, in den inneren Zirkel vorzudringen. Bevor man mir weitere Informationen anvertraut, hat man verlangt, dass ich einen Beweis meiner Loyalität liefere, dass ich mindestens einen Ungläubigen seiner gerechten Strafe zuführe.«

»Das soll ich Ihnen glauben?«

»Das müssen Sie mir glauben. Es steht zu viel auf dem Spiel.«

»Können Sie mir dafür einen Beweis liefern?«
»Noch nicht, aber bald.«
Der V-Mann-Führer schien nachzudenken. Dann entschied er zögernd: »Na gut. Ich werde das mit meinen Vorgesetzten besprechen. Sie werden von mir hören.«
Jetzt musste alles ganz schnell gehen. Sie waren ihm auf den Fersen. Der Gedanke, dass Krause jetzt auf einem Bildschirm genau verfolgte, welchen Weg er einschlug, brachte ihn auch ohne Sauna ins Schwitzen. Also gab er seinen Plan, sich im Miramar ein paar Stunden zu entspannen, auf.
Er steuerte den Wagen noch zum Autobahnkreuz Weinheim. Dort wendete er und fuhr zurück.

* * *

Bode studierte das Angebot, das ihm die Heizungsfirma, die eine neue Anlage installieren wollte, zugeschickt hatte.
»Dabei handelt es sich ja um ganz schöne Summen«, brummte er vor sich hin. Klugerweise sollte er vielleicht ein weiteres Angebot von einem anderen Unternehmen einholen.
Bode blätterte im Branchenverzeichnis und nahm den Telefonhörer zur Hand. Da müsse er sich die Heizung erst einmal ansehen, antwortete die Stimme am anderen Ende der Leitung. »Wann kann ich bei Ihnen vorbeikommen?«
Bode vereinbarte einen Termin. Danach machte er sich auf den Weg nach Mannheim.
Kaum war er in seinem Arbeitszimmer angekommen,

klopfte es an der Tür. Herein traten Kriminalkommissarin Wohlgemut und Kriminalkommissar Stein. Maike Wohlgemut überreichte ihm angewidert einen Packen Fotos, darauf eine übel zugerichtete Leiche.

»Der ermordete Obdachlose in Reilingen«, stöhnte sie. »Der oder die Täter haben dem Opfer SS-Runen in die Stirn geritzt. Die Kollegen, die den Fall bearbeiten, wollten uns darüber in Kenntnis setzen. Möglicherweise hat der Fall auch mit dem zu tun, den er beackern.«

Stein grinste: »Es würde mich nicht wundern, wenn auch hier die berüchtigte DNA-Spur auftauchen würde.«

Bode nickte: »Immer neue Zusammenhänge und sie werden immer abenteuerlicher. Manchmal habe ich den Eindruck, da will uns jemand auf den Arm nehmen.«

Er betrachtete die Fotos.

»Wenn wir wenigstens einmal auf einen konkreten Hinweis stoßen würden«, murmelte er.

Kriminalkommissar Stein schien diese Bemerkung als Kritik an seinen Ermittlungen aufzufassen.

»Wir sind schon unterwegs«, lachte er. »Alle Verkaufsstellen von Kunststofffolien und Klebestreifen habe wir noch nicht überprüft. Das heißt, ein Funke Hoffnung besteht noch.«

* * *

Er wusste, dass er bald an einer Tankstelle vorbeikommen würde.
Er bog also rechts ab und parkte in einer Seitenstraße. Was mochten seine Überwacher jetzt denken? Etwa, dass er kurz etwas einkaufen ging? Hier gab es keinen Laden. Oder dass er irgendwo einkehrte? Hier luden weder Restaurants noch Kneipen, noch Bars oder Cafés zur Einkehr ein. Vielleicht, dass er jemanden besuchte? Jemanden, der ihm aus der Patsche helfen könnte? Oder dass er seiner observierenden Arbeit nachging?
Er schloss den Wagen ab und machte sich zu Fuß auf den Weg zur Tankstelle. Er würde nur ein bisschen warten müssen und die Kunden beobachten. Er wusste, dass viele den Schlüssel im Zündschloss ließen, während sie in den Kassenraum gingen, um zu bezahlen. Den Moment würde er nutzen.
Er hätte viel früher zuschlagen können. Mehrere Fahrer luden ihn durch ihre Nachlässigkeit geradezu ein. Aber er zögerte. Bei neueren, besonders bei hochwertigeren Wagen war davon auszugehen, dass eine durch GPS überwachte Diebstahlsicherung eingebaut war. Das machte die Besitzer leichtsinnig. Also wartete er, bis sich bei einem älteren Modell die Gelegenheit bot. Es handelte sich um einen älteren Golf GTI, den er letztlich kaperte und mit dem er davonbrauste.
Alexander begab sich nach Hause. Er duschte noch einmal ausgiebig, packte ein paar Klamotten in einen Koffer, legte das Geld, das er erbeutet hatte, zwischen die Kleidungsstücke. Danach steuerte er einen Baumarkt an, in dem er einen Spaten, eine Schaufel und einen Pickel

kaufte. Er dachte daran, dass er bei seiner Suche nach einer Bank, die sich leicht überfallen ließ, in der Nähe von Wiesloch ein kleines Geschäft entdeckt hatte, das Bauernmöbel, rustikal gewirkte Stoffe und auch eine bemalte Milchkanne anbot.
Er fuhr mit dem gestohlenen Wagen hinüber. Die Kanne zierte eine Ecke des Schaufensters. Zwei Regenschirme ragten aus ihr heraus und deuteten eine mögliche Verwendung an. Der Preis, den die Antiquitätenhändlerin nannte, schien Alexander astronomisch. Auf eine Diskussion wollte er sich allerdings nicht einlassen. Also blätterte er die Scheine auf die Verkaufstheke.
Weiter ging es Richtung Hockenheim. Bei der Abfahrt nach Speyer lenkte er den Wagen in den Wald. Der Boden war sandig und Grabgeräusche wurden durch ein gleichmäßiges Rauschen, das von der nahen Autobahn herüberwehte, ummantelt. Er hob ein Loch aus, nicht allzu tief, versenkte die Milchkanne, füllte sie mit dem geraubten Geld und ein paar Kleidungsstücken, die er vielleicht im Notfall gebrauchen konnte. Er schaufelte eine dünne Schicht Erde darüber und bedeckte diese mit Ästen.
Er lenkte seinen Wagen Richtung Speyer. Vor dem regulierten Rheinbett wusste er einen noch urtümlichen Flussarm, der auch mit dem Auto leicht zu erreichen war. An einer versteckten Stelle warf er das Werkzeug ins Wasser. Auf dem Rückweg nach Mannheim suchte er, um Spuren an der Karosserie zu beseitigen, eine Waschanlage auf. Er parkte den Golf in der Nähe seines alten Ford Kombi.

Alexander überlegte, ob er überhaupt noch einmal einsteigen solle. Seine Vorgesetzten hatten ihn wahrscheinlich noch immer auf dem Bildschirm und würden ihn vermutlich weiter verfolgen. Aber wenn er die Karre hier zurückließe, würden sie erst recht Verdacht schöpfen. Sie würden vermuten, dass er sich absetzen wolle. Er beschloss, scheinbar wie gewohnt nach Hause zu fahren und dort den Wagen stehen zu lassen.
Er chauffierte den Ford Kombi in den Stadtteil Vogelstang zurück und parkte ihn vor seiner Wohnung. Er warf noch ein Blick hinauf zu den Fenstern. Dann rief er ein Taxi, das ihn zurück zu dem gestohlenen Wagen brachte. Den steuerte er hinüber nach Heidelberg und checkte im Marriott-Hotel ein.

* * *

Ihr Kollege Stein war unterwegs und Maike Wohlgemut nutzte die Gelegenheit und huschte hinüber zu Bodes Arbeitszimmer: »Chef, kann ich Sie kurz sprechen?«
»Worum gehts?«
Sie holte sich einen Stuhl und setzte sich, wie gewohnt, ihm gegenüber an seinen Schreibtisch.
»Ich habe mich tatsächlich noch einmal mit Schröder getroffen und so getan, als würde mich sein Angebot interessieren.«
»Sie meinen, dass Sie für ihn Ermittlungsergebnisse manipulieren, dass Sie Akten oder Beweismittel verschwinden lassen, Fingerabdrücke und DNA falsch zuordnen, das heißt: falsche Fährten legen.«

»Ich habe ihn gefragt, wozu das gut sein soll?«
»Und?«
Maike Wohlgemut fing an zu gestikulieren: »Schröder wurde ganz aufgeregt. Es gehe darum, Aktivisten vor Strafverfolgung zu schützen, hat er mit zitternder Stimme verkündet.«
»Was für Aktivisten?«
»Das hab ich ihn auch gefragt.«
»Und?«
»Er hat mir einen ganzen Vortrag gehalten. Wir könnten nicht zusehen, wie unser Land von ausländischen Geschäftsleuten, von Asylanten und Pennern ausgeplündert werde. ›Deutschland den Deutschen und zwar den tüchtigen‹, hat er fast geschrien. Es gebe eine Bewegung, die immer mächtiger werde. Und ich könnte mich ihr anschließen. Ich könnte mich nützlich machen, indem ich seine Anweisungen ausführe.«
»Was für eine Bewegung mag er gemeint haben?«
»Genau das hat auch mich interessiert. Wenn ich es wirklich ernst meinen würde, könne er mich ja mal mitnehmen zu einem ihrer Treffen, hat er geraunt. Ich habe so getan, als läge ich ideologisch ganz auf seiner Linie und als brenne ich darauf, Gleichgesinnte kennenzulernen.«
»Und? Hat es geklappt? Ich meine, hat er Sie tatsächlich zu einem solchen Meeting mitgenommen?«
»Stellen Sie sich vor, zwei Tage später schon. Und Sie glauben nicht, was ich da erlebt habe.«
»Machen Sie es nicht so spannend.«
»Der Hauptredner war ein Mann, den ich vom Sehen her kenne. Er taucht gelegentlich auch hier bei uns auf. Er

wurde uns allerdings nie vorgestellt. Ein Kollege eines beigeordneten Dienstes, eines Geheimdienstes, wie man auf den Fluren hinter vorgehaltener Hand munkelt.«

»Meinen Sie den Verfassungsschutz?«

»Auch er sprach davon, dass wir uns gegen ausländische Einflüsse zur Wehr setzen, dass wir unsere germanischen Wurzeln pflegen müssten.«

»Die Strategien des Verfassungsschutzes sind nicht immer leicht zu durchschauen. Es kann nicht ausgeschlossen werden, dass er eine rechtsradikale Organisation gründet, nur um herauszufinden, wer bereit wäre, sich in ihr zu engagieren. Ein solcher Vorgang wird unter anderem auch im Zusammenhang mit der Ermordung der Heilbronner Polizistin vermutet. Ihr Gruppenführer soll Mitglied einer vor nicht allzu langer Zeit ins Leben gerufene Ku-Klux-Klan-Gruppe gewesen sein. Besonders wenn V-Leute ins Spiel kommen, lässt sich schwer ausmachen, ob die entsprechenden Personen aus Überzeugung heraus agieren oder in eine Rolle schlüpfen.«

»Da muss ich ja aufpassen, dass ich nicht selbst in den Verdacht gerate, einer rechtsradikalen Ideologie anzuhängen«, lachte Maike Wohlgemut.

»In der Tat.«

Hauptkommissar Bode nickte ernst.

»Zum Glück hat das Gespräch mit dem rechtsmedizinischen Assistenten dann doch schnell eine Wende genommen. Er hat mir noch in Aussicht gestellt, dass meine gelegentliche Mithilfe bei der Manipulation von Beweisstücken mir auch finanziell nicht eben schaden würde.

Und da ist es mir herausgerutscht.«

»Was?«

»Ob er es war, der die Projektile, mit denen die beiden Georgier ermordet wurden, verschwinden ließ.«

»Und? Wie hat er reagiert?«

»Plötzlich ist Schröder ganz eisig geworden. Wir waren in seiner Wohnung. Er hat mich aufgefordert, zu gehen, hat mich praktisch hinausgeworfen. ›Unser Gespräch hat nie stattgefunden‹, hat er mir noch hinterhergebrüllt.«

Bode kratzte sich am Kopf.

»Wir haben nichts gegen Schröder in der Hand«, begann er bedächtig. »Im Augenblick scheue ich mich sogar, seinen Vorgesetzten, unseren Rechtsmediziner, über unseren Verdacht in Kenntnis zu setzen. Möglicherweise stecken die beiden unter einer Decke. Uns bleibt nur, ihm heimlich genauer auf die Finger zu schauen. Vielleicht, dass wir ihn irgendwann gleichsam in flagranti erwischen.«

Maike Wohlgemut erhob sich.

»Nun ist er ja selbst erst einmal gewarnt. Vermutlich wird er sich eine Weile mit seinen Aktivitäten zurückhalten.«

»Und wir wollen schauen, dass wir in der Zwischenzeit den Fall ›Altrheinleichen‹ abgeschlossen haben. Also ran an die Arbeit.«

Meike Wohlgemut winkte ihrem Chef komplizenhaft zu, als sie sein Arbeitszimmer verließ.

* * *

Der Mann an der Rezeption stutzte kurz, als Alexander erklärte, er gehöre zu den altmodischen Menschen, die gewohnt seien, bar zu bezahlen.
Natürlich zahle er das Zimmer mit Frühstück im Voraus. Der Angestellte fuhr in seiner Geschäftigkeit fort, als müsse er demonstrieren, dass er gewohnt sei, auch mit außergewöhnlichen Situationen fertig zu werden. Alexander schob einen Schein über den Tresen und flüsterte: »Für Sie.«
Das Zimmer entsprach seinen Erwartungen. Diese orientierten sich allerdings an seinen Erfahrungen mit Hotelzimmern allgemein. Allesamt waren sie so ausgestattet, dass man keine Lust verspürte, sich dort längere Zeit aufzuhalten.
Der Komfort solcher Unterkünfte erschöpfte sich darin, dass er sich bei der morgendlichen Toilette im Bad wohlfühlte, dass die Räumlichkeit, während er das Frühstück genoss, gesäubert und aufgeräumt wurde und dass er sich, was die Belange des täglichen Lebens betraf, praktisch um nichts zu kümmern brauchte. Er musste weder einkaufen noch spülen noch kochen noch den Tisch decken. Er äußerte Wünsche und im Rahmen der Möglichkeiten wurden sie erfüllt. Ihm standen ein Fernsehapparat und eine Minibar zur Verfügung. Ergänzt wurde die Schlafzimmereinrichtung durch zwei Sessel und einen kleinen runden Tisch.
Um hier den Tag zu verbringen, war der Raum weniger geeignet. Höchstens einen Abend und zwar vor dem Fernseher mit einigen Fläschchen Bier.
Seine Saunautensilien hatte er in seiner Wohnung auf der

Vogelstang zurückgelassen. Sonst hätte er in Erwägung gezogen, das Miramar in Weinheim aufzusuchen. Sich jetzt alles erst wieder zusammenzukaufen, lohnte den Aufwand nicht. Ob er Maruschka anrufen sollte? Es wäre klüger, sie aufzugeben. Sie könnte ihm jetzt zur Gefahr werden. Er sollte auch auf seine gewohnten Anlaufpunkte verzichten. Kein Besuch mehr im Spielkasino von Bad Dürkheim, kein Besuch mehr in der Nachtbar, in der Maruschka arbeitete, auch die Gaststätten und Kneipen, in denen er gelegentlich einkehrte, würde er in Zukunft meiden.

Was ihm jetzt fehlte, war Gesellschaft. Er könnte sich in die Hotelbar begeben. Aber auch da würde er in unangenehmer Weise mit seinem Alleinsein konfrontiert werden, ausgesetzt den Blicken von Paaren oder größeren Gemeinschaften, die für sich immer eine Festung bildeten. Wenn er Glück hatte, würde sich der Barkeeper seiner erbarmen und zwischen den vielen Handgriffen, die er hinter dem Tresen zu erledigen hatte, wenigstens ab und zu ein Wort mit ihm wechseln. Er könnte ihn auch fragen, wo sich in Heidelberg aus einer dunklen Nische heraus die Verrenkungen von Frauen verfolgen ließen, die während ihrer Vorführungen sich ihrer Hüllen entledigten und sie ins Publikum warfen. Oder er könnte ihn bitten, ihm eine Frau aufs Zimmer zu schicken. Ob er seinem Wunsch nachkommen würde? Vielleicht, wenn er einen Schein über die Theke schob. Vielleicht würde er sein Begehren auch höflich, aber mit einem leisen Unterton der Entrüstung, ablehnen.

Nein, er wusste nicht, wie lange er sich in diesem Hotel

aufhalten würde. Da hielt er es für klüger, die Gepflogenheiten nicht von vornherein zu strapazieren.
War dies das Leben, das er sich immer gewünscht hatte? Gewiss, es bot ihm viel Freiheit. Er musste sich nicht mehr von irgendeinem Vorgesetzten schikanieren lassen. Von dem üblichen Beziehungsstress ganz abgesehen.
Was er sich allerdings eingehandelt hatte, war eine unterschwellige Angst. Jeden Moment musste er damit rechnen, dass man ihm auf die Schliche kam, dass plötzlich die Tür aufgesprengt würde und Männer mit viel Geschrei und mit vorgehaltenen Waffen hereinstürmten, ob er gerade in der Badewanne saß, sich vor einem Spiegel rasierte oder sich im Bett vergnügte.
Aber vielleicht war es das, was er brauchte: Freiheit und den Nervenkitzel eines gefährlichen Lebens. Ihn lockte die Aussicht, die Gültigkeit von gesellschaftlichen Wertmaßstäben nicht anerkennen zu müssen. Dass er bereit war zu töten, erhob ihn über die breite Masse. Und wenn er noch mehr Geld erbeutete, würde er auch mehr Macht über andere gewinnen. Dann konnte er sich alles kaufen, wonach ihm gelüstete.
Alexander angelte sich die Fernbedienung des Fernsehers. Während der Apparat warm lief, öffnete er die Minibar und prüfte, was sie zu bieten hatte. Er entnahm ihr ein kleines Fläschchen Whisky. Damit fing er an.

* * *

Alexander stolperte die Treppe hinunter und an der Hotelrezeption vorbei. Sie war gerade nicht besetzt. Er wollte sich schon in den Frühstücksraum begeben, als sein Blick auf die Zeitungen fiel, die auf dem Tresen auslagen. ›Heiße Spur beim Georgiermord‹ prangte auf einer Ausgabe. Er nahm sie mit an seinen Tisch, bestellte ein Kännchen Kaffee und deckte sich am Büfett reichlich mit Nahrungsmitteln ein, mit Orangensaft, Joghurt und Müsli, Brötchen, Butter, Marmelade, Wurst, Käse und Obst. Mit einem über und über beladenen Teller kehrte er an seinen Platz zurück. Bevor er zu essen begann, nahm er sich erst einmal die Zeitung vor. Zu seinem Erstaunen las er, dass auch bei der Ermordung eines Obdachlosen in der Nähe von Reilingen ein rechtsradikaler Hintergrund nicht ausgeschlossen werde. Es seien zwar noch nicht alle Spuren ausgewertet, aber man vermute einen Zusammenhang mit dem Mord an den beiden Georgiern, dem Wohnhausbrand in Ludwigshafen, der Ermordung einer Polizistin in Heilbronn und vielen anderen kleineren Delikten und schweren Verbrechen.
Alexander schüttelte den Kopf.
›Wie kann man sich nur einen solchen Unsinn zusammenfantasieren‹, dachte er. An diesen Darstellungen stimmte nichts. Entweder die Ermittlungen bewegten sich komplett auf Holzwegen oder die Öffentlichkeit wurde bewusst in die Irre geführt. Fast hätte er Lust, die Sachverhalte richtigzustellen. Ob ihm jemand glauben würde? Die Behörde, für die er als V-Mann gearbeitet hatte, wusste doch Bescheid, zumindest was die Ermordung der beiden Georgier betraf. Da konnte der Verdacht

aufkommen, dass jemand im Hintergrund Zusammenhänge konstruierte, die nicht der Wirklichkeit entsprachen. Warum?
Andererseits konnten ihm solche Darstellungen nur recht sein. Bei solchen Falschmeldungen war es ihm möglich, sich weiterhin ungestört in der Öffentlichkeit zu bewegen. Wie lange noch?
Allerdings! Wenn es seinem ehemaligen Arbeitgeber gefiel, konnte er alles aufdecken. Alle Zeitungen würden auf ihn verweisen. Er würde nicht mehr ins Hotel zurückkehren können. In jedem Hotel Deutschlands liefe er Gefahr, erkannt zu werden, vielleicht in ganz Europa. Um sich ins Ausland abzusetzen, reichten seine Rücklagen nicht. Es würde ihm nichts anderes übrig bleiben, als noch einmal einen Überfall zu wagen. Aber ein solcher Coup musste geplant werden. Wo jedoch konnte er in der Zwischenzeit sicher unterkommen?
Während er ein Croissant in den Mund schob, studierte Alexander die Kleinanzeigen. Er stieß auf eine Annonce, die ein gebrauchtes Wohnmobil anbot. Zum Glück war eine Telefonnummer angegeben. Über sein Handy wollte Alexander nicht anrufen, auch nicht von einem Telefon des Hotels aus. Es war zu befürchten, dass es abgehört wurde. Er wusste, dass es beim Hauptbahnhof noch einen Telefonpunkt gab. Also beendete er sein Frühstück und schlenderte, die Zeitung unter dem Arm, hinüber. Er hatte Glück. Es nahm sofort jemand ab.
Alexander erzählte, dass er dringend ein Wohnmobil benötige. Das Geschäft müsse schnell über die Bühne gehen. Er plane eine Reise in die skandinavischen Län-

der. Er sei auch bereit, sofort und bar zu bezahlen, wenn ihm der Caravan zusage.
Heute habe er leider keine Zeit, bedauerte der Anbieter, auch in den nächsten zwei Tagen nicht. Dann aber könne man sich treffen. Und er teilte Alexander seine Preisvorstellung und seine Adresse mit. Wenn er seine Papiere mitbringe, fügte er noch an, könne man das Gefährt sofort ummelden.

* * *

Alexander fuhr nach Schwetzingen und weiter auf der Schnellstraße Richtung Hockenheim. Beim Abzweig nach Speyer bog er links ab, parkte den Wagen am Rand einer Straße, die kurz darauf vor einem Schlagbaum endete. Zu Fuß begab er sich in den Wald. Die Stelle, wo er die Milchkanne vergraben hatte, war leicht zu finden. Die Zweige in einer Anordnung, wie er sie zurückgelassen hatte. Alexander schob das dürre Geäst zur Seite, kratze die lose Erde vom Deckel der Milchkanne, hob zwei Bündel Scheine heraus und brachte alles wieder in Ordnung. Er fuhr über die Rheinbrücke nach Speyer und von dort Richtung Ludwigshafen. In Waldsee suchte er nach der Mozartstraße, die auf der Adresse verzeichnet war.
Ein kleiner, drahtiger Mann mit weißem Stoppelhaar öffnete. Er führte ihn in einen großen, gepflasterten, durch eine hohe Sandsteinmauer von der Straße abgetrennten Innenhof. Durch ein großes Holztor hätten selbst Lastwagen Eingang gefunden. Für Fußgänger war eine kleine Tür in die dicken Holzbretter eingelassen.

Unter einem Vorbau, von dem nicht klar war, wozu er ursprünglich gedient hatte, verhieß ein Caravan ebenso Komfort wie Flexibilität auch in der Fremde. Es handelte sich um ein großes Modell mit Halterungen auf der Rückseite, vielleicht für Fahrräder, Mopeds, Surfbretter oder andere im Urlaub zum Einsatz kommende Sportgegenstände.
Auf dem Dach versprach eine Satellitenschüssel eine Unzahl von digitalisierten Fernsehprogrammen.
»Hier steht das Schmuckstück«, krähte der Mann und deutete auf das Fahrzeug. »Eins A gepflegt, in allerbestem Zustand.«
»Warum wollen Sie das Gefährt verkaufen?«
Eine rhetorische Frage. Alexander wusste, dass ihr nicht aufrichtig entgegnet würde. Dennoch. Sie gehörte zum Ritual von Verkaufsgesprächen. Er würde sich verdächtig machen, wenn er sie nicht stellte.
»Den Kontinent habe ich kreuz und quer bereist. In meinem Alter wird man reisemüde. Die Zeit, die mir noch bleibt, werde ich höchstens noch mit Fernreisen oder Kreuzfahrten würzen. Ansonsten genieße ich nun auch das Zuhause.«
›Wahrscheinlich einer dieser Lehrertypen, deren Lebensinhalt im Reisen besteht‹, dachte Alexander. ›Machen sich auf Kosten der Steuerzahler ein schönes Leben. Und er musste sich mit riskanten Banküberfällen durchs Leben schlagen. Warum wollte er diesem Mann eigentlich so viel Geld geben? Warum legte er ihn nicht einfach um, setzte sich in das Gefährt und rollte davon?‹
Alexander schaute nach oben auf die Fenster. Es schien

ihm, als habe sich eine Gardine bewegt. Wurde er beobachtet? Dann würde er nach einem Mord nicht weit kommen. Besser, er kaufte das Wohnmobil ordnungsgemäß, auch wenn es fast seine gesamte Barschaft kostete, und meldete es ebenso ordnungsgemäß um. Damit würde er Zeit gewinnen. Er würde die Zeit nutzen, um eine andere Bank auszuspähen, die für einen Überfall geeignet schien. Vielleicht würde er danach noch eine weitere Bank ausrauben. Wenn er genügend Kohle beisammen hätte, würde er sich ins Ausland absetzen.

Ob er sich diese Villa auf Rädern nicht auch von Innen ansehen wolle, krächzte das Männlein.

»Nicht nötig«, entschied Alexander und wedelte vorsichtshalber mit ein paar großen Scheinen. Er hatte den Eindruck, dass dies den Grauhaarigen überzeugte.

»Wir brauchen auch keinen Kaufvertrag«, fuhr er fort. »Ich gebe Ihnen das Geld und Sie mir das Wohnmobil und natürlich die Papiere. Ich melde es dann um.«

Der Mann stutzte einen Augenblick. In seinen Augen aber flackerte die Furcht, dass Alexander es sich anders überlegen und vom Kauf zurücktreten könnte.

»Ich hole noch schnell den Fahrzeugbrief«, murmelte er, überquerte den Innenhof und verschwand im Gebäude. Nach kurzer Zeit kehrte er zurück.

* * *

Als Alexander hinterm Steuer saß und sich überlegte, bei welcher Zulassungsstelle er das Wohnmobil ummelden solle, fiel ihm ein, dass er dafür nicht nur die Autopapiere, sondern auch die Deckungskarte einer Versicherung benötigte. Ob er wagen sollte, seine Wohnung aufzusuchen? Von dort aus ließe sich alles regeln. Das hätte auch den Vorteil, dass er sich nochmals mit frischen Klamotten eindecken könnte. Er fuhr also hinüber nach Mannheim-Vogelstang und stellte das Wohnmobil in der Nähe seiner Behausung ab.

Alexander schlenderte den Gehweg entlang. Schon von Weitem erblickte er den Ford Kombi. Ganz offensichtlich, wie er ihn zurückgelassen hatte. Ob man das Fahrzeug observierte? Ob man darauf wartete, dass er zurückkam? Alexander zögerte einen Augenblick, darauf gefasst, dass jetzt ein Zugriff erfolgen werde. Nichts geschah. Er hatte nicht das Gefühl, dass ihn jemand beobachtete.

Er näherte sich dem Häuserblock. Eine alte Frau, die er vom Sehen kannte, kam ihm entgegen und grüßte freundlich. In diesem Kasten wohnte man so anonym, dass es nicht auffiel, wenn jemand längere Zeit nicht mehr gesehen wurde.

Er wunderte sich, dass sein Briefkasten nicht überquoll. Er öffnete das Türchen. Keine Post, kein Werbematerial. Ob sich nichts angesammelt oder ob ihn doch jemand geleert hatte?

Andererseits, wenn er es recht bedachte, ganz ungewöhnlich schien das nicht. Wer sollte ihm schreiben? Alle laufenden Kosten wurden über Einzugsermächtigungen abgebucht. Das hieß aber auch, dass noch alles funktionierte.

Mit dem Aufzug fuhr er in den fünften Stock. Auch an seiner Wohnungstür keine verdächtigen Spuren. Er legte

sein Ohr an die furnierte Spanplatte und lauschte einen Augenblick. Keine Geräusche von innen. Also stieß er den Schlüssel ins Schloss.
Seine Wohnung, wie er sie verlassen hatte, unaufgeräumt, aber keineswegs chaotisch. Der Anrufbeantworter blinkte. Als er abhob, um das Band abzuhören, allerdings nur Schweigen.
Das erste Mal, dass er sich hier heimisch fühlen könnte, dachte er und er fragte sich, warum er die Wohnung überhaupt verlassen hatte. Wurde er wirklich verfolgt oder bildete er sich das nur ein? Alles schien ihm wie ein böser Traum: die Ermordung der beiden Georgier, der Banküberfall, seine Spielsucht, seine absurden Pläne. Konnte er nicht einfach hier bleiben und ein friedliches Leben führen? Warum hatte er nicht einen ordentlichen Beruf erlernt? Er wäre einer geregelten Arbeit nachgegangen, hätte vielleicht eine Familie gegründet und Kinder in die Welt gesetzt. Stattdessen diese Spitzeltätigkeit, diese Lügengeschichten und der Traum, dass ihm vielleicht doch noch ein großer Coup gelänge.
Vielleicht täuschte der Frieden auch. Vielleicht war die ganze Wohnung verwanzt, mit winzigen Kameras bestückt, jede seiner Bewegungen wurde verfolgt und aufgezeichnet. Konnte er überhaupt von seinem Telefon aus anrufen? Wurde es abgehört? Durfte er seinen Computer benutzen, ins Internet gehen und die Seiten seiner Kfz-Versicherung aufrufen? War es klug, E-Mails zu schreiben beziehungsweise zu empfangen?
Alexander dachte nach. Er kam zu dem Schluss, dass er schon längst festgenommen worden wäre, wenn man ihn

wirklich verfolgen würde. Wahrscheinlich sah man noch keine Verbindung zwischen den begangenen Verbrechen und ihm. Dass er seine Wohnung in Anspruch nahm, würde eher darauf schließen lassen, dass er ein gutes Gewissen hatte und nicht daran dachte, sich abzusetzen. Also würde er sie auch noch ein paar Tage nutzen können.

Alexander nahm ein Bad. Dann schrieb er eine E-Mail an seine Kfz-Versicherung und bat, ihm eine Deckungskarte auszustellen. Er fuhr mit der Straßenbahn zu seiner Bank und ließ die Kontoauszüge aus dem Automaten. Sein Konto war hoffnungslos überzogen. Aber die Daueraufträge schienen noch zu funktionieren.

Als er in seine Wohnung zurückkam und den E-Mail-Eingang prüfte, lag bereits die Antwort seiner Versicherung vor, angehängt die Deckungskarte im PDF-Format. Im Kühlschrank fand er noch einige Flaschen Bier und im Tiefkühlfach noch genießbare Lebensmittel: Wurst, Brot, Butter. Nachdem er sich eine entsprechende Portion aufgetaut und mit Genuss verzehrt hatte, legte er sich ins Bett. Er schlief tief und lange.

Am nächsten Morgen begab er sich zur Zulassungsstelle und meldete das Wohnmobil um. Er beobachtete den Angestellten, der auf den Monitor seines Computers starrte und offensichtlich die Daten prüfte. Immer wenn der Mann längere Zeit keine Reaktion zeigte, erwartete Alexander, dass er auf verdächtige Unregelmäßigkeiten stieß und sich erstaunt an ihn wenden würde. Nichts dergleichen geschah. Alexander bekam die neuen Papiere ausgehändigt und neue Nummernschilder montiert.

Er fuhr noch einmal zurück in seine Wohnung, packte einen Stapel Kleidung, Bettwäsche und andere Utensilien zusammen. Für ein Leben im Caravan würde er noch einiges mehr brauchen. Jedes einzelne Stück tastete er nach Wanzen ab, wurde aber in keiner Weise fündig. Vielleicht müsste er noch mehrmals zurückkehren, um sich mit dem Nötigsten einzudecken.

Er wollte sich schon entfernen, da fiel ihm ein, dass es vielleicht besser wäre, den alten, offenbar präparierten Ford Kombi zu vernichten. Immerhin barg er unzählige Spuren, die Alexander mit den Morden an den beiden Georgiern in Verbindung bringen konnten. Er verstaute die Mitbringsel im Wohnmobil und schritt hinüber zu seinem Wagen. Vorsichtig entriegelte er den Kofferraum, in dem sich ein kleiner Benzinkanister befand. Er klopfte dagegen. Der dumpfe Ton verriet, dass das Behältnis noch gut gefüllt war. Er ließ die Heckklappe niedersausen und begab sich nach vorn. Entschlossen öffnete er die Tür und startete. Auch während er das Auto aus der Parklücke rangierte, suchte er, soweit es ihm möglich war, die Umgebung nach verdächtigen Bewegungen ab. Nichts. Er brauste davon. Niemand, der ihm folgte.

Alexander steuerte das Fahrzeug nach Käfertal und von dort aus in den Wald. Er stieg aus, holte den Benzinkanister aus dem Kofferraum und schüttete die Flüssigkeit auf die Polster. Er entfernte sich drei Schritte, entzündete ein Streichholz und warf es Richtung Auto. Erst beim dritten Mal loderten die Flammen mit einem dumpfen Verpuffungsgeräusch auf und Alexander suchte schnell das Weite.

* * *

Es gab auch Tage, da kamen mehrere gute Nachrichten zusammen. Der Heizungsinstallateur, der die Anlage in Bodes Einfamilienhäuschen noch einmal überprüft hatte, stellte fest, dass sie absolut in Ordnung sei. Der Kessel funktionierte vorbildlich. Die Konkurrenzfirma wollte ihm offensichtlich eine neue Heizung andrehen.

Bode hatte kurz überlegt, ob er rechtlich gegen die Firma vorgehen solle, kam dann aber doch davon ab. Er würde sich damit nur Arbeit aufbürden. Er nahm sich vor, das Unternehmen damit zu bestrafen, dass er ihm den Auftrag für weitere Wartungsarbeiten entzog. Diese würde er jetzt durch die neue Firma durchführen lassen.

Und dann dieses Rundschreiben auf seinem Schreibtisch. Es ging offensichtlich an alle Kommissariate. Bode musste lauthals lachen. Es wurde darauf hingewiesen, dass die mysteriöse DNA-Spur, die alle möglichen Fälle miteinander in Verbindung brachte, auf eine Verunreinigung der Wattestäbchen durch den Hersteller zurückzuführen sei. Für die jeweiligen Taten blieben sie ohne die geringste Bedeutung.

Auch Maike Wohlgemut und Kriminalkommissar Klaus Stein schwenkten das Informationsblatt, als sie sein Arbeitszimmer betraten.

Bode winkte ab: »Kenn ich schon.«

»Ich habe Ihnen noch etwas mitgebracht«, rief die Kriminalkommissarin und zog besorgt die Augenbrauen zusammen. »Zu Hause aus dem Internet kopiert.«

Und sie überreichte ihrem Chef einen Artikel, den er kurz überflog.
Der Verfasser bezog sich auf den in dem Rundschreiben dargestellten Sachverhalt. Er vermutete, dass es sich dabei keineswegs um eine Panne handelte, sondern dass die falschen DNA-Spuren bewusst gelegt wurden, um Ermittlungen in die Irre zu führen. Er warf die Frage auf, wer daran ein Interesse haben könnte, und vor allem, wer in der Lage sei, solche Bestrebungen in die Tat umzusetzen.
Er kam zu dem Schluss, dass dahinter nur eine kleine, gut organisierte Gruppe stecken könne, die aus dem Verborgenen heraus agiere. Sie müsse über die Vorgehensweise der Kripo genau informiert sein und die Möglichkeit besitzen, diese zu manipulieren. Dass diese Gruppe über Handlanger in der Kriminalpolizei verfüge, sei anzunehmen. Die Drahtzieher selbst aber wären wohl eher in den Reihen eines Geheimdienstes zu suchen. Nur in einer solchen Organisation beherrsche man die Technik solcher umfangreichen Operationen und habe Zugriff auf die Mittel, ohne die sie zum Scheitern verurteilt wären.
Und was bezwecke die besagte Gruppe mit einer solchen Tätigkeit? Vermutlich wolle sie ihre eigenen Täter schützen und die begangenen Verbrechen anderen in die Schuhe schieben. Nun müsse man noch herausfinden, welche Verbrechen mit solchen Machenschaften in Zusammenhang stünden. Dann könne man auch auf die politische Stoßrichtung schließen.
Damit beendete der Journalist seinen Artikel, versprach

aber, weiter zu recherchieren und sich bei entsprechenden Ergebnissen wieder zu melden.
Bode schüttelte den Kopf.
»Wie kann man Wattestäbchen mit falscher DNA verunreinigen, um damit Ermittlungen durcheinanderzubringen?«
»Das wäre noch das Einfachste«, schaltete sich Kommissar Stein ein. »Man müsste ja nur jemand bestechen, der diese Dinger verpackt.«
»Ich bin zwar kein Freund solcher Verschwörungstheorien. In unserem Fall aber habe ich wirklich den Eindruck, dass wir mit aller Macht auf falsche Fährten gelockt werden sollen. Wenn ich nur an das unerklärliche Verschwinden der Projektile denke, mit denen die beiden Georgier getötet wurden.« Bode schaute zu Maike Wohlgemut hinüber und bemerkte, dass sie die Lippen zusammenpresste.
»Vielleicht wird der Assistent von Dr. Weihrauch, Herr Schröder, stärker verdächtigt, als uns bekannt ist«, warf Kommissar Stein ein.
»Wie kommen Sie darauf?« Bode hob erstaunt die Augenbrauen.
»Ich habe gehört, dass sein Arbeitsvertrag befristet ist, und der wird, wie mir gestern zu Ohren gekommen ist, nicht verlängert.«
Hauptkommissar Bode schwieg. Seine Überraschung konnte er kaum verbergen. Dann vollführte er eine entschlossene Handbewegung, als müsse er alle Ungereimtheiten vom Tisch fegen.
»Halten wir uns an die Fakten. Konzentrieren wir uns lie-

ber auf unsere Arbeit. Gibt es etwas Neues in puncto Altrheinleichen?«

Der abrupte Themenwechsel erzeugte eine kurze Pause. Maike Wohlgemut blickte auf ihren Kollegen Stein. Als dieser keine Anstalten machte, sich in irgendeiner Form zur Wehr zu setzen oder einen passenden Übergang zu finden, rief sie: »Ja, wir haben einen Erfolg erzielt.«

Und sie berichtete: Ihre Recherchen bezüglich der Materialien, mit denen die beiden toten Georgier verpackt worden waren, hätten schließlich auf eine konkrete Spur geführt. Im Bauhaus in Oggersheim seien sie vor etwa einem halben Jahr eingekauft worden. Tatsächlich meinte eine Kassiererin, sich an den Kunden erinnern zu können. Er sei ihr aufgefallen, weil er genau ihrem Typ von Mann entsprochen habe. Und sie habe sich noch vorgestellt, dass er zu Hause seine Wohnung renoviere, und habe noch gedacht, dass sich eine Frau glücklich schätzen könne, die mit einem so gut aussehenden und zugleich so lieben und fürsorglichen Mann zusammenlebe. Die Frau konnte die Verdachtsperson sehr genau beschreiben. Sie sei zwischen 30 und 35 Jahre alt, 1,80 bis 1,85 groß, schlanke, sportliche Figur, dunkles, gelocktes Haar. Maike Wohlgemut versicherte, die Kassiererin habe einen vertrauenswürdigen und verlässlichen Eindruck auf sie gemacht.

»Endlich kommen wir voran«, jubelte Bode und wies die Kriminalkommissarin an, die Frau einzubestellen und mit ihr zusammen ein Phantombild zu entwerfen.

* * *

Durch die Glastür blickte Alexander ins Innere. Der Schalterangestellte schien letzte Vorbereitungen zu treffen, um seinen Arbeitsplatz ordentlich zurückzulassen. Ansonsten war der Raum leer.

Alexander riss die Tür auf, rollte fast zeitgleich die Gesichtsmaske über den Kopf und stürmte in den Bankraum.

»Das ist ein Überfall«, brüllte er und nahm im gleichen Augenblick eine Frau wahr, die in einer Ecke vor einem kleinen Schreibtisch saß und ein Formular ausfüllte. Neben ihr ein kleiner Junge, offensichtlich ihr Sohn. Beide schauten überrascht auf.

Damit hatte Alexander nicht gerechnet. Die Ecke war von außen durch die Glastür nicht einzusehen gewesen. Hätte er die beiden Personen vorher entdeckt, hätte er sein Unternehmen abgebrochen. Wie sollte er sich jetzt verhalten? Kümmerte er sich um die Mutter mit ihrem Sohn, gäbe er dem Bankangestellten Gelegenheit, den Alarmknopf zu drücken und vielleicht noch weitere Sicherheitsmaßnahmen auszulösen.

»Hinlegen«, schrie er und meinte damit natürlich die junge Frau und das Kind, aber aus den Augenwinkeln bemerkte er, dass auch der Bankangestellte hinter seinem Tresen abtauchte. Der kleine Junge jedoch dachte nicht daran, diesem Befehl nachzukommen. Er hielt das Ganze wohl für ein Spiel oder vielleicht auch für einen Film, in dem er nun selbst Gelegenheit fand, eine heldenhafte Rolle zu übernehmen. Begeistert zielte er mit dem rechten

Zeigefinger auf Alexander, während die linke Hand die rechte am Puls umfasste und stützte.
»Peng, peng«, rief er und lachte Alexander entgegen.
Alexander kämpfte gegen die Wut an, die in ihm hochkroch. Er verspürte nicht üble Lust, den Kleinen zu erschießen. Aber er war sich darüber im Klaren, was er damit auslösen könnte. Noch ließ sich die Mutter einschüchtern, um ihr Kind und auch ihr eigenes Leben zu retten. Beim Tod ihres Sohnes zählte beides nicht mehr. Sie wäre imstande, sich wie eine Furie auf ihn zu stürzen. Er müsste auch sie erschießen. Wie würde der Bankangestellte dann reagieren? Möglicherweise in doppeltem Maß gefügig. Vielleicht aber übermannte ihn angesichts des kleinen Massakers eine solche innere Empörung, dass er alle Angsthemmnisse abstreifen würde.
Alexander schritt auf den Jungen zu, holte aus und verpasste ihm mit der flachen Hand eine schallende Ohrfeige. Der Junge taumelte ein Stück durch den Raum, sah Alexander einen Augenblick erschrocken an und brüllte dann ohne Hemmungen los.
Die Mutter, die sich tatsächlich auf den Boden geworfen hatte, sprang auf, lief zu ihrem Sohn und schloss ihn in die Arme. Sie drückte seinen Kopf gegen ihren Schoß, sodass dessen Geschrei nur noch als dumpfes Schluchzen aus dem Kleiderstoff drang. »Bitte tun Sie uns nichts«, wimmerte sie.
Hinter dem Bankschalter tauchte das Gesicht des Angestellten auf. Die stimmlichen Vorgänge im Foyer hatten ihn offensichtlich ermutigt, sich ein Bild von der Lage zu machen. Wahrscheinlich hatte er schon den Alarmknopf

gedrückt, der die Bankfiliale mit der nächsten Polizeistation verband. Eine Streife war vermutlich längst unterwegs.
Alexander überlegte kurz, ob er alle als Geiseln nehmen und sich mit ihnen in der Bank verschanzen solle. Das schien ihm letztlich doch nicht ratsam. Einer möglichen Belagerung durch hochgerüstete Einsatzkräfte würde er vermutlich nicht lange standhalten können. Er hielt es für klüger, seinen Plan aufzugeben und schleunigst das Weite zu suchen.
Er steckte den Revolver in den Hosenbund und schritt nach draußen, wobei er im geeigneten Moment die Gesichtsmaske hochrollte. Auf der Straße begann er zu rennen. Er hatte sich schon ein gutes Stück von der Bank entfernt, als er in seinem Rücken eine männliche Stimme, vermutlich die des Bankangestellten, rufen hörte: »Hilfe, Überfall!«
Aber niemand versuchte, Alexander aufzuhalten. Er lief bis zu der Stelle, wo er geparkt hatte, sprang in das Auto und preschte davon.

* * *

Ein Jogger hatte angerufen. Er hatte im Käfertaler Wald ein ausgebranntes Auto entdeckt. Es war nicht klar, was dahinterstecken könnte. Die Kripo wurde beauftragt, sich des Falles anzunehmen. Zur Sicherheit wurde auch Hauptkommissar Bode hinzugezogen.
Als er eintraf, hatte die Spurensicherung ihre Arbeit schon aufgenommen. Sie hatte das Terrain rund um das

ausgebrannte Wrack mit Rot-weiß-Band abgesperrt, goss Fuß- und Reifenspuren mit Gips aus, suchte den Boden nach anderen verwertbaren Hinweisen ab und überprüfte jeden Zentimeter der übrig gebliebenen Wagenreste.

»Wir haben Glück«, begrüßte ihn Kommissar Stein, der schon vor Bode eingetroffen war. »Seit die Karre abgefackelt wurde, hat es nicht geregnet. Um das Fahrzeug herum jede Menge Schuhabdrücke, ein abgerissener Hemdknopf und, an einem Zweig, Haarreste.«

Maike Wohlgemut, die neben ihrem Kollegen stand, nickte und strahlte.

Ein Mitarbeiter der Spurensicherung kam von dem abgebrannten Auto herüber und erklärte: »Die Flammen haben gründliche Arbeit geleistet. Von dem Wagen selbst ist nichts übriggeblieben als Stahl und Blech. Wir können allerdings ausschließen, dass sich im Innern ein Lebewesen, geschweige denn ein menschliches, befunden hat.«

»Vielleicht handelt es sich hier gar nicht um ein Schwerverbrechen«, lachte Maike Wohlgemut. »Vielleicht hat hier nur jemand seine Schrottkiste entsorgt.«

»Was schlimm genug wäre.«

Bode schlug den Mantelkragen hoch. Es war kühl geworden und er fröstelte.

»Nicht vernichten konnte das Feuer allerdings die Fahrgestell- und die Motornummer«, schaltete sich der Kollege von der Spurensicherung ein. »Und der Täter war naiv genug, diese Kennzeichen nicht vorher herauszufeilen.«

»Mit diesen Daten den Halter zu ermitteln, das ist wohl

meine Aufgabe.« Maike Wohlgemut fing an zu hüpfen, nicht vor Freude, sondern um sich warm zu halten.
»Ob der Halter auch der Täter ist?«, gab Kommissar Stein zu bedenken.
»Wer weiß, wohin die Spuren führen«, fasste Bode zusammen, während er sich schon abwendete. »Gebt mir Bescheid, wenn Ergebnisse vorliegen.«

* * *

Alexander schlenderte durch die Hauptstraße Heidelbergs, blickte in die Schaufenster, überlegte, ob er sich neu einkleiden solle, kam auch an einer Buchhandlung vorbei, vor deren Tür ein drehbares Drahtgeflecht Zeitungen und Zeitschriften anbot. Er nahm das Heidelberger Blatt heraus und warf einen Blick auf die Überschriften.
Er erschrak. Schon auf der ersten Seite sein Konterfei in Form einer Phantomzeichnung, erstaunlich gut getroffen. Daneben ein Artikel: ›Heiße Spur im Fall der Altrheinleichen‹.
Sofort steckte er die druckfrischen Seiten zurück und drehte sich um. Er prüfte, ob ihn jemand beobachtet hatte. Und er schaute direkt in die Augen von Maruschka, die ebenso überrascht und erstaunt war wie er selbst.
Was sollte er tun? Hatte sie die Nachricht schon gelesen? Wusste sie Bescheid oder konnte sich zumindest das

Wichtigste zusammenreimen? Ließ sie sich noch einmal beschwichtigen? Konnte er ihr trauen oder würde sie unverzüglich die Polizei alarmieren? Er sah, dass sie bereits nach ihrer beutelähnlichen Handtasche griff. Tastete sie nach ihrem Handy? Unwillkürlich begann Alexander zu laufen.

Zum Glück setzte leichter Regen ein. Die Passanten, an denen er vorbeieilte, mochten glauben, dass er sich noch vor dem zu erwartenden Guss in Sicherheit bringen wollte. Er rannte die Hauptstraße hinauf bis zur Heiliggeistkirche, um diese herum, die Steingasse hinunter, über die Alte Brücke, dahinter nach rechts bis zur Hirschgasse.

In der Hauptstraße wäre er fast mit einem Mann zusammengestoßen, der ihm entgegenkam, ein Mann in einem hellblauen Hemd und einer gelben Lederweste. Im letzten Moment konnte er ausweichen. Während Alexander weiterlief, kam ihm der Gedanke, dass ihm dieser Mann bekannt vorkam. Er wusste nicht, wo er ihn einordnen sollte. Dann fiel es ihm wie Schuppen von den Augen. War das nicht sein ehemaliger V-Mann-Führer? Offensichtlich trug er eine Perücke. Auch das Gesicht hatte er vermutlich kosmetisch verändert.

Beim steilen Anstieg das schmale Tal hinauf verlangsamte sich sein Schritt. Jeden Moment rechnete er damit, dass sich von hinten die Sirene eines Polizeiautos näherte. Er war froh, als sich die asphaltierte Straße in einen Waldweg verwandelte.

Der Regen verstärkte sich. Eine Windböe rauschte durch die Blätter. Ein helles Licht zuckte über den Stämmen und kurze Zeit später krachte es. Das heraufziehende Gewitter mochte die restlichen Spaziergänger aus dem Wald vertreiben. So lief er weniger Gefahr, jemandem zu begegnen, der seine Beobachtungen per Handy an die Polizei weiter- oder sie später zu Protokoll geben konnte. Er stellte sich vor, dass diese bereits alle Wege, die aus dem Wald führten, kontrollierten. Vielleicht war bereits ein Hubschrauber aufgestiegen, der nach ihm suchen würde. Vielleicht musste dieser nur das Ende des Gewitters abwarten.

So schnell es ging, folgte Alexander der breiten Fahrspur, die steil nach oben führte. Er war völlig durchnässt und spürte, dass ihn, wenn er in seinen Bewegungen erlahmte, die Kälte einholte. Er erreichte einen Bergsattel, auf dem ein geräumiger Pavillon thronte. Von dem aus konnte er das nun schon erheblich tiefer gelegene, hinter dem dichten Regenvorhang verborgene Heidelberger Schloss ahnen. Für einen Augenblick setzte er sich auf die Holzbank, um wieder zu Kräften zu kommen.

Aus dem Tal herauf hörte er mehrmals das Auf und Ab von Martinshörnern. Ob sie seinetwegen tönten? Ob sie Platz forderten für einen Krankenwagen, der einen Patienten in eine der verschiedenen Kliniken brachte? Oder ob sie gar vor der rasenden Fahrt verschiedener Feuerwehrautos warnten, die ausrückten, um einen Brand zu löschen?

Bald begann er zu frösteln. Immer wieder wurde er durch das plötzlich aufblitzende, gleißende Licht und das kurz darauf folgende Krachen erschreckt. Ihm ging durch den Kopf, dass es hier auf dem Bergrücken bei diesem Gewitter auch in dem Pavillon, in dem er saß, gefährlich werden konnte. Er beschloss, wieder in den strömenden Regen hinauszutreten und auf der anderen Seite des Hangs abzusteigen.

Er fand einen schmalen Pfad, der durch eine dichte Fichtenschonung den Berg steil hinabführte. Trotz aller Eile zügelte er seinen Schritt, setzte die Füße vorsichtig, um auf dem glitschigen Boden nicht auszurutschen. Verschmutzte Kleidung oder gar eine Verletzung waren das Letzte, was er jetzt brauchen konnte. Nach einer Weile glänzte der Asphalt einer Straße durch die Zweige. Vermutlich die Zufahrt zum Heiligenberg. Einen Augenblick verharrte er, an einen Baumstamm gelehnt, und prüfte, ob sich nicht irgendwo ein Polizeifahrzeug versteckte. Dann sprang er die Böschung hinab, über die das letzte Stück Weg führte.

Ihm fiel ein, dass der Waldrand hier an Gärten grenzte, die steil nach Handschuhsheim abfielen. Er wusste, dass sie meistens mit mehr oder weniger komfortablen Hütten ausgestattet waren. Er hoffte, dort für die nächsten Stunden oder vielleicht für die Nacht eine Unterkunft zu finden, wenigstens bis sich das Wetter wieder gebessert hatte und seine Kleidung getrocknet war.

Alexander überquerte die Straße. Er stieß auf einen schmalen Pfad, der immer noch durch Wald steil nach unten führte. Von ihm wusste er, dass er auf einem breiteren Weg endete, der sich nach links Richtung Philosophenweg erstreckte und nach rechts zwischen hoch gelegenen Gärten hindurchschlängelte. Er wendete sich also nach rechts, prüfte, als er in die Schreberanlagen

eintauchte, verschiedene Zauntüren. Ob sich vielleicht eine ohne größeren Aufwand öffnen ließ?
Er bog nach links in einen schmaleren Weg ein und glaubte sich schon fast in einer Sackgasse gefangen, als er tatsächlich ein Gartentor fand, das zwar mit einem Riegel versehen, aber nicht verschlossen war. Die Sperre ließ sich leicht zurückschieben. Etwas weiter unten versprach eine grüne Bretterhütte wenigstens vorübergehend Geborgenheit.
Auch die Tür war auf selbige Weise nur scheinbar gesichert. Innen schien die Hütte trocken, aber ziemlich vollgestellt. Er musste erst einen altertümlichen Rasenmäher unter einen Tisch schieben und Gartenwerkzeug wie Spaten, Rechen und Hacke zur Seite räumen, um wenigstens so viel Platz zu schaffen, dass er sich legen konnte.
Es roch nach Erde, Öl und alten Klamotten. An der Wand hing verschmutzte Arbeitskleidung, ein Overall, ein Kittel, eine alte Straßenhose und ein paar gelbe Gummijacken.
Alexander warf alle Kleidungsstücke auf den mit getrockneter Erde überzogenen Bretterboden, sodass ein längliches Nest entstand. Er entkleidete sich bis auf die Unterwäsche und breitete seine durchnässte Kleidung so aus, dass sie mit den verschmutzten Gegenständen in der Hütte möglichst wenig in Berührung kam. Er warf sich auf das vorbereitete Lager, wobei er sich seinen zwar feuchten, aber nicht ganz und gar durchnässten Pullover über die Brust legte.
Draußen hatte das Gewitter aufgehört, der Regen nachgelassen. Das Licht fiel schwächer durch die Ritzen. Die

Dämmerung vermischte sich wohl mit dem Dunkel der Wolken. Zu früh, um schon zu schlafen. Zu spät, um sich aufzuraffen und sich mit den nassen Klamotten auf den Weg zu seinem Wohnwagen zu machen.
Er hatte ihn auf einem Campingplatz in Neckargemünd abgestellt. Nun überlegte er, wie er am nächsten Morgen dorthin gelangen konnte. Nach Handschuhsheim hinunterlaufen und von dort aus mit der Straßenbahn und ab Bismarckplatz nach Neckargemünd? So wie er aussah, würde er schnell die Aufmerksamkeit der Fahrgäste erregen. Vielleicht würden sie in ihm den Gesuchten erkennen und die Polizei informieren.
Er könnte, wie in letzter Zeit mehrmals mit Erfolg praktiziert, an einer Tankstelle ein Fahrzeug kapern und damit nach Neckargemünd fahren. Oder er lief zurück zum Bergrücken und diesen entlang ins Neckartal hinein und dann hinab zu dem kleinen Ort mit der mittelalterlichen Altstadt. Ein Fußmarsch von mindestens vier Stunden, aber die sicherste aller Möglichkeiten.
Während er sich am Boden ausstreckte, musste er daran denken, dass er sich in diesem Leben ganz schön ins Abseits manövriert hatte. Ein luxuriöses Leben hatte er angestrebt. Jetzt führte er das eines Penners. Schlimmer noch: Das eines Verfolgten, Gejagten. Statt in einer Glitzerwelt zu tanzen, schlich er im Dunkeln herum, immer auf der Hut vor Verfolgern. Würde er es noch schaffen, sich abzusetzen? Nach Brasilien vielleicht. Dort ließ es sich leicht leben, im warmen Klima, an weißen Stränden, unter Palmen und mit leichten, lebenslustigen Frauen. Aber dafür brauchte er mehr Geld, das heißt, er musste

noch einmal einen großen Coup landen. Dafür musste er erst wieder auf die Beine kommen.
Dann war er doch eingeschlafen. Als er aufwachte, war es draußen noch dunkel. Er fror und verspürte Hunger und Durst. Er erhob sich und tastete sich zur Tür. Draußen konnte er die Umrisse von Bäumen und Büschen erkennen. Der Regen hatte aufgehört. Ihm fiel ein, dass er, als er sich dem Gartenhaus näherte, dahinter eine Tonne wahrgenommen hatte, einen blauen Behälter, wie er zum Transport von Chemikalien verwendet wurde. Es war anzunehmen, dass sie dem Auffangen von Regenwasser diente. Er überlegte, ob er daraus ein paar Schluck trinken solle, hielt es aber doch für ratsam, sich zurückzuhalten. Aber er musste etwas essen. Er konnte nur hoffen, dass sich in den Abfallkörben, die an den meisten Rastplätzen im Wald angebracht waren, auch entsorgte Lebensmittelreste finden würden.
Alexander tauchte die Hände in das Wasser und fuhr sich damit anschließend über Gesicht und Haare. Dann machte er sich auf den Weg, wieder den Hang hinauf bis zum Sattel und weiter auf dem Bergrücken, der das Neckartal im Norden begrenzte, Richtung Neckargemünd.

* * *

Hauptkommissar Bode rieb sich zufrieden die Hände. So sehr er wochen-, ja monatelang im Dunkeln herumgestochert hatte, jetzt fügte sich ein Puzzleteil zum andern. Die Phantomcollage, die Maike Wohlgemut mithilfe der

Kassiererin vom Bauhaus in Oggersheim angefertigt hatte und die anschließend in den drei großen Tageszeitungen der Region veröffentlicht worden war, hatte eingeschlagen wie eine Bombe. Zahlreiche Personen, die vorgaben, diese Person zu kennen, hatten sich gemeldet und neue kamen hinzu.

Am wichtigsten vielleicht eine Edelprostituierte, die auch in einem Mannheimer Nachtclub als Tänzerin auftrat. Sie behauptete, diesem Mann erst vor ein paar Tagen in der Heidelberger Hauptstraße begegnet zu sein. Er habe, als er sich erkannt fühlte, sofort Reißaus genommen.

Ein Kellner im Jungbusch. Er gab an, den Mann, der sich in seinem Café mit zwei anderen getroffen habe, vor etwa einem halben Jahr bedient zu haben.

Dann die Mitbewohner dieses Häuserblocks in Mannheim-Vogelstang, zu dem die Spur des im Käfertaler Wald abgefackelten Pkws führte. Sie konnten sogar die Wohnung benennen, in der sich der Verdächtigte normalerweise aufhielt. Normalerweise. Sie schränkten ein, ihn schon längere Zeit nicht mehr gesehen zu haben. Allerdings habe in den Räumen immer wieder Licht gebrannt. Einmal sei ein Mann mit einem blauen Hemd und einer gelben Lederweste beobachtet worden, der die Tür aufschloss und mit einer bauchigen Tasche darin verschwand. Es wurde vermutet, dass er beauftragt gewesen sei, in Abwesenheit des Mieters in der Wohnung nach dem Rechten zu sehen.

Vieles deutete darauf hin, dass es sich bei Alexander Ali um den Mörder der beiden Georgier handelte. Über die Person selbst konnte Bode allerdings wenig Spektakuläres ausfindig machen. Nur, dass er der Sohn eines irakischen Technikers war, der sich längere Zeit in Deutschland aufgehalten und hier auch seine deutsche Frau geheiratet hatte. Deshalb besaß Alexander Ali auch die deutsche Staatsbürgerschaft. Er war hier aufgewachsen und zur Schule gegangen. Nach dem Abitur war er mit seinen Eltern in den Irak übergesiedelt und dort kurze Zeit später in die Wirren des Krieges geraten. Aus diesem Grund wohl ist seine Mutter mit ihm zurück nach Deutschland geflohen. Es hatte nicht den Anschein, dass Alexander Ali hier einer geregelten Arbeit nachging. Es blieb im Dunkeln, wovon er lebte. Vielleicht würde das Innere der Wohnung darüber Aufschluss geben.

Bode beobachtete in gebührender Entfernung, wie das Spezialkommando, das die Unterkunft stürmen sollte, an der Tür eine Sprengladung anbrachte. Männer mit Helmen und dicken schusssicheren Westen bereiteten sich darauf vor, nach dem Knall sofort ins Innere zu dringen. Der Befehlshaber des Kommandos gab ein Zeichen und Bode hielt sich die Ohren zu.

Ja, die Wohnung war offensichtlich verlassen – und in einem erbärmlichen Zustand. Schranktüren waren geöffnet, Schubladen aus ihren Führungen gerissen, Bücher aus den Regalen gefegt. Der Fußboden war übersät mit Kleidungsstücken, Geschirr, Besteck, Zeitschriften und überall nationalsozialistische und Militärdevotionalien: Orden aus dem Ersten und Zweiten Weltkrieg, Hakenkreuze, Uniformstücke, ein Stahlhelm, Hitlerbilder, rassistische und fremdenfeindliche Schriften.

›Seltsam‹, dachte Bode. ›Vielleicht ein gewöhnlicher Einbruch. Das soll vorkommen. Vielleicht ist mir auch jemand zuvorgekommen. Vielleicht hat da auch jemand Spuren verwischt – oder falsche Fährten gelegt.‹

* * *

Maike Wohlgemut strahlte, als sie Hauptkommissar Bode den Untersuchungsbericht auf den Tisch knallte.

»Unsere Spurensicherung hat wieder einmal ganze Arbeit geleistet«, rief sie. »Das Ergebnis gibt allerdings zu denken.«

»Inwiefern?« Bode begann neugierig zu blättern.

»Offensichtlich hat da jemand versucht, Beweismaterial verschwinden zu lassen und Spuren zu verwischen. Alle Möbeloberflächen in der Wohnung von Alexander Ali, besonders die Griffe, die Armaturen, selbst das Geschirr und das Besteck wurden sorgfältig gesäubert. Andererseits scheint dieser ganze Militär- und Nazikram bewusst deponiert worden zu sein, um uns in die Irre zu führen.«

Bode schaute nachdenklich zur Decke.

»Kann man denn Spuren in einer Wohnung so gründlich beseitigen, dass nichts mehr übrig bleibt?«

»Eben nicht«, triumphierte Maike Wohlgemut. »Ein paar Fingerabdrücke konnten unsere Leute fixieren. Und was glauben Sie, mit welchen diese identisch sind?«

Bode grinste. Der Eifer der Kriminalkommissarin amüsierte ihn. Kein Grund, sich in ihr Ratespiel einbinden zu lassen.

»Mit den Fingerabdrücken, die wir auf der Folie einer der

beiden Altrheinleichen gefunden haben«, fuhr seine Assistentin fort. »Und ...«

»Und?«

»Mit Spuren auf dem ominösen Feuerzeug, das bei dem Brand des Wohnhauses in Ludwigshafen aufgetaucht ist. Die Initialen AA weisen ebenfalls auf unseren mutmaßlichen Täter Alexander Ali hin. Korrespondierend dazu haben unsere Leute im Chaos seiner Wohnung einen Stadtplan von Mannheim/ Ludwigshafen sichergestellt, auf dem das besagte Bauwerk mit einem dicken Kreuz markiert ist. Seltsamerweise konnten unsere Fachleute auf dem Papier nicht die Andeutung eines Fingerabdrucks entdecken«.

Bode dachte nach. »Seltsam. Das sieht ja wirklich so aus, als seien diese möglichen Beweismittel bewusst deponiert worden, als wolle uns da jemand mit aller Gewalt auf eine falsche Fährte locken.«

»Zumal das Feuerzeug an einer Stelle abgelegt war, wo es sich einerseits nicht in Reichweite der Flammen befand und andererseits gefunden werden musste. Vielleicht stehen diese ominösen Indizien in Zusammenhang mit dem Verschwinden der Projektile, die aus den Leichen der beiden Georgier entfernt worden sind. Vielleicht handelt es sich hier tatsächlich um das Werk der Gruppe, für die sich der Rechtsmediziner Schröder engagierte und für die er auch mich gewinnen wollte. Vielleicht hat der Journalist recht mit seiner These, dass eine Gruppierung im Geheimdienst ...«

»Stopp«, fuhr Bode energisch dazwischen. »Hier sollten wir die Finger davon lassen. Ich schlage vor, wir konzentrieren uns auf das, was uns von dem konkreten Fall, nämlich von der Ermordung der beiden Georgier, nicht zu weit abbringt.«

Es hatte den Anschein, als müsse Maike Wohlgemut einen neuen Anlauf nehmen.

»Ich habe noch etwas anderes herausgefunden.«

Auch Bode musste sich erst wieder auf das Gespräch einstellen.

»Sprechen Sie.«

»Alexander Ali hat vor gut zwei Wochen einen Wohnwagen gekauft und ordentlich angemeldet. Da unser Mann in Heidelberg gesichtet wurde, sollten wir auch in dieser Umgebung fahnden.«

Bode griff zum Telefon.

»Dann werden wir die Fahndung jetzt einleiten. Vielleicht gelingt es uns, den Mann schnell festzunehmen und zu verhören. Vielleicht klärt sich dann alles auf.«

* * *

Alexander vernahm ein leises Geräusch außerhalb des Wohnmobils. Es hörte sich an, als würde jemand pinkeln. ›Unverschämtheit‹, dachte er und erhob sich, um nachzusehen, wer sich eine solche Frechheit erlaubte.

Überrascht stellte er fest, dass die Tür des Wohnmobils sich nicht öffnen ließ. Er überlegte kurz, ob er sie selbst abgeschlossen hatte. Nein. Benzingeruch stieg ihm in die Nase. Einen Augenblick verharrte er unentschlossen. Er sah keine andere Möglichkeit. Wollte er sich retten,

musste er sich einen Weg nach draußen bahnen. Er wollte sich gerade gegen die Tür werfen, da hörte er eine Verpuffung. Vor den Fenstern schlugen Flammen hoch.
Alexander ahnte, dass er hier nicht mehr mit heiler Haut herauskommen würde. Nicht einmal, wenn es ihm gelänge, den Feuerring zu durchbrechen. Diejenigen, die ihm jetzt auf diese Weise zusetzten, lauerten draußen. Sie warteten darauf, dass er durch die Flammen spränge. Er würde wahrscheinlich in einen Kugelhagel geraten oder sie würden in anderer Form über ihn herfallen. Wer waren diese Menschen?
Polizisten? Arbeitet die Polizei mit solchen Methoden? Er hätte erwartet, dass sie seine Bleibe mit Scharfschützen umstellte, dass sie ihn mit einem Lautsprecher aufforderte, mit erhobenen Armen herauszukommen. Vielleicht würden sie ihn dennoch erschießen. Aber sie hätten zumindest eine ordentliche, ihm eine scheinbare Chance bietende Vorgehensweise vorgetäuscht.
Wer konnte noch ein Interesse daran haben, ihn auf diese Weise ins Jenseits zu befördern?
Die zwei Georgier, die er mit der Aussicht auf eine gebrauchte Nobelkarosse in die Falle gelockt hatte? Quatsch. Die beiden waren tot. Auch wenn er in letzter Zeit so realistisch von ihnen träumte, dass er manchmal den Eindruck hatte, sie seien wieder auferstanden.
Und ihre Auftraggeber? Sie hätten allen Grund, sich an ihm zu rächen. Aber sie hätten wenigstens den Versuch unternommen, ihr Geld zurückzugewinnen, bevor sie ihn umbrachten.
Vielleicht hatten sie Kinder oder andere Verwandte, die

nach Deutschland gereist waren, um ihn aufzuspüren, und sich nun an ihm rächten. Ja, in der Zeitung hatte er gelesen, dass die beiden, kurz nachdem er sie getötet hatte, von Verwandten als vermisst gemeldet wurden. Vielleicht hatten sie die Ermittlungen verfolgt, hatten das Phantombild mit ihm in Verbindung gebracht und ihn hier aufgestöbert?

Vielleicht eine der Gruppierungen, die den Falschmeldungen auf den Leim gegangen waren und die glaubten, dass er hinter den ausländerfeindlichen Anschlägen steckte? Oder vielleicht Leute, die er aufgrund falscher Anschuldigungen den Klauen des Verfassungsschutzes ausgeliefert hatte? Oder der Geheimdienst selbst?

Er argwöhnte schon seit Längerem, dass er seinem ehemaligen Arbeitgeber keineswegs entronnen war. Es schienen ihm dort Kräfte am Werk, die ihn vor Strafverfolgung schützten, sowohl bei dem Überfall auf die beiden Georgier als auch bei seinen Bankeinbrüchen. Dafür wollte ihm jemand Taten unterschieben, die andere begingen. Was mochten sie für Ziele verfolgen? Sollten Menschen eingeschüchtert werden, deren Wurzeln im Ausland lagen? Oder sollte die Meinung der Bevölkerung in eine Richtung gedrängt werden, in der die Saat für eine rechtsradikale Ideologie aufzugehen versprach?

Wenn er jetzt rekapitulierte, musste er feststellen: Es war ein beschissenes Leben, das er geführt hatte. Angenehme Erinnerungen hatte er nur an die Zeit in Deutschland, bevor er mit seinen Eltern in den Irak zog. In den Kriegswirren dort, die bald danach einsetzten, war der Alltag von purem Überlebenskampf geprägt. Ständig quälte ihn die Angst, diesen zu verlieren. Als es ihm gelang, mit seiner Mutter wieder zurück nach Deutschland zu kommen, hatte er Hoffnung geschöpft. Aber hier war ihm auch kein Glück beschieden. Selbst in den kurzen Phasen, in denen er Geld besaß, war er darüber enttäuscht, wie wenig er sich davon kaufen konnte. Wahrscheinlich hätte es viel größerer Summen bedurft, um ihn wirklich zufriedenzustellen. In einem Palast leben, umgeben von Dienern, die dafür sorgten, dass ihm alle Annehmlichkeiten zur Verfügung stünden, inklusive einer großen Schar schöner Frauen. Vielleicht war ihm das im Jenseits beschieden.

Alexander beobachtete eine Flamme, die sich züngelnd durch die Wand des Wohnmobils fraß. Die Hitze fing an, unerträglich zu werden. ›Es wird Zeit‹, dachte er. Er öffnete die Schublade eines Schränkchens, entnahm ihr seinen Revolver und steckte den Lauf in den Mund.

* * *

Eigentlich war der Fall gelöst. Wenn ihn die mit falscher DNA verunreinigten Wattestäbchen nicht in die Irre geleitet hätten, wäre er, Hauptkommissar Bode, wahrscheinlich schon sehr viel früher darauf gekommen. Alexander Ali hatte einen klassischen Raubmord begangen und sich durch Selbstmord seiner gerechten Strafe entzogen. Er hat den Wohnwagen, in dem er die letzten vierzehn Tage hauste, angezündet und sich dann erschossen.

Sicherlich blieben Ungereimtheiten. Die verschwundenen

Projektile, mit denen die beiden Georgier ermordet worden waren, sind nie wieder aufgetaucht. Der rechtsmedizinische Assistent des Instituts in Heidelberg, Schröder, hatte versucht, Maike Wohlgemut zur Sabotage von Ermittlungen anzustiften. Zur Rechenschaft gezogen wurde er nicht, wenn man davon absieht, dass sein auslaufender Arbeitsvertrag nicht verlängert wurde. Was mochte aus ihm geworden sein?
Offiziell wurde die Verunreinigung der Wattestäbchen mit Nachlässigkeiten beim Herstellungs- und Verpackungsvorgang erklärt. Entsprach das den Tatsachen? Warum die offensichtliche Unordnung in Alexander Alis Wohnung? Vielleicht wollte er selbst einen Einbruch vortäuschen oder suggerieren, dass jemand Beweismittel verschwinden ließ. Dann aber der demonstrativ ausliegende Stadtplan von Mannheim/Ludwigshafen mit der auffälligen Markierung des Hauses, das in Flammen aufgegangen war. Dort wurde dann auch noch Alis Feuerzeug gefunden. Ebenso die nicht übersehbare Verteilung von Militär- und Nazidevotionalien? Wollte Alexander Ali die Spur von sich ablenken und suggerieren, dass sie in eine rechtsradikale Richtung führt?
In jedem Fall gab es unerklärliche Vorgänge. Dahinter standen vermutlich oft ganz banale Sachverhalte. Sie scheinen manchmal über die Maßen bedeutsam, weil sich die wahren Zusammenhänge einer Überprüfung entziehen. Vielleicht würden andere Kriminalfälle später auch ein anderes Licht auf diesen werfen. So gab es Hinweise, dass Alexander Ali auch in die beiden Banküberfälle in der Nähe von Philippsburg verwickelt war. Diese Taten

wurden von anderen Kollegen untersucht. Sollten die sich darum kümmern.

Sein Fall war gelöst. Alexander Ali hatte sein Wohnmobil in Brand gesetzt und sich anschließend selbst hingerichtet. Auch wenn ein vermeintlicher Zeuge behauptete, er habe zum fraglichen Zeitpunkt um das Wohnmobil herum fremde Männer gesehen, die sich dort zu schaffen machten. Sollte er eine erneute Untersuchung einleiten? Die Flammen hatten gründliche Arbeit geleistet und der Versuch anderer Campingplatzbesucher, sie zu löschen, hatte mögliche Spuren gründlich zertrampelt. Auch von den verwendeten Benzinkanistern war nichts übrig geblieben. Außerdem hatte er den Eindruck, seine Vorgesetzten erwarteten, dass er den Fall endlich abschloss. Also würde er die Sache ›Altrheinleichen‹ erst einmal ad acta legen.

Auszug aus

Wut im Quadrat

Prolog

Wut ist heftiger als Ärger und schwerer zu beherrschen als Zorn. Sie ist eine extreme Gefühlswallung, eine impulsive und aggressive Reaktion.
Wut ist mächtig. Wut ist gewaltig. Wut kann Menschen zu Taten verführen, an die sie niemals gedacht hätten. Wut ändert das Wesen eines Menschen und untergräbt die Vernunft.
Wut stimuliert. Sie motiviert und treibt an. Sie kitzelt die letzten Gefühle aus einem heraus, aus den dunkelsten Ecken der Seele. Ob fromm oder gehässig, ob gutmütig oder verletzt, ungehemmt und mit blanker Emotion folgt der Mensch dem Willen der Wut.
Wut ist ein Gefühl der Ohnmacht und der Hilflosigkeit. Wer sich nicht geschätzt oder respektiert, wer sich ausgenutzt oder betrogen fühlt, wird wütend, schnell und massiv, seine Wut bricht sich Bahn. Denn Wut ist ein starkes, ein heißes Gefühl, wen sie überkommt, der wird blind vor Wut. Er verliert die Kontrolle über sich und seine Taten. Wutentbrannt wird mancher zur Bestie.
Wut ist neben Freude, Angst und Trauer eine der grundlegenden Emotionen des Menschen. Sie erfüllt einen wichtigen Zweck, indem sie Menschen vor Verletzungen schützt.

In jener Nacht waren zwei Menschen aufeinander wütend. Der eine, weil der andere nichts tat, und der andere, weil er nichts tun konnte. Angespannt und voller Angst hatten sie sich am verabredeten Ort getroffen. Doch als sie sich gegenüberstanden, erkannten sie sich in ihrem Innersten und Wut schäumte in ihnen hoch. Fassungslos standen sie sich gegenüber. Der eine war genauso verletzt wie der andere. Es genügten wenige Worte, und aus der Fassungslosigkeit wurde Hilflosigkeit, aus der Hilflosigkeit Ohnmacht, aus der Ohnmacht Wut. Für Verstand war kein Platz

mehr. Nach und nach verloren beide die Kontrolle über ihr Handeln. Als der eine schließlich den anderen verhöhnte, rastete dieser aus.
In diesem Augenblick entwickelte er übermenschliche Kräfte, fühlte sich unverwundbar. Und entschlossen. Seine Hände wurden zu stählernen Instrumenten, die nicht mehr der Vernunft folgten. Angetrieben aus dem tiefsten Inneren seines Herzens schlug er auf sein Gegenüber ein. Noch nie hatte er einen Mensch geschlagen, doch als seine Faust dessen Gesicht traf, fühlte es sich gut an. Unglaublich gut. Er genoss es. Er baute sich vor seinem Opfer auf und schlug zu, drosch auf es ein. Mit der Rechten holte er aus und donnerte seine Faust mit aller Gewalt gegen dessen Schädel.
Winselnd lag der eine am Boden und machte einen tödlichen Fehler: statt seinen Peiniger zu beruhigen, reizte er ihn. Das war schon immer sein Weg aus der Klemme gewesen. In der Schule, in der Jugend, in der Arbeitswelt. Und auch jetzt. Er wusste genau, wie er den anderen mit Worten treffen konnte. Und er traf ihn messerscharf mitten ins Herz.
Der andere ließ sich das nicht bieten. Gekränkt von den Worten des einen und voller Angst griff er wie eine Maschine nach ihm. Seine Bewegung mag langsam ausgesehen haben, doch innerlich brodelte es in ihm. Sein Herz schlug laut, so als würde es Kanonenkugeln abschießen. Der Schweiß lief ihm von der Schläfe.
Kräftig umklammerten seine Finger den Hals des einen. Warm fühlte sich dessen Haut an. Warm und weich. Der andere empfand sich seinem Opfer sehr nahe. Dann drückte er zu. Lange und mit großer Kraft.
Der eine schlug noch um sich, trat nach dem anderen. Doch seine Kräfte schwanden. Der andere drückte immer weiter zu. Immer ein wenig mehr, immer ein wenig kräftiger …

Nachts

Grotesk und düster sah alles aus. Schatten huschten mit hoher Geschwindigkeit an ihrem Blick vorbei. In allen Grauschattierungen bewegte sich die Landschaft vor ihren Augen, sodass sie kaum Details erkennen konnte. Ihr Kopf lehnte müde an der Scheibe, ihre Augen waren halb geöffnet. Vor ihnen tänzelten ihre schwarzen Locken, die mit der dunklen Landschaft draußen zu einer bizarren Szenerie verschwammen. Das spiegelnde Licht des Zuges blendete sie aus, ihre Augen waren ganz auf die Ferne gerichtet.
Ihre Gedanken auch.

Goodbye, Berlin. Ich werde dich vermissen. Hoffentlich ist mein Schritt nach Mannheim der richtige, nach all dem, was ich in den letzten Monaten in Berlin erlebt habe.

Olivia von Sassen saß im ICE von Berlin nach Mannheim, wo sie am nächsten Morgen ihre Arbeit als Kriminalhauptkommissarin bei der Mordkommission aufnehmen würde. Im Zug war es warm, beinahe zu warm, doch Olivia fröstelte. Sie redete sich ein, dass sie wegen ihrer neuen Stelle nervös sei, doch es war noch etwas anderes. Standen ihr schwierige Zeiten in Mannheim bevor? War ihr Frösteln eine dunkle Vorahnung? Sie glaubte nicht an so etwas. Vielleicht war es auch nur eine Reaktion auf den ausbleibenden Sommer und die schweren Regenfälle der letzten Tage. Sie sehnte sich nach Sonne.

Die grotesken Schatten vor ihren Augen hatten sich mittlerweile zu beleuchteten Wolkenkratzern verändert. Licht erhellte die Nacht und holte Olivia aus den Gedanken an die noch ferne Zukunft wieder zurück in die Gegenwart. Der Zug hatte Frankfurt am Main erreicht.

Hier hielt der ICE ungefähr 10 Minuten. Das reichte den meisten Rauchern, um aus dem Zug zu eilen und ihre Sucht zu befriedigen. Olivia beobachtete sie und war froh, das Rauchen vor Jahren aufgegeben zu haben.

Ihr Sitznachbar bemerkte, dass Olivia nicht weiter aus dem Fenster starrte und sprach sie an. Sie nahm seine Worte nicht wirklich wahr, doch falls das ein Flirtversuch sein sollte, wollte sie den sofort unterbinden. Sie lächelte ihm flüchtig und bewusst aufgesetzt zu, drehte den Kopf weg und richtete ihren Blick wieder nach draußen.

Die flache Landschaft rund um Berlin hatte sie noch bei Tageslicht gesehen, inzwischen war die Sonne untergegangen. Nachdem sie die Großstadtlichter Frankfurts hinter sich gelassen hatten, war es düster, teilweise sogar stockdunkel. Nur das schwache Licht des Neumondes beleuchtete hin und wieder ein zufälliges Detail der Umgebung.

Seit Stunden blickte Olivia aus dem Fenster. Normalerweise nutzte sie die Zeit im Zug für etwas, das sie als sinnvoll ansah. Sie las Berichte, surfte auf ihrem iPad oder unterhielt sich mit anderen Reisegästen. Heute war alles anders. Der Zug war beinahe leer. Zu Beginn ihrer Fahrt hatte sie Ihre E-Mails gecheckt und sich bei Facebook eingeloggt. Normalerweise war sie ständig online, aber seit sie im Zug saß, hatte sie kein Interesse an der digitalen Welt mehr. Sie hatte sich wieder ausgeloggt und war auch nicht daran inter-

essiert, ein E-Book zu lesen oder sich die neuesten Angebote auf Zalando anzuschauen. Viel lieber blickte sie in die Ferne der Landschaft und träumte vor sich hin.
Ein kurzer Blick in die Runde hatte ihr gezeigt, dass sie scheinbar die Einzige war, die die Landschaft zu genießen schien. Die restlichen Fahrgäste waren mit Excel-Tabellen, E-Mails und anderer Arbeit beschäftigt. Keiner schaute aus dem Fenster und beobachtete, wie Dörfer, Wiesen und Wälder vorbeirauschten. Olivia erinnerte sich an die Zeit als Kind, als sie mit ihren Großeltern in die Alpen in den Urlaub gefahren war. Sie waren zusammen in einem Zugabteil mit sechs Sitzen gesessen und hatten sich mit den anderen Fahrgästen unterhalten, hatten das Essen und Geschichten geteilt. Es war ein buntes, lebhaftes Miteinanderreisen gewesen. Heute war der Zug ein mobiles Büro. Jeder saß eingekerkert in seiner Ecke und beschäftigte sich mit sich und seiner digitalen Welt.
Wie schnell sich alles verändert hatte.
Während ihr Blick aus dem Zugfenster und über die Landschaft schweifte, sinnierte sie über sich selbst. Ihre Berliner Vergangenheit holte sie ein. Sie hatte das Gefühl, dass sie eigentlich gerade erst nach Berlin gezogen war und nun verließ sie die Stadt schon wieder. War es richtig gewesen, die Hauptstadt hinter sich zu lassen, nachdem sie dort fünf erfolgreiche Jahre bei der Mordkommission verbracht hatte? Einige ihrer Freunde hatten den Kopf geschüttelt, als sie ihnen von ihrer Versetzung erzählt hatte.
»Mein Gott, wer zieht denn freiwillig nach Mannheim!«, hatte die allgemeine Meinung gelautet. Na ja, ganz freiwillig zog Olivia ja nicht nach Mannheim, aber das behielt sie für sich. Das hatte sie niemandem erzählt, und das würde sie auch in Zukunft niemandem erzählen. Es wird schon richtig sein, sagte sie sich. Nach alldem, was geschehen war.
In Gedanken rief sie sich noch einmal ihr Berlin herbei. Sie erinnerte sich an ihr letztes Wochenende in der Hauptstadt, an ihre Berliner Wohnung in der Jablonski-Straße am Prenzlauer Berg, an ihre Freunde, an Westberliner Kneipen und Ostberliner Clubs. Was vor ihr lag, blendete sie für den Moment aus.
Während sie in Erinnerungen schwelgte, bemerkte sie nicht, dass der Zug zum Stehen gekommen war. Erst die Durchsage des Schaffners brachte sie in die Gegenwart zurück.
»Sehr geehrte Fahrgäste. Wegen einer Streckenfunktionsstörung wird dieser Zug über Heidelberg umgeleitet. Daraus ergibt sich eine Verzögerung von zehn Minuten. Wir bitten um Ihr Verständnis.«

Olivia seufzte leise. Hoffentlich blieb es bei zehn Minuten, das könnte sie gerade noch hinnehmen. Schon wenige Minuten später fuhr der ICE mit gedrosselter Geschwindigkeit weiter und erreichte den Mannheimer Rangierbahnhof, der wie eine Einflugschneise vor der Stadt lag und einer der leistungsstärksten Bahnhöfe Europas war. Er gehörte im Grunde nicht zu Mannheims Hauptbahnhof, wie das andernorts zum Teil üblich war, sondern bildete ein eigenständiges Areal der Bahn, das hauptsächlich dem Güterverkehr diente. Wahrscheinlich hätte mein kleiner Neffe hier viel Spaß mit all den Waggons und Lokomotiven. Das muss ein Traum für Jungen sein. Olivia versuchte sich den Rangierbahnhof in seiner ganzen Größe vorzustellen. Rings um ihn befand sich kaum ein Stück Zivilisation. Mannheims Häuser lagen weit entfernt. Der Rangierbahnhof war umgeben von Wiesen und Feldern der flachen Rheinebene, in deren Herzen Mannheim lag. Überall waren Weichen, sodass sich an allen Orten des Rangierbahnhofs neue Gleise von den alten abspalteten. Sie musste unweigerlich an einen vielköpfigen Drachen denken, aus dessen abgeschlagenen Köpfen zwei neue wuchsen.
Jetzt fuhren sie besonders langsam. Olivia wollte schon fluchen, weil der Zug kurz vor dem Erreichen des Ziels zum Erliegen zu kommen schien. Wenn das der Fall war, würde sie sehr spät ins Bett kommen. Morgen wollte sie aber fit und wach sein, um bei ihren neuen Kollegen und ihrem neuen Chef einen guten Eindruck zu hinterlassen. Der erste Eindruck zählte bekanntlich gewaltig, sie wusste nur zu gut, dass man schnell in eine Schublade gesteckt werden konnte.
Der Neumond kam hinter ein paar Wolken hervor und schickte sein mattes Licht auf den Rangierbahnhof nieder. Was er nicht leisten konnte, schafften hunderte von Laternen: Sie strahlten mit voller Kraft und verliehen dem Rangierbahnhof etwas Märchenhaftes und Verträumtes. Das Licht ermöglichte Olivia, sich die Wagen und Lokomotiven, an denen der ICE vorbeirollte, genauer anzusehen.
Sie rollten gerade an einem Waggon der langen, roten S-Bahnen des Verkehrsverbundes Rhein-Neckar vorbei, als Olivia ein paar hektische Bewegungen darin zu bemerken glaubte. Sie kniff ihre Augen zusammen und starrte genauer hin. Hatte sie sich das nur eingebildet?